grafit

Bisher in dieser Reihe erschienen:

Der 13. Brief (noch unter dem Namen Lucie Klassen).
ISBN 978-3-89425-349-3
Hämatom. ISBN 978-3-89425-367-7
Fliege machen. ISBN 978-3-89425-381-3
77 Tage. ISBN 978-3-89425-411-7
Das fünfte Foto. ISBN 978-3-89425-417-9
Tödlicher Kick. ISBN 978-3-89425-435-3
Prinzenjagd. ISBN 978-3-89425-458-2

Alle Titel sind auch als E-Books erhältlich.

Chemnitzer Str. 31, D-44139 Dortmund
Internet: http://www.grafit.de
E-Mail: info@grafit.de

Umschlagmotive: Anna-Lena Thamm; shadowtricks / photocase.de
Druck und Bindearbeiten: CPI – Clausen & Bosse, Leck
ISBN 978-3-89425-475-9
1. 2. 3. / 2018 17 16

Lucie Flebbe

Am Boden

Kriminalroman

grafit

Die Autorin

Lucie Flebbe, geb. 1977 in Hameln, lebt mit Mann und Kindern in Bad Pyrmont. Mit ihrem Krimidebüt *Der 13. Brief* (noch unter dem Namen Lucie Klassen) mischte sie 2008 die deutsche Krimiszene auf. Folgerichtig wurde sie mit dem ›Friedrich-Glauser-Preis‹ als beste Newcomerin in der Sparte ›Romandebüt‹ ausgezeichnet.

www.lucieflebbe.de

1.

Meine Hände zitterten. Es gelang mir nicht, sie ruhig zu halten. Genauso wenig schaffte ich es, meinen Blick von der Frau an der Flurwand gegenüber zu lösen. Sie hatte ein blaues Auge und ihre Unterlippe war aufgeplatzt.

Eine Plakatwerbung gegen häusliche Gewalt. Mir wurde übel davon.

Ich schlage dich tot, das ist ein Versprechen. Ich hörte die Stimme in meinem Kopf, als stünde er neben mir. Ein orangefarbenes Buch tauchte in meinen Erinnerungen auf. *Ich nehme ein paar lose Zettel und werfe sie auf das Buch, damit die Signalfarbe meine Aufmerksamkeit nicht mehr auf sich lenkt.*

Das Gesicht der Plakatfrau kippte zur Seite und drehte sich kopfüber. Ich stützte die Stirn in die Hände. War nur eine Frage der Zeit, bis ich kotzen musste.

Ohne Vorwarnung kracht die Hand auf meinen Kopf, mein Gesicht schlägt auf das Matheheft. »Du warst seit zwei Wochen nicht beim Religionsunterricht, Liliana?« An den Haaren reißt er mich hoch. Eine Sekunde lang bin ich sicher, skalpiert zu werden.

Ich presste die Handballen gegen meine Schläfen und krallte meine Fingernägel so fest in meine Kopfhaut, dass sie bläuliche, mondsichelförmige Abdrücke verursachten. Aber die Erinnerungen ließen sich nicht mehr stoppen. Sie stürzten auf mich ein, als hätte jemand einen Eimer kaltes Wasser über mir ausgekippt.

Was zum Teufel tat ich hier eigentlich?

Mein Name ist Lila, ich bin zwanzig Jahre alt und ich habe den Verstand verloren.

Ich musste hier raus!

Den Griff auf meinem Oberschenkel spürte ich, weil er unangenehm wurde. Ich hob den Kopf und warf einen Blick auf Danners Hand, die mein Bein zusammendrückte.

Weil mein Freund ein ärmelloses schwarzes Shirt trug, war nicht zu übersehen, dass er seine Ober- und Unterarme regelmäßig mithilfe nicht zu kleiner Hanteln aufpumpte. Genauso offensichtlich war er eine Ecke älter als ich und mit Glatze und Dreitagebart versprühte er mal wieder Türstehercharme. Beim lustigen Beruferaten konnte man leicht annehmen, dass er für zweifelhafte Inkassounternehmen als Geldeintreiber unterwegs war.

Hier auf dem kahlen Flur des Polizeipräsidiums gingen wohl die meisten Leute, die Danner und mich in der Abteilung für Gewaltprävention und Opferschutz warten sahen, davon aus, dass er die Ursache für mein leichenbleiches Gesicht war.

Danner schob seine kräftigen Finger mit den kurzgeschnittenen Nägeln zwischen meine. Seine warme Haut ließ meine kaltschweißige Handinnenfläche kribbeln.

»Frau Ziegler?« Eine Beamtin hatte den Kopf aus einer Bürotür gesteckt.

Ich starrte unsere ineinander verschränkten Hände an. Zwischen Danners Fingern wirkten meine eigenen dünner und weißer, als sie tatsächlich waren, fand ich.

Danner drückte erneut zu: »Na los.«

Lieber zog ich mich splitternackt aus und ließ das Video vor dem Sonntagabendtatort senden.

»Kommen Sie rein, Frau Ziegler.« Die Polizeibeamtin deutete einladend auf die offen stehende Bürotür.

Halt den Mund oder ich breche dir das Genick. Versprochen.

Halt endlich die Fresse! Ich lasse mir nicht drohen! Von niemandem, kapiert?

Ich straffte die Schultern und erhob mich.

2.

Ich will meinen Vater anzeigen.

Seit ich diesen Satz gesagt hatte, hörte mein Gehirn nicht auf, die Worte in einer Endlosschleife zu wiederholen, wie eine Schallplatte, die an dieser Stelle einen tiefen Kratzer abbekommen hatte.

Ich will meinen Vater anzeigen.

Das Karussell meiner Gedanken war mir außer Kontrolle geraten, die Gänsehaut auf meinen Armen verschwand nicht mehr. Die altmodischen Tische und Stühle um mich herum, die rot karierten Decken, die Topfpflanzen und der polierte Tresen traten in den Hintergrund und verschwammen. Als würde morgens um sieben ein Raumschiff über Bochum-Stahlhausen schweben und mich aus Molles gemütlich-schmuddeliger Kneipe herausbeamen.

Der Krieg war erklärt.

Es war höchste Zeit gewesen. Seit Danner mir ins Gesicht gesagt hatte, dass ich ein Opfer häuslicher Gewalt war, hatte das Wissen, dass ich meinen Vater ungestraft davonkommen ließ, an meinem Ego genagt.

Nun würde mein Vater in seiner Wut vermutlich ganz Bochum in Schutt und Asche legen.

Die Polizistin hatte ihren fahrbaren Drehstuhl um den Schreibtisch herumgerollt und mich erwartungsvoll angesehen.

Ich hatte die langen Ärmel meines dünnen, dunklen Shirts über meine Hände gezupft.

Ich erinnere mich an einen Schädelbasisbruch mit sechs, drei Rippenbrüche mit zehn, den rechten Arm mit zwölf, zwei Rippen mit dreizehn, den Kiefer mit fünfzehn.

Ich hatte bemerkt, dass Danner mich anstarrte, und innegehalten.

Klar hatte er in dem Dreivierteljahr, in dem wir mittlerweile miteinander schliefen, geschnallt, dass meinem Vater oft die Hand ausgerutscht war. Ins Detail zu gehen, hatte ich jedoch vermieden. Weil ich nämlich auf keinen Fall wollte, dass Danner mich auf genau diese Weise ansah. Wie einen Welpen, dem nach der Rettung aus dem Tierlabor ein Bein fehlte.

Vor zwei Jahren musste der Kiefer noch mal nachgeschraubt werden, hatte ich dann doch weiter berichtet.

Außerdem …

Ich hatte Luft geholt.

… außerdem habe ich das Gefühl, dass ich mich an einiges gar nicht erinnern kann.

Das war die Untertreibung des Tages gewesen. Die Lücken fraßen sich durch mein Gedächtnis wie schwarze Löcher durchs Universum. Sie hatten keinen Anfang und kein Ende, und wenn ich mich zu dicht an ihren Rand wagte, würden sie mich einsaugen und verschlucken.

Dass ich meinem eigenen Erinnerungsvermögen nicht vertrauen konnte, beunruhigte mich am meisten. Einige Dinge aus meiner Vergangenheit hatten sich eingebrannt, als hätte jemand glühende Zigarettenstummel in den Windungen meines Gehirns ausgedrückt. Zum Beispiel die Worte, die der Arzt hinter der angelehnten Tür zu meiner Mutter gesagt hatte, als ich mit sechs mit dem Schädelbasisbruch ins Krankenhaus eingeliefert worden war.

Entdecken wir beim Röntgen etwas Auffälliges, müssen wir ein CT vom Schädel Ihrer Tochter machen, Frau Simanowski-Ziegler. Wir haben ihr vorsichtshalber schon mal etwas zur Beruhigung gegeben, denn die Injektion von Kontrastmittel ist bei so kleinen Kindern erfahrungsgemäß schwierig. Im schlimmsten Fall müssen wir rasch eine Notoperation veranlassen. Bei einer starken Blutung oder Schwellung des Gehirns wird ein Stück Schädeldecke entfernt, um der betroffenen Region Platz zu verschaffen.

Andererseits konnte ich nicht ansatzweise schätzen, wie oft mein Vater zugeschlagen hatte. Einmal pro Woche? Einmal im Monat? Täglich?

Die Gedankenfetzen verengten sich auf aufeinandergepressten Kiefern und einer geballten Faust. Keine Ahnung, wie oft ich im Krankenhaus gewesen war. Die Knochenbrüche konnte ich einigermaßen aufzählen. Die Gehirnerschütterungen? Keine Chance.

Und dann gab es noch Bilder, die ich überhaupt nicht zuordnen konnte.

Meine Mutter liegt auf dem Bauch. Bewegungslos. Auf den hellen Fliesen der Küche. Ihr blondes Haar verdeckt ihr Gesicht. Ich wage nicht, sie zu berühren.

Ob mein Vater meine Mutter ebenfalls geschlagen hatte? Erinnern konnte ich mich nicht daran. Vielleicht war sie auch besoffen umgekippt. Oder hatte ich die Szene am Ende bloß geträumt? Wie konnte es sein, dass ich das nicht wusste?

Das kann vorkommen bei Opfern häuslicher Gewalt, hatte die Polizistin mich beruhigt. Na klasse.

Seit ich in Bochum war, kam mir mein altes Leben weit weg vor. Wie ein verblassender Albtraum an diesem sonnigen Julimorgen. Doch die Narbe an meinem Kinn warnte mich davor, die Wut meines Vaters zu unterschätzen.

Die Polizistin hatte von ihrem Protokoll aufgesehen.

Wie heißt Ihr Vater?

»Lila? Alles okay?«

Molles gutmütige, brummige Stimme holte mich zurück an den Tisch an der Theke in der Kneipe in Bochum-Stahlhausen.

»Sorry.« Ich konzentrierte mich auf die Wollfransen der alten Tischdecke zwischen meinen Fingern, den Duft von frisch aufgebrühtem Kaffee, die kalten Fliesen unter meinen nackten Füßen. Ich zwang mich zurück in unsere Kneipe und drängelte die Polizistin aus meinem Kopf. »War in Gedanken.«

»Du hast alles richtig gemacht, Schätzchen.« Molle strich mir durch die blonden Haarfransen, während er seinen Bauch an mir vorbeiquetschte. Seine wuschelige, kleine Promenadenmischung Mücke wuselte hinter ihm her. Der Wirt stellte eine fleckige Kaffeekanne auf den Tisch. »War allerhöchste Zeit, den Mistkerl anzuzeigen.«

Erst jetzt merkte ich, wie verkrampft mein Nacken war. Ich versuchte, locker zu lassen, wusste aber plötzlich nicht mehr, wie das ging. Ich zwang mich, den dicken Kneipenwirt anzusehen. Wie immer trug er eine schmuddelige Schürze, die Stoppeln an seinem Kinn waren zu einem grauen Bart gewachsen, er musste sich seit Wochen nicht mehr rasiert haben. Und weil der gleichfarbige Haarkranz um seine Glatze herum mittlerweile bis auf seine Schultern herunterfusselte, trug er neuerdings Zopf. Mit der halbmondförmigen Lesebrille auf der knubbeligen Nase erinnerte er an den Weihnachtsmann nach einer durchzechten Nacht. Normalerweise hatte Molle die gleiche Wirkung auf mich wie eine Tasse Entspannungstee.

Heute nicht.

Molle entging das nicht, er verfügte über verlässliche Antennen.

»Schiss brauchst du nicht zu haben«, munterte er mich auf. »Immerhin pennt zwischen dir und der Wohnungstür ein Kriminalkommissar als Wachhund auf dem Sofa.«

Möglicherweise war das einer der Gründe, die meinen Vater davon abgehalten hatten, mir in meinen Träumen aufzulauern. Es hatte ein paar Augenblicke lang gedauert, bis die Polizeibeamtin die Tragweite der Information erkannt hatte, dass ich *Konstantin Alexander Simanowski,* Oberstaatsanwalt im Bezirk Hannover, angezeigt hatte.

Aber trotz der Tatsache, dass ich mich ab heute nirgends mehr sicher fühlen würde, hatte ich in unserer unaufgeräumten Dachgeschosswohnung, zwei Stockwerke über der Kneipe, einigermaßen ruhig geschlafen.

Jetzt war es der ›Wachhund‹, der mich aus meinen Gedanken zurück in die Gegenwart holte, indem er hereingeschlurft kam.

Kriminalhauptkommissar Lennard Staschek, der Chef der Bochumer Mordkommission, war nur noch ein Schatten seiner selbst. Schlank war er schon immer gewesen, aber jetzt hatte er so stark abgenommen, dass seine Haut zu groß für ihn geworden zu sein schien. Die Spätfolgen ausgedehnter Solariumbesuche zerknitterten sein normalerweise attraktiv gebräuntes, schmales Gesicht erschreckend. Sein kastanienfarbenes Haar hatte in den letzten Wochen borstige, graue Strähnen bekommen, seine sonst so geschmeidige Fönwelle wirkte ungekämmt und struppig.

Aber wirklich gruselig war, dass Staschek offensichtlich nicht mehr in der Lage war, ein optisch einigermaßen unbedenkliches Outfit zusammenzustellen. Seinen ehemals kastanienfarbenen Kaschmirpullunder hatte er definitiv zu heiß gewaschen und unter dem verfilzten Saum ragte ein Feinrippunterhemd hervor.

Ich rieb mir die Stirn, als der Polizeichef sich mir gegenüber auf einen Stuhl fallen ließ, weil er nicht neben mir sitzen wollte.

Seine Abneigung war nachvollziehbar, er war immer noch sauer auf mich. Denn dass ihm sein Privatleben um die Ohren geflogen war wie ein Ei in der Mikrowelle, verdankte er im Wesentlichen – nun ja – mir. Nicht einmal unabsichtlich hatte ich seine Ehe in die Luft gejagt. Im Auftrag meiner besten Freundin Lena hatte ich ihn bespitzelt, weil sie dummerweise gleichzeitig seine Tochter war. Dank mir hatte seine Familie Kenntnis davon, dass Staschek sich von seiner Vorgesetzten, der Polizeipräsidentin persönlich, widerstandslos hatte befummeln lassen, weil er seine Karriere nicht gefährden wollte.

Infolgedessen wohnte der schlecht gelaunte Kripochef seit mittlerweile drei Wochen auf unserem durchgesessenen Sofa.

Mein schlechtes Gewissen hielt sich allerdings in Grenzen. Immerhin hätte Staschek der blöden Schlampe ja auf die Finger hauen können. Dass ich meine Meinung zu diesem Thema ein- oder zweimal hatte durchblicken lassen, hatte die Stimmung in unserer merkwürdigen WG nicht verbessert.

Molle betrachtete den Kommissar über seine Lesebrille hinweg. Dann erhob er sich seufzend, verschwand in der Küche und fing an, mit Geschirr zu klappern.

Ich blieb allein mit dem grimmigen Kommissar zurück. Plötzlich fühlte ich mich nackt und zog die Beine unter Danners T-Shirt, das heute Morgen ganz oben auf dem Wäschehaufen vor unserem Bett gelegen hatte.

Weil meine beiden Mitbewohner länger im Bad brauchten als ich selbst und es im Hochsommer sogar um sieben Uhr früh nicht wirklich kalt war, war ich barfuß und nur mit einem Schlüpfer und Danners Shirt bekleidet zu Molle hinuntergeschlichen, um mir den ersten Kaffee zu schnorren.

Staschek musterte mich mürrisch.

Ich beobachtete meinerseits schweigend, wie sich seine Kaumuskulatur unter der zerknitterten Haut seiner hohlen Wangen wölbte. Bis zu einem gewissen Punkt verstand ich, dass er in Panik geraten war, als er die nächste Scheidung auf sich zukommen sah. Doch seit er mir eine gescheuert hatte, um zu verhindern, dass ich meine Ermittlungsergebnisse ausplauderte, hielt ich Sicherheitsabstand.

Ohne den Kriminalkommissar aus den Augen zu lassen, schnappte ich mir die Zeitung von Molles Platz und gab Staschek nichts davon ab. Der schob den Unterkiefer vor. Ich senkte den Blick in die Zeitung. Er betrachtete nachdenklich die Thermoskanne auf dem Tisch.

»Wenn du darauf wartest, dass mir Engelflügelchen wachsen und ich hinter die Theke flattere, um dich zu bedienen, wirst du hier noch hocken, wenn ich längst in der Hölle schmore«, informierte ich ihn, ohne vom Lokalteil aufzusehen.

Staschek gab ein Knurren von sich, erhob sich dann aber tatsächlich und schlurfte kraftlos hinter die Theke, um sich selbst eine Tasse zu besorgen.

Sein Telefon klingelte zeitgleich mit der altmodischen Glocke über der Kneipentür, die hinter Danner ins Schloss fiel. Eine Sekunde lang tauchten unsere ineinander verschränkten Finger in meiner Erinnerung auf. Mein Herz hopste wie bei einem in den Deutschlehrer verknallten Teenager, wenn die Klassenzimmertür aufgeht.

Danner trug wie immer Schwarz. Jeans und das ärmellose Shirt von gestern. Er zwinkerte mir zu, als er zu Staschek trat, um sich ebenfalls eine Kaffeetasse zu organisieren.

»Aha …«, murmelte Staschek in sein Handy. »In Ordnung, ich schicke Ihnen die Kollegen …«

Danner deutete fragend auf den Kommissar.

Weil ich keine Ahnung hatte, worum es in dem Telefonat ging, zuckte ich die Achseln.

»Und die Spurensicherung«, sagte Staschek in dem Moment. Prompt hielt Danner sein Ohr an die Rückseite des Telefons und versuchte zu lauschen. Staschek schnitt eine Grimasse und drehte sich weg.

»Tatsächlich?«, sprach er weiter. »*Wie* heißt das?«

Er klemmte das Telefon zwischen Ohr und Schulter, riss einen Zettel von Molles Bestellblock und wühlte einen Kugelschreiber aus einer Schublade.

»*Youtube?* Ja, sagen Sie mal an. – Gut, ich gebe das an die Kollegen weiter.« Staschek beendete das Gespräch.

»Sag nicht, du hast pünktlich zum Dienstbeginn eine Leiche, damit die Kollegen nicht faul im Büro rumlungern müssen?«, witzelte Danner.

»Sieht auf den ersten Blick nach einem Unfall aus …« Staschek drängelte sich mit dem Zettel und einer Tasse in der Hand an Danner vorbei. »Anscheinend sind ein paar junge Leute besoffen auf einen Baukran geklettert und einer ist abgeschmiert. Vor dem Unfall ist offenbar noch ein Video der Kletterpartie im Internet hochgeladen worden. Laut der Kollegin ist das so was wie ein neuer Trendsport …«, er warf einen Blick auf seine Notizen. »*Roofing* nennt es sich, wenn man auf einem hohen Gebäude herumlungert und sich dabei filmt. Allerdings ist auf dem Internetvideo wohl auch zu sehen, dass sich die Kids auf dem Kran in die Haare gekriegt haben.«

»Und das habt ihr alles rausgefunden, noch bevor Schnabelnase und Rambo überhaupt vor Ort sind?«, wunderte sich Danner.

»Wenn der Kollege Mahlmann mitbekommt, was für niedliche Spitznamen ihr euch habt einfallen lassen, jagt er euch mit seinem Buschmesser zwischen den Zähnen in den Dschungel.« Staschek füllte seine Tasse. »Die Kollegin Schiller von der Schutzpolizei ist ziemlich engagiert«, erklärte er dann aber doch, während er sich wieder mir gegenüber auf den Stuhl setzte. Er nahm die Kaffeetasse in die linke Hand und mit der Rechten das Handy ans Ohr.

»Morgen, Katrin. Auf der Baustelle an der Uni liegt eine Leiche. Sieht auf den ersten Blick nach einem Unfall aus, übermütige Jugendliche. Aber angeblich existiert ein Internetvideo, worauf zu sehen ist, dass es auf dem Kran, von dem der Tote offenbar gestürzt ist, Streit gab. Also seht euch das mal an und die Spurensicherung soll sich Mühe geben. – Hast du was zu schreiben? – Dann notier dir mal die Internetadresse, unter der du die Videoaufnahme findest.«

Ich reagierte prompt und zückte mein Smartphone.

Während Staschek Kriminalkommissarin Katrin ›Schnabelnase‹ Wegner erklärte, wo sie das Video finden konnte, tippte ich die digitale Adresse gleich in die Eingabemaske der Internetsuchmaschine.

Staschek bemerkte es und machte ein Gesicht, das mir verriet, dass er mir das Telefon gern aus der Hand geschlagen hätte. Danner schob mit dem Bein seinen Stuhl näher an meinen heran, während er sich Kaffee einschenkte.

Als Staschek das Telefongespräch beendet hatte, zeigte das Display meines Smartphones bereits das Video. Ich drehte das Gerät quer, damit das Bild größer wurde.

Die verwackelte Aufnahme war in der Abenddämmerung entstanden, also ziemlich spät, denn es war Hochsommer. Ich erkannte eine Stahlkonstruktion vor dramatisch aufgetürmten lila Wolken. Eine steile Leiter führte zwischen roten Streben aufwärts. Direkt vor der Kamera bewegte sich ein – Gesäß? Es dauerte einen Augenblick, bis ich begriff, dass der Hobbyfilmer die Kamera auf seinem Kopf montiert und seinem Vordermann beim Hinaufklettern auf den Arsch geglotzt hatte. Besser gesagt, seiner Vorderfrau. Es handelte sich eindeutig um ein weibliches Gesäß. Und bei dem Kameramann handelte es sich eindeutig um einen Idioten.

Die nächste Szene zeigte Grobi. Dunkel erinnerte ich mich an das blaue Plüschmonster aus dem Kinderfernsehen. Normalerweise war es mit Bibo, dem depressiven Riesenstorch, und Mülltonnenbewohner Oscar in der *Sesamstraße* unterwegs. Tja, gestern Nacht war Grobi offensichtlich auf der Baustelle an der Uni gewesen. Neben dem Sesamstraßenmonster lehnte ein Sensenmann lässig an einer Art durchsichtiger Kabine, dem Führerhäuschen des Krans vermutlich. Hinter ihm formten sich die Wolkenberge, die weite Kapuze, unter der der Typ seinen Totenschädel verbarg, flatterte im Wind. Nur die Sense hatte er zu Hause gelassen.

»Unser Bunny hat Schiss«, lästerte jemand im Off.

Die Kamera schwenkte auf einen Plüschhasen mit Schlappohren, Filznagezähnen und weißen Schnurrhaaren. Tatsächlich handelte es sich um eine komplett schwarz gekleidete Frau – oder einen echt überzeugenden Transvestiten – mit einer eindeutig weiblichen und ziemlich guten Figur. Die alberne Maske trug sie wahrscheinlich, genau wie Grobi und der Sensenmann, damit ihr Gesicht auf dem Video nicht zu erkennen war. Das Karnickel sah aus, als wollte es den Mount Everest besteigen: Über dem figurbetonten, dunklen Sportdress spannte sich rotes Nylongurtzeug. Der Film zeigte jetzt, wie der Hase ein Sicherungsseil am Kran einklinkte.

»Ratte hat nie Angst.«

Die Kamera schwenkte von dem blauen Plüschmonster und dem Sensenmann weg auf die Umgebung.

»Oh«, machte ich, als drei weitere, riesenhafte Baukräne aus rot gestrichenem Stahl im Bild erschienen. Dahinter standen mehrere gewaltige Gebäudeklötze militärisch präzise aufgereiht. Man konnte auf ihre Dächer hinuntersehen.

»Die Ruhr-Uni«, kommentierte Danner im Tonfall eines Stadtführers bei einer Busrundfahrt. »Gebaut wird gerade hinter der Fakultät für Bauwissenschaften, glaube ich.«

Die Kamera filmte abwärts, an den Markenturnschuhen des Hobbyregisseurs vorbei durch einen schmalen Drahtgittersteg in den schwindelerregenden Abgrund.

»Großer Gott.« Staschek war hinter uns getreten und sah mir über die Schulter.

Das Display zeigte nun den irrwitzig langen Ausleger des Krans. Der Wind drehte ihn, das erkannte ich, weil sich der nächste Kran im Hintergrund von links nach rechts durchs Bild bewegte.

Vor den violetten Wolken hob sich die schwarz gekleidete Silhouette, die freihändig auf dem Ausleger balancierte, gut erkennbar ab. Sie war breitschultrig, mit wenig Hals und leicht vom Körper abstehenden Armen.

Selbst in dem Minifilm erkannte ich, dass der Kerl kräftig war. Gewichtheber, tippte ich. Oder Schwimmer.

»Guck dir an, wie der Wind das Ding in Schwung bringt.« Danner deutete auf die Stahlskelette der anderen Kräne im Hintergrund. »Die Kräne werden nachts nicht festgestellt, damit sie sich bei ungünstigen Windverhältnissen drehen können und nicht umkippen.«

Die dunkle Gestalt im Bild stand inzwischen im Handstand – ungesichert, ganz am Ende des sich im Wind bewegenden Auslegers eines wirklich sehr, sehr, *sehr* hohen Krans.

Offensichtlich ein Lebensmüder.

»Die haben eine Macke«, stöhnte Staschek.

»Krass, Alter!« Weil die Stimme ziemlich deutlich zu verstehen war, vermutete ich, dass sie zu der Person mit der Kamera auf dem Kopf gehörte. Eine männliche Stimme.

In Gedanken zählte ich nach: Grobi, der Sensenmann, der angehende Dokumentarfilmer, Bugs Bunny und der Lebensmüde mit den breiten Schultern. Heute Nacht waren mindestens fünf Leute auf dem Kran gewesen.

»Du bist dran, Grobi!«

Der Lebensmüde hatte seine Turnübungen beendet und kam mit energischen Schritten auf die wartende Gruppe zu. Sein Gesicht tauchte im Bild auf: die blutverschmierte Fratze einer Riesenratte mit ausgefransten Ohren und verzerrt aufgerissenem Maul. Sie stürzte auf die Kamera zu wie in einem Horrorfilm. Einen Sekundenbruchteil brauchte ich, um zu schnallen, dass auch die Nagerfratze des lebensmüden Turners aus Gummi bestand. Der Typ bewegte sich nicht annähernd so vorsichtig, wie ich es in Anbetracht des schmalen Steges und der Höhe für nötig gehalten hätte.

»Was ist? Scheißt du dir etwa in die Hose?«

Der aggressive Nager ging auf das Plüschmonster los. Seine verwackelte Silhouette bestätigte meinen ersten Eindruck: Der Kerl war unwahrscheinlich kräftig.

»Oder dachtest du, ich kneife, weil es heute ein bisschen wackelt?«

Der Freak war mächtig sauer. Und er ballte die Fäuste auf eine Art, die mir verriet, dass er bereit war, sie auch zu benutzen. »Nimm das Ding weg!«, fuhr die Ratte den Kameramann an und riss sich wütend die Maske vom Gesicht.

»Du hast mal wieder eine große Fresse, aber keinen Arsch in der Hose, was?«

Der Dokumentarfilmer wich zurück. Für einen Augenblick tauchte das wutverzerrte Gesicht des lebensmüden Möchtegernstuntmans in Nahaufnahme im Handydisplay auf.

»Wie kommt ein Weichei wie du eigentlich drauf, hier das Sagen …«

»Noch mal zurück«, sagte Danner.

Im gleichen Moment war das Video zu Ende. Der Film brach ab, als die Ratte auf Grobi losging.

Danner tippte an mir vorbei auf den Bildschirm und schob den Balken, der die Abspieldauer des Videos anzeigte, ein Stück zurück.

Wieder kam die Gruselgestalt im Halbdunkel auf den Kameramann zu. Wie in einer typischen Szene aus Filmen mit Namen wie *Invasion der Monsterratten* oder *Das Grauen aus dem Kanal, Teil siebzehn.*

Nachdem der Typ sich die Maske vom Kopf gezogen hatte, tippte Danner erneut das Bild an und das Video stoppte.

Die viereckige Form des Gesichtes verstärkte sich durch die heruntergezogenen Mundwinkel, den tief auf die Augen gedrückten Brauenbalken und einen dünn rasierten, um das kantige Kinn laufenden Backenbart. Der linke Oberarm war in dieser Sequenz mit ins Bild gerückt – und mit ihm eine extrem scheußliche Tätowierung: eine blutverschmierte Rattenfratze, mindestens genauso grässlich wie das Gummigesicht, dass der Lebensmüde eben noch getragen hatte.

»Okay, der sieht wirklich so aus, als würde er gleich irgendwen vom Kran schmeißen«, fand ich.

»Wer schmeißt wen vom Kran?« Molle kam mit einem vollgepackten Tablett aus der Küche. Honig, Marmelade, Nutella, Käse, Schinken, Eier und ein duftender Korb frisch aufgebackener Brötchen.

Ich liebte den Dicken.

Danner drückte das Video weg.

»Lennys neuester Kunde«, erklärte er. »Sind mal wieder ein paar Spinner auf einer Baustelle rumgeklettert und einer ist anscheinend abgestürzt.« Er stand auf. »Wir fahren da aber trotzdem mal eben vorbei, Alter«, informierte er Staschek.

Der sah erstaunt von seinem Kaffee auf: »Tatsächlich?«

»Ja. Schmier dir 'ne Stulle und dann ab.«

Der Erste Kriminalhauptkommissar gehorchte irritiert und verbrannte sich die Finger an einem ofenheißen Brötchen.

»In einer halben Stunde sind wir wieder da«, winkte Danner ab, als ich meine nackten Füße musterte und überlegte, ob ich jetzt nach oben in unsere Wohnung flitzen und in meine Jeans springen sollte.

Sekunden später bimmelte die Kneipentür hinter Staschek und Danner zu und weg waren sie.

Na toll.

»Na toll«, murrte auch Molle mit Blick auf den fürstlich

gedeckten Frühstückstisch. »Morgen gibt's Müsli. Was ist denn so spannend an dem lebensmüden Spinner?«

Das hätte ich allerdings auch gern gewusst.

Ich kratzte mich am Kinn.

Irgendwas stimmte da nicht. Ohne dass ihn jemand dafür bezahlte, kam Danner normalerweise nicht auf die Idee, sich vor dem Frühstück eine Leiche anzusehen. Hatte er auf dem Video irgendetwas entdeckt, das auf einen Mord hindeutete?

Glücklicherweise speicherte mein Smartphone die angesehenen Internetseiten, sodass ich nun einfach die zuletzt eingegebene Adresse anklicken musste. Schon erschien das Video erneut auf dem Display.

Wieder war die direkt in die Wolken führende Stahlkonstruktion zu sehen. Und der Hintern.

»Unser Bunny hat Schiss!«, feixte einer der Adrenalinabhängigen wieder.

»Ratte hat nie Angst«, entgegnete der Kameramann.

Molle rutschte seinen Stuhl schnaufend an mich heran. Ich bemerkte, dass der Dicke nach Hund und fettigen Haaren roch. Bei Molle war mir die Tendenz zur Verwahrlosung schon länger aufgefallen. Was mir herzlich egal war. Ich lehnte mich an seine Schürze und drehte das Handy so, dass er mit auf das Display sehen konnte.

»Meine Güte«, murmelte Molle, als der Lebensmüde seinen Handstand vorführte. »Kein Wunder, dass der abgeschmiert ist.«

»Gleich kommt die Stelle, an der Ben irgendwas aufgefallen sein muss.« Ich wartete, bis sich der Typ die Gummifratze vom Gesicht zog und in Nahaufnahme zu sehen war. An der Stelle stoppte ich das Bild. Ohne Maske war sein Gesicht nicht wesentlich weniger gruselig.

»›Ratte‹ sagen sie zu ihm, das passt so gut, dass er sich seinen Spitznamen gleich hat tätowieren lassen«, ulkte ich. Erst ein paar Augenblicke später wunderte ich mich darüber, dass Molle nicht antwortete.

Als ich mich nach ihm umsah, war das Gesicht des Dicken

aschgrau – bis auf einen dreieckigen Bereich zwischen Nasenspitze und Mundwinkeln, der sich schlagartig weiß gefärbt hatte. Im gleichen Moment registrierte ich seine rechte Hand auf seiner Brust. Seine Finger krallten sich in seine Schürze.

Mir wurde eiskalt!

»Molle?« Ich sprang auf. »Alles okay?«

Schweißperlen glitzerten auf seiner Stirn. Molle öffnete den Mund und holte röchelnd Luft: »Nee, ich glaube ...«

»Mach keine Scheiße!« Ich packte ihn an den Schultern. »Hörst du?«

Molle griff nach der Tischkante, als sein Oberkörper nach vorn sank. Wie in Zeitlupe sah ich ihn zur Seite kippen.

Ich konnte ihn unmöglich halten! Ich sprang neben ihn und stemmte meine Schulter gegen seine Brust, aber weil Molle – noch freundlich geschätzt – drei Zentner auf die Waage brachte, hatte ich keine Chance.

Der Dicke verlor das Bewusstsein. Sein massiger Körper rutschte schlaff vom Stuhl, sein kleiner schwarzer Hund sprang, erschrocken kläffend, zur Seite. Ich schaffte es eben noch zu verhindern, dass Molles Kopf ungebremst auf die Fliesen knallte.

Dann lag er bewegungslos vor mir auf dem Kneipenboden.

Scheiße! Eine Sekunde lang weigerte sich mein Gehirn, das zu verarbeiten.

Der Hund winselte.

Endlich tauchte ein erster Gedanke aus der Leere in meinem Kopf auf: Krankenwagen!

Handy!

Notruf!

Bewusstlose Person, Kneipe, Annastraße 28!

»Atmet der Patient?«, wollte die Stimme am anderen Ende der Leitung wissen.

»Keine Ahnung«, piepste ich.

»Bleiben Sie ruhig! Ich schicke Ihnen einen Rettungswagen. Wenn Puls und Atmung fehlen, beginnen Sie unverzüglich mit der Herzdruckmassage! Haben Sie mich verstanden?«

Herzdruckmassage!

Klar.

Ich ließ das Handy sinken.

Das war nicht das erste Mal, dass ich dabei war, wenn jemand das Bewusstsein verlor. Eigentlich wusste ich, was ich tun musste.

»Du stirbst hier nicht, Molle!«, fuhr ich den Dicken an, knallte neben ihn auf die Knie und hielt mein Ohr an seinen Mund. Nichts.

»Hast du mich gehört?«

Ich tastete an seinem Hals nach einem Puls – was bei einem korpulenten Menschen gar nicht so einfach war. Als ich nichts spürte, stemmte ich mich gegen seine Schulter, sodass er auf den Rücken kippte und legte das Ohr auf seine warme Brust.

Bupp, machte sein Herz.

Dann war Ruhe.

»Fuck!«

Ruhe war nicht gut!

Brustbeinspitze, zwei Finger drüber, oder wie viele? Egal.

Ich legte die Hände übereinander auf Molles Brustkorb und stützte mich mit vollem Gewicht auf ihn.

»Du – stirbst – nicht – ka – piert?«, schrie ich ihn an, während ich versuchte, das Blut aus seinem Herz in seinen Kreislauf zu pressen, indem ich mit meinem vollen Körpergewicht seinen Brustkorb zusammendrückte. Molles Hündin knurrte mich an, ich achtete nicht darauf.

Beatmet werden musste er auch, fiel mir ein.

Wie ging das?

Mund-zu-Nase.

Mein Blick fiel auf Molles große Nasenlöcher, aus denen lange, harte Haare wuchsen.

Na ja, Mund-zu-Mund-Beatmung hatte wohl auch lange Zeit funktioniert.

Also Nase zuhalten.

Fest presste ich meinen Mund auf Molles leblose Lippen

und pustete dem Dicken so viel Luft, wie ich konnte, in die Lungen. Tatsächlich schien sich sein mächtiger Brustkorb ein wenig zu heben.

Okay.

Weiter.

Herzdruckmassage.

Keine Ahnung, wie lange es dauerte, bis endlich das zuckende Blaulicht vor den Kneipenfenstern auftauchte und die Tür aufgerissen wurde.

»Gut gemacht«, sagte ein kräftiger Sanitäter zu mir und schob mich zur Seite. »Jetzt lassen Sie uns mal ran.«

Wie in Trance taumelte ich rückwärts. Meine Haare kringelten sich vor Schweiß, meine Arme fühlten sich an wie aus Pudding, meine Knie bebten.

»Wie ist sein Name?«

Es dauerte eine Sekunde, bis ich merkte, dass ich was sagen sollte.

Molles Name?

Der kräftige Sanitäter sah mich durch eine runde Brille mit dicken Gläsern an.

»Äh – Jochen«, stammelte ich. »Jochen Schröder. Das hier ist seine Kneipe.«

»Und sind Sie mit ihm verwandt?«

Glücklicherweise begann mein Gehirn auf dieses Stichwort hin wieder zu arbeiten.

»Er ist mein Vater«, schwindelte ich hastig.

»Gut, Frau Schröder. Im Moment haben wir einen schwachen Puls.«

Mir schossen Tränen in die Augen.

»Wir versuchen, ihn zu stabilisieren. Wenn der Notarzt gleich auftaucht, werden wir ihn, so schnell es geht, ins Krankenhaus bringen. Falls Sie mitfahren wollen, sollten Sie sich jetzt eine Hose anziehen.«

3.

Hinterwandinfarkt.

Hinterwandinfarkt.

Hinterwandinfarkt.

Das Wort pochte in meinem Kopf. Das war ein Herzinfarkt. Herzinfarkt! Daran starben Menschen. Oft.

Mach bitte keine Scheiße, Molle!

»Im Moment scheint der Zustand Ihres Vaters einigermaßen stabil«, hatte mir ein pummeliger junger Notarzt mit osteuropäischem Akzent erklärt, während die Sanitäter Molle auf der fahrbaren Trage in die Notaufnahme schoben. »Ob eine Notoperation nötig ist, kann ich Ihnen aber erst sagen, wenn Untersuchungsergebnisse vorliegen oder er zu Bewusstsein kommt. Am besten drücken Sie ihm ganz fest die Daumen.«

Damit war er hinter einer schweren Tür verschwunden und hatte mich allein im Flur stehen lassen.

Es hatte ein paar Minuten gedauert, bis ich auf einen orangefarbenen Sitz in einer kurzen Reihe bunter Stühle an der Wand gesunken war.

Und noch mal ziemlich lange, bis ich das leise Summen meines auf lautlos gestellten Telefons in meiner Hosentasche registrierte.

Danner verriet mir das Display.

»Ben?«

»Lila?«

»Ja.«

O Gott, wie sollte ich ihm das beibringen?

»Mann!«, schnauzte Danner mich an. »Die Tür steht offen, die Kneipe ist verwüstet und du bist weg! Wenn dich dein durchgeknallter Bruder nicht entführt hat, solltest du dir ganz schnell eine Erklärung einfallen lassen!«

Hinterwandinfarkt, hämmerte es in meinem Kopf.

Glücklicherweise begriff Danner, wenn er sich Mühe gab, auch ohne lange Erklärungen.

»Was ist passiert?«

Das Wort steckte in meiner Kehle fest, ich hatte das Gefühl, daran zu ersticken.

»Wo bist du?«

»Krankenhaus. Bergmannsheil. Notaufnahme.«

»Ich bin gleich da.«

Danner war kreidebleich, als er sich neben mich auf einen grünen Plastiksitz sinken ließ. Wahrscheinlich traf der Schreck ihn noch viel schlimmer als mich. Irgendwie war Molle ja der große Bruder, den Danner nie gehabt hatte. Die beiden waren zusammen aufgewachsen. Und als Danners Verlobung spektakulär geplatzt war, hatte Molle ihm Asyl gewährt und ihm sein Dachgeschoss vermietet.

»Im einen Moment haben wir uns das Video angesehen und im nächsten Augenblick …« Ich zuckte hilflos die Schultern.

»Video?« Danner starrte mich an.

»Alzheimer?« Ich hob fragend die Hände. »Das Video, das du dir auch angesehen hast, um dann gleich mit Lenny zur Baustelle zu rennen.«

Danner ließ wortlos das Gesicht in die Hände sinken.

»Euch ist doch irgendwas aufgefallen«, hakte ich nach. »Da war was Verdächtiges zu erkennen, oder etwa nicht?«

Er rieb sich über die Glatze.

»Ben?«

»Ich bin ein Idiot.«

Ich runzelte die Stirn.

Danner kramte sein eigenes Smartphone aus der Hosentasche und holte mit wenigen Klicks das Video auf das Display.

»*Mir* ist was aufgefallen«, murmelte er. »Lenny hat immer noch keinen Schimmer, warum ich mir unbedingt die Leiche eines lebensmüden Spinners ansehen wollte.«

Danner spulte den Kurzfilm vor, bis das Bild wieder den

wütenden Nager zeigte, der kurz zuvor den lebensgefährlichen Handstand gemacht hatte.

Mittlerweile sah ich zum dritten Mal, wie der Typ sich die Maske vom Gesicht zog, und noch immer fiel mir – außer dem ausgesprochen geschmacklosen Tattoo – rein gar nichts daran auf.

»Und?«

»So sah Molle mit zwanzig aus«, sagte Danner.

Wie bitte?

Zum zweiten Mal innerhalb sehr kurzer Zeit reagierte mein Gehirn, als hätte man es mithilfe eines nicht gerade schwachen Stromstoßes lahmgelegt.

»Nicht so ähnlich oder ungefähr, sondern ganz genau so.« Danner wartete, bis ich begriff.

Ich schluckte: »Soll das heißen, Molle ist umgekippt, weil ...?«

»... weil er seinen Sohn auf dem Video erkannt hat«, vollendete Danner meinen Satz. »Natürlich hat er sofort geschnallt, wer das ist. Das ist unmöglich zu übersehen.«

Molle hat einen Sohn?

Molle hat einen verdammten Sohn?

Ganz langsam wich meine Lähmung einer heißen Welle von Wut, die irgendwo in meinem Bauch anfing zu brodeln und dann gefährlich schnell hochschwappte.

»Und warum hat mir in dem knappen Jahr, das ich bei euch stimmbandamputierten Kommunikationsallergikern wohne, niemand auch nur einen winzigen Hinweis darauf gegeben, dass Molle einen Sohn haben könnte?«, fauchte ich Danner an. »Dann hätte ich ihm das verdammte Video nämlich möglicherweise nicht unter die Nase gehalten und mich gewundert, dass er vor Schreck stirbt!«

Ich hielt inne, weil Danner zusammenzuckte.

»Sorry«, murmelte er schließlich.

»Frau Schröder?« Eine stämmige Ärztin, deren hochrotes Gesicht vermuten ließ, dass sie selbst unter einem hohen Blutdruck litt, sah mich abwartend an.

Ich richtete mich auf: »Ja?«

»Ihr Vater ist zu sich gekommen.«

Die Erleichterung ließ meine Angst abplatzen wie einen zu engen Panzer.

»Sie können mit ihm sprechen.«

Danner und ich sprangen gleichzeitig auf.

»Sind Sie denn auch mit Herrn Schröder verwandt?«, fragte sie Danner streng.

»Sein Bruder«, log er, ohne zu zögern.

Molle lag in einem von blinkenden Monitoren umstellten Pflegebett. Das Kopfteil war so weit erhöht, dass er halb saß. Ein Schlauch steckte in seiner Nase, ein anderer in seiner Ellenbeuge. Unzählige Kabel waren an seine Finger geklemmt oder verschwanden unter dem dünnen OP-Hemdchen, das seinen Bauch nur notdürftig bedeckte.

Aber immerhin hob sich sein Gesicht farblich ein klein wenig von dem blütenweiß gestärkten Kopfkissen ab und ich atmete auf.

Ich flog auf sein Bett und drückte ihm einen Kuss in den weichen grauen Bart.

»Ihre Tochter hat sehr professionell reagiert, Herr Schröder«, erklärte die Ärztin, die ja selbst gar nicht dabei gewesen war.

Molle tätschelte mir schwer atmend den Rücken.

»Nicht zu lange«, sagte die Ärztin streng. »Herr Schröder darf sich auf keinen Fall aufregen oder anstrengen.«

Dann schlüpfte sie aus dem Zimmer.

Molles Blick hing an Danners Gesicht.

»Jo«, flüsterte er matt und Danner beeilte sich, neben mir ans Bett zu treten.

»Ist er …?« Molle schluckte trocken.

»Nein«, beeilte sich Danner, ihn zu beruhigen. »Ich kümmere mich um ihn. Ruh du dich einfach aus, in Ordnung?«

Molle hob den Kopf aus dem Kissen und versuchte, Danner einen strengen Blick über seine Brille hinweg zuzuwerfen. Doch man hatte ihm die Brille weggenommen und ohne sie klappte das nicht so richtig. Ein Monitor fing an zu piepen, weil der Pulswert in die Höhe schnellte.

»Lüg mich nicht …« Molle versuchte zu knurren.

»Einer von seinen Kumpeln ist abgeschmiert«, versicherte Danner hastig. »Ich habe die Leiche gesehen. Er war es definitiv nicht.«

Molles Finger zuckten, Danner sollte weiterreden.

Rasch griff mein Freund Molles verkabelte Hand und tätschelte sie beruhigend.

Ich biss mir auf die Zunge. Süß.

»Krieg aber nicht gleich den nächsten Herzinfarkt«, bat Danner eindringlich. »Oben auf dem Kran wollte Jonas einem seiner Kletterkollegen an den Kragen. Wenn es sich bei dem Toten um seinen Streitgegner handelt, steckt er in Schwierigkeiten. Die Wegner versucht sicher schon, ihn ausfindig zu machen.«

Molle ließ sich stöhnend zurück ins Kissen kippen.

Im nächsten Moment hob er den Kopf jedoch ruckartig wieder und starrte Danner an.

»Nicht …«, flüsterte Molle beschwörend.

Danner schüttelte den Kopf, als würde er wirklich verstehen, was Molle nicht auszusprechen schaffte.

Molle bewegte tonlos die Lippen: »Pass … auf.«

Danner salutierte mit zwei Fingern an die Schläfe und ich hatte das Gefühl, irgendwas nicht mitbekommen zu haben.

4.

Mit Mühe hielt ich meine Neugier zurück, bis die schwere Glastür mit dem Zahlenschloss und der Gegensprechanlage, die die Intensivstation abriegelte, hinter uns zugefallen war.

»Wo zum Teufel kommt ›Jonas‹ plötzlich her?«, platzte ich heraus, als wir in den Fahrstuhl stiegen. »Und was genau habt ihr da drin eben ›nicht‹ besprochen?«

Danner lehnte sich mir gegenüber an die Fahrstuhlwand, verschränkte die Arme vor der Brust und musterte mich mit unbewegter Miene. Wahrscheinlich überlegte er, wie er sich um die Antworten herumdrücken konnte.

»Entschuldige, dass ich ein paar Worte brauche und mich nicht telepathisch verständige, wie anscheinend alle anderen um mich herum«, giftete ich gereizt. Als ich das Grübchen in seinen Bartstoppeln bemerkte, verstummte ich abwartend.

Danner rieb sich das Kinn. »Das ist eine längere Geschichte.«

»Wir haben nichts vor, oder?«, entgegnete ich.

»Doch«, widersprach Danner, »jetzt schon. Aber ich schätze, ich kann dich im Auto aufklären.«

»Molle ist zehn Jahre älter als ich«, begann Danner tatsächlich zu erzählen, als wir kurz darauf in unserem windschnittigen, aber klapprigen, schwarzen Oldtimer saßen und Danner den Wagen aus dem Klinikparkhaus kurbelte. »Nach der mittleren Reife hat er eine Ausbildung zum Koch absolviert. In einem Fünf-Sterne-Schuppen. Er hatte das ziemlich gut drauf, weißt du?«

Nein, hatte mir bisher ja keiner erzählt.

Danner fuhr nicht in Richtung Innenstadt, sondern bog in die Hattinger Straße ein. Wir fuhren nach Süden?

»Schon während der Ausbildung hat Molle an irgendwelchen Wettbewerben teilgenommen – die schönste Torte und so 'n Scheiß. Mit zweiundzwanzig war er Chef de Cuisine. Mit vierundzwanzig hat er sein eigenes Restaurant in der Innenstadt aufgemacht, irre viel Pacht bezahlt und noch unglaublichere Preise verlangt für Gerichte, von denen man beim Lesen der Speisekarte keinen Schimmer hatte, was man da bestellte.«

Klang absurd, wenn man Molle unrasiert in seiner schmuddeligen Schürze und seiner noch schmuddeligeren Kneipe Schnitzel Pommes servieren sah. Doch wenn ich einen Moment darüber nachdachte, war Molle als Sternekoch für mich nicht unvorstellbar.

»Und dann hat er Margorzata als Kellnerin eingestellt.«

Danner sagte ›Marrgorrschaata‹, woraus ich eine osteuropäische Herkunft schlussfolgerte.

»Polin«, bestätigte er. »Sie besuchte Verwandte, die als Bergarbeiter nach Bochum gekommen waren. Vom Servieren hatte sie null Ahnung. Kennst ja Molle.«

Ich nickte. Molles Einstellungskriterien für Kellnerinnen waren heute noch mysteriös.

»Margo hat sich als sehr pfiffig erwiesen – und Molle ganz schön den Kopf verdreht. Mein blöder Alter hat damals gelästert, sie wolle sich bloß das Bleiberecht erficken. Aber sie ist wieder nach Polen gegangen und Molle blieb todunglücklich zurück. Ein paar Monate später war sie aber plötzlich wieder da und Molle hat sie vom Fleck weg geheiratet und geschwängert, damit sie ja nicht wieder verschwindet. Er war dann – lass mich rechnen – etwa sechsundzwanzig, als Jonas zur Welt kam.«

Ich versuchte, Danners Erklärung gedanklich zu folgen. Wenn Molle zehn Jahre älter als Danner war, war Jonas mittlerweile selbst Anfang zwanzig.

»Vier Jahre später ging die Ehe in die Brüche«, fuhr Danner fort. »Ich hatte gerade bei der Polizei angefangen, meine Mutter hat sich nach Frankreich abgesetzt, mein Vater hat rumgetobt – und als ich endlich mitgekriegt hab, dass Molle nicht klarkommt, hatte er sein Restaurant schon vertickt und auf einem Kreuzfahrtschiff angeheuert.«

»O je.«

Danner bremste unseren Oldtimer vor einer roten Ampel.

»Und seitdem hat Molle nichts mehr von seinem Kind gehört?«, schlussfolgerte ich betroffen.

»Doch«, sagte Danner.

»Ach ja?« Ich boxte ihn in die Seite. »Dann sprich doch mal weiter.«

»Vor etwa zehn Jahren ist Molles Mutter gestorben. Herzinfarkt.«

Ich sah meinen Freund erschrocken an.

»Molle musste entscheiden, was er mit seinem Elternhaus und der Kneipe anstellt. Und weil ihm die Seefahrerei wohl mittlerweile auf den Keks ging, ist er nach Bochum zurückgekommen und hat die Kneipe seiner Eltern weitergeführt. Zufällig habe ich kurz darauf den Dienst quittiert und saß obdachlos auf der Straße, Molle konnte die Miete gebrauchen …«

»… und ihr habt eine WG gegründet.« Das hatte ich mitgekriegt. »Was ist mit Jonas?«

»Als ich die Detektei eröffnete, war Molle mein erster Kunde.« Danner bog ab. »Er wollte wissen, was aus Margo und Jonas geworden ist.«

»Und?«

»Margo war in zweiter Ehe verheiratet. Mit einem stinkreichen Typ. Molle hat dann nicht mehr nach ihr gefragt. Aber ich habe ab und zu mal geguckt, was sein Nachwuchs so treibt.«

Danner verstummte wieder.

»Und?«, drängelte ich.

Danner schien die Luft anzuhalten.

Ich lehnte mich nach vorn aufs Armaturenbrett, um ihn anzusehen.

»Er hat Scheiße gebaut.« Danner atmete aus. »Am laufenden Band. Beim Graffitisprayen und S-Bahn-Surfen habe ich ein paar Mal den Schutzengel gespielt. Aber mit siebzehn ist er dann doch im Jugendknast gelandet.«

Mist.

Danner holte tief Luft, als bräuchte er sie, um das nächste Wort herauszukriegen.

»Einbruch«, sagte er endlich. »In Tateinheit mit schwerer Körperverletzung mit Todesfolge.«

Todesfolge?

Das Wort hallte durch meinen Kopf.

Ausgerechnet Molles Kind sollte ein Schwerverbrecher sein? Das war doch nicht möglich!

»Molle hat mal versucht, ihn zu besuchen. Aber Jonas wollte

ihn nicht sehen. Jetzt ist er offensichtlich wieder draußen. Vorzeitig. Er muss endlich mal friedlich gewesen sein, denn eigentlich sollte er erst in einem halben Jahr entlassen werden.«

Ach so. Na klar, Danner hatte mal wieder alle Daten im Kopf.

»Und das hättet ihr mir einfach eines Morgens präsentiert?«, stichelte ich gereizt. »Ach übrigens, heute müssen wir vor dem Mittagessen eben noch Molles Sohn aus dem Knast abholen?«

Danner nagte an seiner Oberlippe: »Vermutlich.«

Ich verdrehte die Augen.

»Und jetzt glaubt Molle, dass Jonas gleich wieder hinter Gittern landet.«

»Darauf scheint er es ja anzulegen.« Danner schnalzte mit der Zunge. »Aber das werden wir beide verhindern, okay?«

Ich salutierte.

Während Danner unseren Spitfire in ein verkehrsberuhigtes Wohnviertel steuerte, griff er meine Hand und verhakte seine Finger erneut in meinen.

Mir wurde warm.

Nach einer Weile fügte Danner hinzu: »Wenn wir nicht verhindern können, dass Jonas im Gefängnis landet, werden wir es Molle verheimlichen, bis der seinen Arsch aus dem Krankenhausbett bewegt hat, jeden Tag joggen geht und nur noch Gemüse isst, verstanden?«

Unsere Blicke trafen sich etwas länger, als es im Bochumer Berufsverkehr empfehlenswert war. Ich war verrückt nach dem Kerl.

»Logisch«, nickte ich.

»Dann ist doch alles klar«, stellte Danner fest. »Warum zwingst du mich, so viel zu quatschen?«

»Haben wir schon einen Plan?«, wollte ich wissen, als Danner kurz darauf vor einem Einfamilienhaus parkte, das an eine abstrakte Skulptur erinnerte.

Er zuckte die Schultern. »Jonas auftreiben, bevor er in die Klauen der Wegner gerät?«

Mein Blick wanderte zu dem von einem Stahlzaun umgebenen Gebäude. Doppelgarage, Gartengrundstück mit englischem Rasen und ein um eine Sonnenterrasse herum asymmetrisch verschachteltes Dach.

Mir fielen die Spitzen auf der Oberkante des Zaunes auf: Sie ragten wie Speere nach oben.

»Sieht ein bisschen nach Knast aus«, überlegte ich laut. »Aber ich kann mir nicht vorstellen, dass hier ehemalige Häftlinge resozialisiert werden.«

»Das ist das Haus von Margos zweitem Mann.« Danner steckte die Hände in die Hosentaschen. »Hier hat Jonas meines Wissens zuletzt gelebt.«

Oh.

Danner trat an das Tor neben der Steinsäule, in die Briefkasten, Klingel und Gegensprechanlage eingemauert waren.

Ich blieb auf dem Bürgersteig stehen und betrachtete das Gebäude. Es gehörte zu der Sorte von Eigenheimen, bei deren Anblick sich mir die Nackenhaare aufstellten. Nicht weil es sich um ein Gruselschloss handelte, in dem schon aus der Ferne das Kettenrasseln der Gespenster zu hören war. Gruselschlössern gegenüber war ich vorurteilsfrei. Jonas' behagliches Heim war mir auf Anhieb unsympathisch, weil der einzige Zweck dieses extravaganten Daches mit Terrasse, wetterfesten Sonnenliegen und Ampelschirm war, den Nachbarn die finanzielle Situation des Besitzers zu verdeutlichen. Die Hütte war eine Riesenrolex.

»Hat sie Molle wegen dem Kerl verlassen?« Ich konnte nicht verhindern, dass meine Stimme einen klitzekleinen, aggressiven Unterton bekam.

Danner legte amüsiert den Kopf schief: »Nicht wegen diesem.«

»Aber wegen eines anderen schicken Hauses?«, wollte ich das jetzt genau wissen.

»Wenn ich mich richtig erinnere, war es ein Porsche«, sagte Danner.

»Ich hasse die Tussi jetzt schon.«

Danner nahm die rechte Hand aus der Hosentasche und zog mich am Kragen meines ärmellosen Stretchshirts an sich, bis unsere Nasen zusammenstießen. Er schwitzte und die Mittagssonne glitzerte in seinen betongrauen Augen.

»Ich steh total auf dein generelles Misstrauen gegenüber Leuten mit Geld«, grinste er.

Ich registrierte die Berührung seiner Brustmuskeln und durch den dünnen Stoff unserer T-Shirts spürte ich seine Wärme heiß auf meiner Haut. Mein Körper reagierte zuverlässig auf ihn.

»Mit dem Porsche ist Margo damals übrigens auf die Schnauze geflogen«, berichtete er. »Der war nicht mal bezahlt.«

Ich konnte nicht verhindern, dass meine Fantasie aus Molles Exfrau eine mit Klimpergold behängte Schönheit mit unechtem Busen, unechten Lippen und unechten Haaren formte, die, in ihre Echtpelzstola gehüllt, nach Bochum gestöckelt war, um sich einen finanziell potenten Ehemann zu angeln, der ihr ein Kind machte und den Lebensunterhalt finanzierte. Und als sich eine Gelegenheit für ein noch bequemeres Leben ergeben hatte, hatte sie zugegriffen.

Die hohle Nuss hatte *meinen* Molle gegen einen Porsche eingetauscht? Wenn ich die Gelegenheit dazu bekam, würde ich ihr den Kopf abreißen und als Fußball benutzen. Konnte kein großes Problem sein, war sicher leicht, das angemalte, leere Teil.

Danner schmunzelte, als könnte er meine Gedanken lesen.

Er ließ meinen Kragen los: »Vergiss die blöde Kuh. Unser Job ist es, dafür zu sorgen, dass Molle sich nicht aufregt.«

Er trat wieder an das protzige Gartentor, das zweifellos in der Lage war, per Fernbedienungsklick zur Seite zu schweben, um einer Limousine mit Stern Platz zu machen.

In gleichen Moment sah ich ein hochrotes Gesicht hinter einer Buchsbaumformation neben der Doppelgarage auftauchen. Eine große, dünne Frau in grüner Gärtnerkluft und mit einer Astschere in der Hand stützte die Hände in den Rücken.

»Guten Tag!« Ich winkte ihr zu. »Können Sie uns helfen?«

Die Frau warf ein paar Buchsbaumzweige auf eine Schubkarre, wischte sich mit dem Ärmel über die Stirn und streifte die Arbeitshandschuhe ab, bevor sie über den frisch gekämmten englischen Rasen auf uns zukam.

»Ist sie das etwa?«, erkundigte ich mich flüsternd bei Danner.

Der schüttelte den Kopf.

Unter ihrer grünen Latzhose trug die Frau ein kariertes Hemd, ihr Gesicht war länglich und ein paar verschwitzte, graublonde Locken hatten sich aus ihrem Pferdeschwanz gelöst.

»Ja, bitte?«

»Das ist doch das Haus von Burkhard Lächner, dem Architekten?«, erkundigte sich Danner.

»Wenn es um eine Immobilie geht, müssen Sie sich einen Termin im Büro geben lassen«, erklärte die Frau bestimmt.

»Wir sind Bekannte von Margorzata Lächner«, erklärte Danner rasch. »Wohnt sie noch hier?«

Die Gärtnerin machte ein Gesicht, als wollte sie Danner beißen: »Schon lange nicht mehr.«

So einfach fanden wir Molles Sohn also nicht.

»Aber Herr Lächner lebt noch hier?«, überprüfte Danner prompt Margos Beziehungsstatus.

»Wäre ja noch schöner, wenn die auch noch das Haus gekriegt hätte«, schnaufte die Gärtnerin verächtlich.

Die Tussi mit der Pelzstola tauchte in meinen Gedanken auf und winkte mir huldvoll zu.

»Wissen Sie zufällig, wo Frau Lächner jetzt wohnt?«, erkundigte ich mich liebenswürdig.

»Nee«, blaffte sie. Einen Augenblick lang sah es aus, als würde es bei der einsilbigen Antwort bleiben. Dann rieb sie sich nachdenklich die Nase. »Die heißt auch nicht mehr so. Bei der Scheidung hat die gleich wieder ihren alten Namen angenommen.«

Na also.

»Wozniak?«, hakte Danner nach.

Die Frau runzelte verständnislos die Stirn: »Nein. Müller, Meier, Schulze, keine Ahnung. Sie wollte wieder den gleichen Namen wie ihr Bengel haben.«

Danner und ich tauschten einen kurzen Blick.

Margo hieß wieder Schröder?

»Dabei ist der Junge ja damals ins Gefängnis gewandert«, wurde die Gärtnerin gesprächiger. »Sonst hätte der Chef vielleicht bis heute nicht begriffen, wie kaputt die waren. Die hatte ihm ja ordentlich den Kopf verdreht. Aber als die Polizei vor der Tür stand, ist er aufgewacht. Da war was los, sage ich Ihnen.«

»Besten Dank für Ihre Hilfe, Frau …?«

»Schmiedel.« Sie reichte eine von Dornen zerkratzte Hand durch den Stahlzaun. Ihr blasses Gesicht färbte sich rosa. Sogar wenn ich direkt neben Danner stand, erschien unsere Beziehung den meisten Leuten vollkommen abwegig, ärgerte ich mich.

»Ich glaube, Ihre Bekannte hat noch das Café«, sagte Schmiedel zu meinem Erstaunen und hielt Danners Hand einen Augenblick zu lange fest.

»Welches Café?«, hakte er nach.

»Na, im *Ruhrpark.* Beste Lage. Hat alles der Chef bezahlt.«

»Guter Tipp«, sagte Danner verblüfft.

Die Gärtnerin summte leise vor sich hin, als sie sich zurück auf den Weg zu den Buchsbäumen machte.

»Besten Dank?« Ich zog die Augenbrauen hoch. »Wann hast du deinen Wortschatz derartig erweitert?«

Danner wischte grinsend seine Hand an seiner Jeans ab.

5.

Nach fast einem Jahr in Bochum wusste auch ich, dass wir kein lauschiges Ausflugscafé im Grünen suchten. Beim *Ruhrpark* handelte es sich nicht um ein Naherholungsgebiet, in dem Radwanderer an Flussufern picknickten, sondern um ein Paradies für Kaufsüchtige: Bochums Shoppingmeile direkt an der A 40.

Mit meinen Freundinnen Lena, Karo und Franzi hatte ich hier erst vor zwei Wochen zweihundert Euro für knatschenge Jeans auf den Kopf gehauen, um hinterher mit einer Sonnenbrille auf der Nase Eiskaffee zu schlürfen und mich wie ein ganz normaler Teenager zu fühlen.

Jetzt stand ich mit Danner vor dem stylishen Café, vor dessen Tür wetterfeste Sofas unter Sonnenschirmen zum Chillen einluden und eine hübsche, runde Handschrift auf einer Kreidetafel die Preise von Milchkaffee und Schokomuffins bekannt gab.

Mein Blick hing am Logo über der Eingangstür. Ich konnte nicht sagen, ob ich bei meinem letzten Besuch nicht hingesehen oder mein Hirn diese Information als unwichtig eingeordnet und schlicht nicht abgespeichert hatte.

»Das gibt es doch nicht«, staunte ich.

Mit einer Kopfbewegung machte ich Danner auf den verschnörkelten Schriftzug über der Eingangstür aufmerksam. *Margo's* hieß der Laden.

»Wer sagt es denn?« Danner flegelte sich prompt auf das wetterfeste Polster.

Hatte mir vor zwei Wochen etwa Molles Exfrau Eiskaffee serviert? Während ich mich neben Danner auf die Couch sinken ließ, versuchte ich, mich an das Gesicht einer Bedienung zu erinnern. Doch die wasserstoffblonde Männerfängerin mit dem Atombusen und der Pelzstola, die durch meine Vorstellung stöckelte, konnte ich beim besten Willen nicht mit dem Eiskaffee in Verbindung bringen. Wobei das stylishe Ambiente des Ladens ja durchaus auf eine Besitzerin schließen ließ, die einen gewissen Wert auf Äußerlichkeiten legte.

Danner boxte mir den Ellenbogen in die Rippen: »Das ist sie.«

Mit dem Kopf deutete er auf eine Frau, die ein Tablett aus dem Laden balancierte. Sie war klein, mit sehr weiblichen

Rundungen, aber nicht richtig dick. Die schwarzen Haare trug sie schulterlang mit grade geschnittenem Pony, die bodenlange, weiße Schürze hatte sie lässig um die Hüften gebunden.

Aber ein richtiger Hingucker war ihr Gesicht: Die mit Rouge betonten Wangenknochen waren breit, das Kinn spitz. Und ihre großen, blauen Kulleraugen verformten sich für einen Moment zu zwei lustig funkelnden Halbmonden, als sie den beiden Frauen am Nachbartisch Cappuccino servierte. An weniger schönen Tagen konnte ihr Lächeln die Sonne ersetzen.

Sie sah gut aus.

Ordentlich. Gepflegt. Hübsch.

Nur leider gar nicht wie die Männerfresserin, die ich mir vorgestellt hatte. Wie die Mutter eines Schwerverbrechers auch nicht. Und – sorry, Molle – wie die Exfrau von Molle sah sie ebenfalls nicht aus. Echt nicht.

Tatsächlich wirkte sie nicht mal halb so unsympathisch, wie ich sie mir gewünscht hätte. Schnell erinnerte ich mich daran, dass sie den wunderbarsten Mann der Welt gegen einen Porsche eingetauscht hatte.

»Kennt sie dich eigentlich?«, erkundigte ich mich bei Danner.

»Theoretisch ja.« Nachdenklich wiegte er den Kopf. »Allerdings hatte ich, als wir uns das letzte Mal begegnet sind, blonde Locken.« Er grinste. »Die Chancen, dass sie mich wiedererkennt, stehen eher schlecht. Willst du einen Kaffee?«

»Mit Milch? Zucker? Karamellcreme? Sahneschaum? Ahornsirup? Nussnugatgeschmack?«, erkundigte sich Margo kurz darauf. Ihre Stimme war dunkel und weich und beinahe ohne Akzent. In ihren Augenwinkeln entdeckte ich fröhliche Fältchen und ihr Lächeln war so warm, dass es mir gar nicht wie das Dienstleistungslächeln einer Servicekraft vorkam.

Aber konnte so ein Lächeln überhaupt echt sein, wenn der eigene Sohn im Gefängnis gewesen war, weil er einen Menschen getötet hatte?

Ich schätzte Margo auf Anfang vierzig – was passen konnte, denn auch Molle war ja noch keine fünfzig, auch wenn er anders aussah.

»Zweimal schwarz«, sagte Danner.

Die Frau verschwand im Innern des Restaurants.

»Wie findest du sie?«, wollte Danner wissen.

»Zu nett«, murrte ich. »Kaufe ich ihr nicht ab.«

»Ich auch nicht.«

»Außerdem ist sie zu schick für Molle«, beschwerte ich mich weiter. »Was hat der sich dabei gedacht?«

Danner zog belustigt die Augenbrauen hoch: »Auch wenn du Kind dir das nicht vorstellen kannst: Mit zwanzig hatte Molle den Bauch, den Pferdeschwanz und den Herzinfarkt noch nicht.«

Ich erinnerte mich an den durchtrainierten Krankletterer auf dem Video.

Mann, Molle.

Ich schwieg, weil Molles Ex schon wieder aus dem Café trat, mit einer eleganten Bewegung zwei Kaffeetassen auf den Tisch stellte und die Löffel daneben klimperte.

»Können wir Ihnen mal eine Frage stellen, Frau Schröder?«, erkundigte sich Danner direkt.

Sie musterte ganz kurz erst ihn, dann mich. Dann schlussfolgerte sie ziemlich scharfsinnig, dass keine Anmache folgen würde, und lächelte wieder.

»Bitte sehr.« Ein klein wenig rollte sie das R.

»Hat Ihr Sohn sich heute schon bei Ihnen gemeldet?«

Ich konnte sehen, wie ihr Gesicht grau wurde, winzige Risse bekam und versteinerte.

»Wir müssen Jonas dringend finden«, erklärte Danner. »Er steckt in Schwierigkeiten.«

»Verschwinden Sie oder ich rufe die Polizei!«, zischte die Frau tonlos.

»Ich bin mir ziemlich sicher, dass Sie genau das auf keinen Fall tun werden«, vermutete Danner.

Margo wich zurück: »Lassen Sie mich in Ruhe!«

Ihr Blick flitzte zu ihrem Laden, als zöge sie ernsthaft in Erwägung, hineinzuflüchten und sich zu verbarrikadieren.

Danner hielt ihr die Karte unserer Detektei hin: »Ben Danner und Lila Ziegler. Wir arbeiten für Jonas' Vater und wollen wirklich nur helfen.«

Margo stutzte. Dann schnappte sie Danner die schwarze Pappkarte aus den Fingern und studierte sie hastig.

»Ben?« Margo wich noch einen Schritt zurück und musterte ihn stirnrunzelnd. Dann leuchtete ihr Gesicht auf. »Jochens – ähm – kleiner Bruder, oder wie war das?! Im Leben hätte ich dich nicht erkannt.« Sie lachte auf. »Was ist mit deinen Haaren passiert?«

Einen Moment lang sah sie aus, als wollte sie Danner vor Erleichterung um den Hals fallen. Dann kam ihr wohl in den Sinn, dass er möglicherweise nicht gut auf sie zu sprechen war, und sie zuckte verlegen zurück.

»Lila Ziegler«, half ich ihr aus der Situation, indem ich aufstand und ihr die Hand hinhielt. Margos Händedruck war weich und warm.

»Meine Lebensgefährtin«, ergänzte Danner, womit er meine Kniegelenke kurzzeitig in Butter verwandelte und dafür sorgte, dass ich zurück aufs Sofa sackte.

Margo sank auf die Polsterkante gegenüber.

Ihr Lächeln war erloschen. Als wäre die Sonne untergegangen. Auf einmal wirkte sie unendlich müde. Ihr Strahlen war unecht gewesen. Das war unheimlich, weil ich es geahnt, ihr aber trotzdem um ein Haar abgekauft hatte.

»Jochen schickt euch?«, murmelte die Frau verwirrt. »Wieso? Warum steckt Jonas in Schwierigkeiten?«

»Dein Sohn ist heute Nacht mit ein paar anderen jungen Leuten auf einer Baustelle eingebrochen und auf einen Kran geklettert«, tastete sich Danner behutsam vor. »Weißt du irgendwas darüber?«

Margo schüttelte zögernd den Kopf.

»Bei der Aktion ist einer der Jungs abgestürzt und ums Leben gekommen.«

»O nein.« Margo schüttelte den Kopf heftiger, ihre schwarzen Haare flogen ihr ins Gesicht und blieben an ihrem zartrosa Lipgloss kleben. Doch sie schüttelte weiter, als gelänge es ihr nicht, die Bewegung zu kontrollieren.

»Das kann nicht sein«, stammelte sie. »Nicht schon wieder.«

Ich kramte mein Handy aus der Tasche. »Leider doch.«

»Das glaube ich nicht!«, wurde sie unvermittelt laut.

Einer Frau am Nebentisch klirrte vor Schreck die Tasse auf den Tisch.

»Das ist einfach nicht möglich! Er hat es mir versprochen.«

Ich spulte das Video ein Stück vor, trat um den Tisch und hielt Margo mein Handy unter die Nase. Jonas' wutverzerrte Miene war in Nahaufnahme zu erkennen.

»Hör auf!« Margo schlug mir das Telefon aus der Hand. »Ich will das nicht sehen!«

Überrumpelt stolperte ich rückwärts gegen den Nachbarsessel, die Kaffeetante rückte meckernd zur Seite. Dann fing ich mich wieder, packte Margos Handgelenk und wunderte mich, wie dünn ihr Arm an dieser Stelle war.

Mein grober Griff ließ sie zusammenfahren. Erschrocken starrte sie mich an. Ich konnte sehen, wie sich ihre blauen Augen mit Tränen füllten und dachte eine Sekunde lang darüber nach, ob die nun echt waren.

»Er hat versprochen, keinen Mist mehr zu bauen«, schluchzte Margo.

Weil sie nicht mehr sonderlich angriffslustig wirkte, lockerte ich meinen Griff, umfasste stattdessen ihre Schultern und zog sie ins Café.

Danner schob die Glastür hinter uns zu und drehte das daran baumelnde Schild um.

Closed.

Wir standen in einer vanillefarbenen Welt mit Kaffeebohnendeko, gläsernen Windlichtern auf den Tischen und einem *Kaffee-heilt-Depressionen*-Spruch an der Wand hinter der Theke. Ich drückte Margo auf einen mit braunem Kunstleder bezogenen Stuhl.

Danner legte mein Handy neben das Windlicht auf dem Tisch. Das Display war hin. Na toll.

»Wir müssen mit Jonas sprechen«, erklärte Danner eindringlich. »Am besten, bevor die Polizei das tut.«

Margo zuckte zusammen.

Ich setzte mich neben sie: »Wo ist er?«

»Das ist alles nicht so einfach.« Dicke Tränen kullerten über Margos Wangen.

»Wir wollen ihm wirklich helfen.«

»Ich weiß nicht, wo er steckt, okay?«, gestand sie. »Er ist vor vier Wochen ins Studentenwohnheim gezogen. Und seit einer Woche hat er sich nicht mehr gemeldet.«

»Mist«, seufzte ich.

»Das weiß ich selbst!« Margo verbarg das Gesicht in den Händen. »Er will nicht bei mir leben. Er ist kaum ein halbes Jahr aus dem Gefängnis und bringt sich schon wieder in Schwierigkeiten. Als Mutter bin ich eine Katastrophe. Aber es ist nicht so einfach, wenn man sein Kind jahrelang nur alle zwei Wochen besuchen durfte.«

Sie fummelte an einem Päckchen Zigaretten herum, doch ihre Hände zitterten so stark, dass sie die Kippe nicht herausbekam.

Danner nahm ihr die Schachtel aus der Hand und reichte ihr eine Zigarette: »Jonas ist erwachsen, Margo.«

Sie brauchte drei Versuche, bis die Zigarette brannte und sie das Nikotin hektisch in ihre Lungen saugen konnte. Nach den ersten zwei Zügen beruhigte sie sich ein wenig.

»Ich dachte wirklich, er wäre auf einem guten Weg.« Sie blinzelte die Tränen weg und sah uns mit kugelrunden, nachtblauen Augen an. »Die ersten zwei Jahre im Gefängnis waren so schlimm. Er wollte mit niemandem sprechen und hat wie von Sinnen trainiert. Mit den ganzen Muskeln habe ich ihn kaum wiedererkannt, als ich ihn endlich besuchen durfte. Aber dann hat irgendwas klick gemacht. Noch im Gefängnis hat er sein Abitur nachgeholt. Jetzt studiert er Sportwissenschaften und jobbt in der Kletterhalle. Sport ist total sein Ding, das Training hat ihn in der Haft gerettet, sagt er.«

Ihre Zigarette fing an zu zittern.

»Aber seit ein paar Wochen kommt er abends wieder nicht nach Hause. Als ich ihn drauf angesprochen habe …«

Sie brach ab und kaute auf ihrer Unterlippe.

»Er war so aggressiv«, sagte sie schließlich. »Ich hatte richtig Angst vor ihm. Dann ist er ausgezogen, damit er seine Ruhe hat.«

Uff.

Danner hatte einen Notizblock gezückt: »Wo ist das Studentenwohnheim?«

»In der Hustadt.«

Danner notierte.

»An der Laerheidestraße. Er hat ein Zimmer im siebten Stock in Haus 4 der Wohnanlage.«

Danners Blick wanderte zu meinem kaputten Handy auf dem Tisch, dann kramte er sein eigenes Gerät aus der Tasche.

»Ich möchte, dass du dir das Internetvideo von letzter Nacht ansiehst, Margo«, erklärte er bestimmt. »Vielleicht erkennst du einen der Typen, mit denen Jonas losgezogen ist.«

Margo schluckte. Dann nickte sie und drückte die Zigarette auf dem mit Kaffeebohnen bestreuten Schälchen des Windlichtes aus.

Damit sein Telefon nicht das Schicksal meines Gerätes teilte, hielt Danner es Margo mit einigem Sicherheitsabstand hin. Gespannt beobachtete ich das blanke Entsetzen in ihrem Gesicht, während sie sich den halsbrecherischen Stunt ihres Sohnes ansah. Als er den Handstand über dem Abgrund machte, hielt sie sich die Augen zu.

»Ratte hat nie Angst«, kommentierte der Frauenarschfilmer hinter der Kamera.

»Die Stimme …«, murmelte Margo. »Der Junge mit der Kamera klingt ein bisschen wie ein früherer Schulfreund von Jonas. Ich könnte beinahe wetten, dass das Dennis ist. So ein Mist.«

»Dennis?« Danner hatte den Notizblock wieder in der Hand.

»Dennis Plau. Der hat Jo früher immer angestiftet. Kiffen, Graffiti sprayen, S-Bahn-Surfen, Ladendiebstahl. Ohne Dennis wäre Jo nie im Gefängnis gelandet.«

Nee, der böse Dennis hatte den niedlichen, kleinen Nager bestimmt unter Hypnose gezwungen, in ein fremdes Haus einzubrechen.

»Und Dennis hat Jonas damals schon ›Ratte‹ genannt«, fügte Margo hinzu.

»Weißt du, wo wir Dennis Plau finden?«, versuchte Danner, mehr Infos zu bekommen.

Margo zuckte die Schultern, während sie nach der nächsten Zigarette kramte. »Keine Ahnung, was aus ihm geworden ist, hab nichts mehr von dem gehört, nachdem Jo …«

Sie ließ den Satz unvollendet, zündete stattdessen ihre Kippe an.

»Der Vater war damals Sport- und Mathelehrer an Jonas' Gymnasium. Die Mutter hat da auch gearbeitet. Das ist eine blöde Tussi. Hat mich erst zur Tupperparty eingeladen, als ich keine alleinerziehende, polnische Bedienung mehr war, sondern Architektenfrau.«

Vorsicht! Ich lehnte mich auf dem Stuhl zurück und verschränkte die Arme. Du selbst hast doch Molle gegen einen Porsche und eine Dachterrasse getauscht, du Schickse.

Danner kritzelte die Informationen auf einen Notizblock.

Besser als nichts. Mit ein bisschen Glück konnten wir Jonas' ehemaligen Schulfreund auftreiben.

»Ruf uns an, sobald Jonas sich meldet.« Wir erhoben uns.

»Ähm, Ben?«, hielt Margo Danner zurück. »Wie geht es Jochen?«

»Gut«, sagte Danner. »Wie immer.«

6.

»Glaubst du, die Polizei hat Jonas schon aufgetrieben?«, erkundigte ich mich.

Danner drückte aufs Gaspedal, der Motor unseres Oldtimers hustete und aus dem Auspuff quoll eine ungesunde Qualmwolke, als er den kleinen Wagen mit achtzig Sachen durch den Verkehr auf dem Ring schlängelte. Die Sonne blendete in Scheiben und Spiegeln, die Wagen glühten in der Mittagshitze, und dass unser schwarzes Gefährt vor der Erfindung der Klimaanlage gebaut worden war, machte es nicht komfortabler.

»Die Chancen, dass wir schneller sind, stehen nicht schlecht«, überlegte Danner. »Staschecks Leute müssen erst mal den Tatort sichten, Jonas dann anhand des Videos identifizieren und seine Adresse rauskriegen.«

Ich musterte ihn von der Seite: »Lenny weiß nicht, dass einer der Krankletterer Molles Sohn ist?«

»Ich musste nicht hellsehen können, um zu erraten, dass er zum Hauptverdächtigen mutieren würde, falls er nicht tot wäre«, verneinte Danner. Und in dem Moment, in dem er Jonas auf dem Video erkannt hatte, war ihm offenbar auch schon klar gewesen, dass er den lebensmüden Bengel für Molle aus der Scheiße ziehen würde.

»Manchmal ist eine Kommunikationsphobie ganz nützlich«, räumte ich ein.

»Natürlich ist Jonas der Einzige auf dem Video, der überhaupt zu identifizieren ist. Selbst wenn der Trottel seine Mütze aufgelassen hätte, ist sein niedliches Tattoo bestimmt einzigartig und im Polizeicomputer vermerkt«, fuhr Danner kopfschüttelnd fort. »Lange braucht die Wegner nicht, bis sie auf ihn kommt.«

Er lenkte unseren nachtschwarzen Triumph Spitfire auf den Parkplatz vor dem Studentenwohnheim.

Mittlerweile hatte mich Danner darüber aufgeklärt, dass wir Bochum keineswegs verlassen mussten, um ›Hustadt‹ zu erreichen. Bei der Hustadt handelte es sich um ein Studentenviertel im südlich gelegenen Stadtteil Querenburg. Früher hatten hier viele Mitarbeiter des Opel-Werks gewohnt, aber die waren nach der Schließung weggezogen.

Die Laerheidestraße war verkehrsberuhigt. Vögel zwitscherten und die hohen Birken zwischen den in die Jahre gekommenen Gebäuden rauschten im Sommerwind.

Mehrere niedrige Gebäude umrandeten den Hof der Wohnanlage. Auf den schmutzig gelben Fassaden hatte jemand mit Langeweile und einer schwarzen Spraydose herumgekritzelt. Im Hof standen zwei verwitterte Holztische und ein gemauerter Fahrradständer mit rostigen Halterungen. Aus den Ritzen des Kopfsteinpflasters wuchs bemerkenswert langes Gras. Sah mehr nach Wiese als nach Innenhof aus. Entweder handelte es sich um ein Renaturierungsprojekt ambitionierter Biologiestudenten oder um das Werk eines unmotivierten Hausmeisters.

Ganz hinten auf dem Gelände erhob sich das größte Gebäude der Anlage mit acht Stockwerken und einer mit Schieferplattenattrappen verkleideten Fassade.

Jonas sollte ein Zimmer im siebten Stock von Haus 4 bewohnen, das hatte Margo uns ja verraten. Weil alle anderen Gebäude deutlich niedriger waren, hatte ich Haus 4 soeben identifiziert.

Nachdenklich blieb ich neben den morschen Holztischen in der Hofmitte stehen, während Danner die Waschbetonstufen hinaufstieg und an der Eingangstür rüttelte.

Ich registrierte kurz das flaue Gefühl in meiner Magengegend, das unterschwellig die ganze Zeit da gewesen war. Wäre es nach meinem Vater gegangen, hätte ich eine deutlich luxuriösere Unterkunft als diese bezogen. Dann hätte ich ebenfalls fünfzehn bis zwanzig bequeme Semester Party gemacht, bevor meine steile Karriere als Staranwältin begonnen hätte.

Dass ich in einer schmuddeligen Detektei jobbte, meinen Boss vögelte und das wohlgeordnete Leben meiner Familie mit meiner Anzeige in die Luft sprengte, war nicht vorgesehen gewesen.

»Hi!« Zwei Mädchen mit Rucksäcken rissen mich aus meinen Gedanken, indem sie grüßend an mir vorbeiradelten.

Haus 4 war verschlossen und Danner zu einem der anderen Gebäude hinübergeschlendert. Die beiden jungen Frauen hatten ihn nicht bemerkt.

»Suchst du wen?«, fragte mich die eine hilfsbereit, während sie ihr uraltes Fahrrad an die rostigen Halterungen an der Mauer kettete. Sie trug Flechtzöpfe und einen mausgrauen Schlabberrock, als wäre sie geradewegs von *Unserer kleinen Farm* hierhergeradelt. Ansonsten war sie aber in meinem Alter.

»Ich warte auf jemanden«, winkte ich ab. Ich setzte mich auf die knirschende Holzbank vor einem der Picknicktische und beobachtete, wie die beiden Mädchen die Stufen zu Haus 4 hinauftrabten.

Hm …

Kaum waren die Studentinnen verschwunden, trat Danner aus dem Schatten des Gebäudeeingangs rechts von mir. Mit verschränkten Armen musterte er meine zottelige, kinnlange, blonde Frisur, mein ärmelloses, dunkles Shirt, unter dem der Träger meines BHs immer wieder hervorrutschte, meine Jeans und meine Sneakers.

»Du kannst da einfach reinlatschen«, stellte er fest.

Das Gleiche war auch mir gerade klar geworden. Keinen Menschen irritierte es, wenn ich vor dem Wohnheim herumlungerte, weil mich alle für eine Studentin hielten. Eine von ihnen.

»Dann lass mich mal die Tür aufmachen«, schlug ich vor.

Hinter uns hielt ein Auto und ich winkte Danner rasch zurück in den Schatten des Hauseingangs.

Ein zierliches Mädchen mit einer dunkel gerahmten Brille und einer aufsehenerregenden, hellroten Mähne, die aufgebauscht bis über ihre Schultern reichte, stieg aus dem klapprigen, roten Polo, der jetzt neben unserem Oldtimer parkte. Sie wuchtete eine Kiste Mineralwasser aus dem Kofferraum.

Kurzerhand schlenderte ich auf sie zu.

Sie lud noch eine Kiste Bier aus und legte zwei Flaschen Schokoladenlikör obendrauf. Ich wunderte mich, dass sie überhaupt schon Autofahren und Alkohol kaufen durfte, sie wirkte sehr jung.

»Komm, ich pack mit an.« Ohne auf eine Antwort zu warten, griff ich die Bierkiste.

Die Rothaarige richtete sich auf und schob die Brille hoch: »Bis zum Fahrstuhl wäre lieb.«

Gemeinsam schleppten wir die Getränke über den Hof und die Waschbetonstufen hinauf. Meine Begleiterin besaß einen Hausschlüssel, ich folgte ihr in ein kahles Treppenhaus mit weißen Wänden und unempfindlichen, dunklen Bodenfliesen. Vor einer schlumpfblauen Fahrstuhltür stellte die junge Frau die Wasserkiste ab. Rechts von uns führte eine schmale Treppe mit grau gestrichenem Stahlgeländer nach oben.

»Danke dir.«

Die Fahrstuhltür ratterte zur Seite und ich schob die Bierkiste in den winzigen Innenraum, neben die Sandalen der Rothaarigen. Mehr als ein Paar Füße und zwei Getränkekisten passten nicht auf den Boden der Kabine. Ich hätte gar nicht mitfahren können, was mir nur recht war.

Nachdem die Fahrstuhltür zugerauscht war, ließ ich Danner ins Gebäude.

Wir nahmen die Treppe. Die Stockwerke unterschieden sich lediglich durch die Farbe des Fahrstuhleingangs und der zwei Flurtüren, hinter denen es wohl zu den Zimmern ging. Diese waren wahlweise rot, grün oder blau. Wie in einem Kindergarten, in dem sich die Tür der Schlumpfgruppe farblich von der der Laubfrösche unterschied, damit sich die Kinder leichter zurechtfanden. Warum dieses System bei angehenden Akademikern notwendig war, konnte ich nur raten.

Die Türen zu den Fluren mit den Studentenzimmern hatten keine Klinke, sondern einen Knauf, bemerkte ich im Vorbeigehen. Vom Treppenhaus aus ließen sie sich nur mit einem Schlüssel öffnen.

Im siebten Stockwerk angekommen, blieb ich vor dem riesigen Treppenhausfenster stehen. Mittlerweile hatten wir eine Höhe erreicht, aus der ich nicht nur die großen Birken im Innenhof, sondern das ganze Viertel überblicken konnte.

Einem Adrenalinjunkie, der seine Freizeit vorzugsweise ungesichert in hundert Meter Höhe verbrachte, sagte die Aussicht mit Sicherheit zu.

In der Hustadt waren die Gebäude höher als in Bochums Innenstadt. Ineinander verschachtelt ragten unzählige, bunte Wohnblöcke vor, neben- und hintereinander auf. Bis zum Horizont. Dort erhoben sich mehrere gigantische Kräne über den Dächern …

In dem Viertel mussten unwahrscheinlich viele Menschen wohnen, wurde mir klar. Unwahrscheinlich viele Studenten. In den Tausenden von Wohnungen jemanden zu finden, der nicht gefunden werden wollte, war praktisch unmöglich.

»Die Uni ist recht groß, hm?«, schlussfolgerte ich nachdenklich.

Statt zu antworten, zog Danner belustigt eine Augenbraue hoch.

»Mach dich mal unsichtbar«, brummte ich, wandte mich ab und trat an die kanariengelbe Flurtür rechts von mir. Durch den milchigen Glaseinsatz konnte ich nicht viel erkennen. Energisch bollerte ich gegen das wackelnde Holz.

Hinter der trüben Scheibe bewegte sich beinahe sofort etwas. Danner huschte zwei Stufen abwärts und drückte sich gegen die Treppenhauswand.

Das rothaarige Mädchen mit den Getränkekisten öffnete mir die Tür.

»So schnell sieht man sich wieder«, grinste ich. »Ich suche Jonas Schröder, wir sind zum Lernen verabredet. Der wohnt doch hier, oder?«

»Doch.« Überrumpelt schob sie ihre Brille hoch. »Ich weiß aber gar nicht, ob er überhaupt da ist.«

Tatsächlich hielt sie mir einladend die Tür auf.

Ich folgte ihr in einen fensterlosen Flur, der dementsprechend angenehm kühl war. Allerdings war der dunkle Gang auch so schmal, dass ich die Arme nicht auszustrecken brauchte, um die Backsteinwände zu berühren. Auf der linken Seite befanden sich im Abstand von etwa zwei Metern schmale Zimmertüren – was mir schon genug über die Größe der Räume dahinter verriet. Die zahlreichen Schuhregale, die in den Flur gequetscht worden waren, weil sie wohl nicht mehr in die Zimmer passten, bestätigten meine Schätzung.

»Ist nicht die schickste Hütte, ich weiß.« Meine spontane Ermittlungshelferin meinte offenbar, sich für das Ambiente entschuldigen zu müssen. »Aber dafür bist du mit zweihundert Euro im Monat dabei. Der Preis ist unschlagbar.«

Rechts von mir stand eine Tür offen. Ich blickte in einen im Schachbrettmuster gefliesten Zimmerschlauch, mit olivfarbenen Waschbecken an den Wänden und mehreren bundeswehrgrünen Holztüren im hinteren Bereich. Erst als ich schon ein paar Schritte weitergegangen war, begriff ich, dass das der Waschraum gewesen war. Den teilten sich die Bewohner des Flures offenbar.

Das besondere Flair des Wohnheims war jedenfalls nicht der Grund gewesen, aus dem Jonas das schützende Nest seiner Mutter fluchtartig verlassen hatte. Und die Aussicht allein hatte es sicher auch nicht rausgerissen.

»Hinten links, die letzte Tür vorm Balkon.«

Jonas' Mitbewohnerin bog nach rechts in einen hellen Wohnraum mit einer olivgrünen Küchenzeile und einer großen Sofaecke mit Fernseher ab. So machte sie mir Platz. Ich trat an den letzten Zimmereingang der Küche gegenüber. Die Sonne schien durch eine offen stehende Balkontür am Flurende, die Hitze walzte den Gang hinunter.

Ich klopfte an die Tür.

Drinnen rührte sich nichts.

In der Küche stellte die Rothaarige den Fernseher an.

Ich klopfte lauter.

Nicht da?

Oder hatte sich unsere Ratte zugedröhnt in ihrem Loch verkrochen und vom Tod ihres nachtaktiven Kollegen noch gar nichts mitbekommen?

Kurzerhand trat ich auf den zur Raucherecke umfunktionierten Balkon, unschwer zu erkennen am überfüllten Aschenbecher neben einer rot gestrichenen Gartenbank. Der Balkon war genauso lang wie die Hauswand.

Einer spontanen Eingebung folgend, lehnte ich mich in der hintersten Ecke über das Geländer und spähte um die Wand herum.

Tatsächlich war das Fenster von Jonas' Zimmer keine Armlänge von mir entfernt. Die Jalousie war nur zur Hälfte heruntergelassen. Ohne zu überlegen, stieg ich auf die wacklige Holzbank und rüttelte prüfend am Balkongeländer, bevor ich die oberste Stahlstrebe umfasste und mich sieben Stockwerke über der Erde über die Brüstung lehnte. Zum Glück war ich schwindelfrei. Die zweite Hand konnte ich auf der schmutzigen Fensterbank aufstützen und die Nase gegen die Scheibe pressen.

Jonas lag nicht im Bett, das war auf den ersten Blick klar.

Die schlichtweiße Sommerdecke war so akkurat glatt gestrichen, als stünde ein Kasernenappell bevor. Das Zimmer war … aufgeräumt. Nein, das war der falsche Begriff. Penibel sauber, zwanghaft ordentlich. Pullover, T-Shirts und Handtücher lagen auf perfekten Stapeln in dem offenen, schmalen Regal gegenüber vom Bett. Zwei dunkle Trainingsanzüge hingen auf Kleiderbügeln. Auf dem Schreibtisch direkt unter dem Fenster stand ein alter PC mit Tastatur neben einem ordentlichen Zettelstapel. Ein *Antrag auf BAföG* lag ganz oben. Die Bücher waren auf der Fensterbank mit dem Rücken zu mir gestapelt. *Anatomie*, *Physiologie*, *Trainingslehre*, *Regelwerk Handball – Fußball – Volleyball*, *Leichtathletik*.

Unter dem Bett ragte etwas hervor, das ich als die Kante

einer Hantelscheibe identifizierte. Klar, so wie Jonas aussah, musste er in seiner Freizeit ständig mit einer Langhantel auf dem Rücken herumlaufen. Aber nach dem erneuten Absturz ins Chaos, den Margo befürchtete, sah Jonas' Studentenbude nicht aus. Faltete jemand, der die Uni schwänzte, Party machte und besoffen Scheiße baute, seine gewaschenen Handtücher zu exakt gleich großen Quadraten zusammen?

»Keine Ahnung, seit wann Jonas weg ist. Ich war übers Wochenende zu Hause, komme grade erst wieder«, erklärte mir Jonas' Mitbewohnerin, als ich mich verabschiedete. »Außerdem spricht er ja nicht viel.«

Das schien in den Genen zu liegen.

Durch den finsteren Flur tastete ich mich zurück in Richtung Treppenhaus. Als ich die gelbe Tür hinter mir zuzog, lehnte Danner direkt neben mir an der Wand.

»Ausgeflogen«, berichtete ich achselzuckend.

»Wäre auch das erste Mal gewesen, dass der es einem leicht macht.« Danner schnitt eine Grimasse. »Unsere letzte Chance: Vielleicht hat sein alter Schulfreund Dennis Plau eine Idee, wohin Jonas nach dem nächtlichen Abenteuerausflug abgetaucht ist.«

Genau. Jonas' Mutter hatte geglaubt, die Stimme von seinem ehemaligen Schulkameraden auf dem Video zu erkennen.

»Vorausgesetzt Plau liegt nicht in der Gerichtsmedizin«, fügte Danner nach kurzem Überlegen hinzu.

7.

Das Treppenhaus war bemerkenswert sauber, Fußmatten mit aufgedrucktem Willkommensgruß lagen vor den Wohnungstüren und selbst gebastelte Schmetterlinge flatterten neben den Klingelschildern.

Doch die Stille im Haus beunruhigte mich.

Nachdem wir von Margo erfahren hatten, dass Dennis Plaus Vater Lehrer an dem Gymnasium war, das Jonas bis vor ein paar Jahren besucht hatte, war es einfach gewesen, die Adresse der Familie herauszufinden. Dennis Plaus Eltern unterrichteten anscheinend noch immer dort. Auf der Internetseite der Schule tauchte nämlich nicht nur Gerhard Plau als Mathe- und Sportlehrer, sondern auch Gabriele Plau als Kunst- und Englischlehrerin auf. Nachdem wir die Vornamen kannten, hatte uns *Das Örtliche* die Adresse geliefert.

In Gedanken rechnete ich.

Fünf junge Menschen waren heute Nacht auf dem Kran an der Ruhr-Uni gewesen. Jonas Schröder lebte noch. Wenn Molles Ex Margo recht hatte und die Stimme auf dem verwackelten Handyvideo zu Jonas Schröders ehemaligem Schulkameraden Dennis gehörte, dann bestand eine Chance von eins zu vier, dass seine Eltern im Laufe des Vormittags die Nachricht vom Tod ihres Sohnes erhalten hatte.

Die Chance verschlimmbesserte sich auf eins zu drei, wenn ich einrechnete, dass eine Person auf dem Video augenscheinlich eine Frau gewesen war und Danner dieses Detail bei der Inspektion der Leiche heute früh wohl kaum übersehen hatte.

Standen wir also gleich einer Mutter gegenüber, die gerade von Schnabelnase Wegner auf gewohnt einfühlsame Art über den Tod ihres Kindes unterrichtet worden war?

»Auf der Baustelle an der Uni wurde unweit der Absturzstelle eine blaue Plüschmaske gefunden«, sagte Danner, der offenbar schon wieder meine Gedanken las.

Ich überlegte. Sesamstraßenbewohner Grobis blaues Plüschgesicht war auf dem Video zu sehen gewesen. Wenn Dennis Plau tatsächlich gefilmt hatte, konnte er nicht als Grobi zu sehen gewesen sein. Damit stiegen seine Überlebenschancen wieder.

Weil sich in der Wohnung nichts regte, drückte Danner die Klingel noch einmal.

Waren die Plaus nicht zu Hause, weil sie in diesem Moment die Leiche ihres Sohnes in der Gerichtsmedizin identifizieren mussten?

Eine Wohnungstür klackte.

Allerdings nicht die, vor der wir standen.

Ich sah mich um.

Hinter mir schob eine ältere Dame einen Rollator über die gestaubsaugte Fußmatte. Im Korb ihrer Gehhilfe hockte auf einer violetten Wolldecke etwas, das am ehesten eine Vampirfledermaus sein konnte.

»Entschuldigung, wir suchen die Familie Plau«, sprach ich sie an – wich aber im gleichen Moment zurück, weil der winzige Vampir die Glubschaugen rollte und mir seine spitzen Eckzähne zeigte.

Die Frau hob den wässrigen Blick. »Die lass gefälligst in Ruhe. Die haben andere Sorgen, als mit ehemaligen Schülern über alte Zeiten zu reden«, schimpfte sie und der Vampir kläffte bekräftigend.

Ich hob beschwichtigend die Hände: »Es geht um den Sohn der Familie. Dennis.«

Die Frau betrachtete erst mich, dann Danner. Unentschlossen schob sie ihre Zahnprothese im Mund hin und her. Schließlich kloppte sie die zittrige Hand gegen den Einkaufskorb an ihrem Rollator. »Halt die Klappe, Pucki!«

Der Vampir verstummte.

»Es ist wichtig«, wagte ich zu ergänzen.

Die alte Frau warf einen Blick auf die winzige, goldene Armbanduhr an ihrem knochigen Handgelenk.

»Um diese Zeit ist der Gerhard noch im Hospiz«, murrte sie dann.

Das Lied der Meerjungfrauen. Oder zumindest Bruchstücke davon klangen aus den oberen Räumlichkeiten in die Eingangshalle herunter.

Jemand übte an einem Klavier. Ein Anfängerstück, nicht schwierig, aber der angehende Pianist checkte anscheinend nicht, dass er die schwarzen Tasten mitbenutzen musste.

Die Nachbarin der Plaus hatte uns keine Adresse nennen können, doch das Internet hatte neben einem ambulanten

Dienst nur dieses eine Hospiz ausgespuckt. Danner trat auf die mollige Frau mit kurzen, blonden Haaren hinter dem Tresen zu, um herauszufinden, ob wir richtig waren.

Ich hatte mir ein Hospiz anders vorgestellt. Wie ein Altenpflegeheim, wenn ich genauer darüber nachdachte. Mit abwischbaren Möbeln, unempfindlichen Fußböden und dem allgegenwärtigen Geruch von Desinfektionsmittel und Urin.

Doch das frühlingsgrüne Gebäude war ein normales, wenn auch betagtes Haus. Ich stand in einem Eingangsbereich mit Tresen, ein lautloser Deckenventilator hielt die Luft in Bewegung und auf dem Holztisch neben einer Sitzgruppe stand ein Strauß Sonnenblumen. Zwei ältere Herren hatten mit Kaffeebechern Platz genommen und unterhielten sich gedämpft.

Nur weil ich danach suchte, entdeckte ich den durchsichtigen Schlauch, der unten aus dem Hosenbein des dünneren Mannes herauskam und in einer sackartigen Tasche an der Außenseite verschwand. Da steckte ein Urinbeutel drin.

Eine Treppe mit geschnitztem Geländer führte in einem Bogen in die obere Etage. In einer Nische brannte ein Windlicht in einem hohen Glas.

Der Klavierspieler lenkte mich ab.

Eigentlich hasste ich den Klang von Klavieren in großen, stillen Häusern. Ich hasste sogar das Lied, obwohl der angehende Mozart das Meerjungfrauengejodel aufgegeben hatte und stattdessen nun *Lang, lang ist es her* klimperte. Beide Lieder hatten Stunden meiner Lebenszeit vergeudet. *Lang, lang ist es her* klappte besser, dazu brauchte man die schwarzen Tasten nicht. Merkwürdigerweise störte mich das Geklimper in diesem Moment kaum.

Danner deutete auf die Treppe in den ersten Stock. Die ausgetretenen Stufen knarrten.

»Gabriele Plau ist tatsächlich hier zu Gast«, raunte er mir zu.

Zu Gast. Die Umschreibung passte zu den Sonnenblumen. Als wäre man in einer heimeligen Pension eingekehrt. Tatsächlich bedeutete das wahrscheinlich, dass Gabriele Plau das frühlingsgrüne Haus nicht mehr lebend verlassen würde.

Gabriele Plau war der Name der Kunstlehrerin aus dem Internet. Ich hatte sie für die Mutter des gesuchten Dennis Plau gehalten. Aber konnte es sein, dass der wirklich heute Nacht auf einem Kran lustige Filmchen gedreht hatte, während seine Mutter im Hospiz lag?

Das erste Stockwerk war etwas verwinkelt, wirkte aber großzügig und freundlich, mit hellem Laminatboden und farbenfrohen Acrylbildern an den Wänden.

Das Klavier stand im Flur. Die alte Frau auf dem Hocker starrte angestrengt auf die Tasten. Ihr dünnes Haar hatte sie zu einem Zopf gebunden. Sie trug ein rosafarbenes T-Shirt zu einer flattrigen Jogginghose. Die pergamentdünne Haut ihrer zarten Hände war zwischen die Knochen gesunken, darunter wanden sich dicke Venen wie bläuliche Würmer. Im rechten Handrücken steckte eine Infusionsnadel. Ihre Bewegungen wirkten eckig und ungeübt, sie verspielte sich und brach ab.

Ich war stehen geblieben, weil ich erwartete, dass das Klavierspiel das Bild von dem glänzend schwarzen Flügel, an dem ich mit meinem Bruder zusammen vierhändig spielte, heraufbeschwor wie einen fiesen Flaschengeist. Doch die ruhige Hospizatmosphäre war anscheinend zu weit von meiner Erinnerung entfernt, um das Bild aus seiner gut verkorkten Pulle zu locken.

»Als Kind konnte ich das besser«, murmelte die Oma entschuldigend und startete das Lied von Neuem.

Danner wartete vor einer Zimmertür auf mich. Er hob fragend die Hände und ich folgte ihm endlich.

Die Tür stand offen. Vielleicht, damit das Klavier besser zu hören war. Danner klopfte trotzdem.

Drinnen war es warm, das Fenster geöffnet. Eine mächtige Linde direkt vor dem Haus hielt die sengende Mittagssonne ab und vermittelte sogar hier im Zimmer das Gefühl, im Schatten unter dem Baum zu sitzen. Tatsächlich lag die Frau aber in einem Krankenhausbett.

Sie starb.

Ich konnte es in dem Moment sehen, in dem ich den Kopf zur Tür hereinstreckte. Die Frau versank in dem aufgeschüttelten Federkissen des hochgestellten Kopfteils. Das Gesicht war rund, die Wangen aufgedunsen, doch ihre Augen waren in den Höhlen versackt und die Haut darunter so durchsichtig, dass das bunte Spinnennetz der Blutgefäße durchschimmerte. Ihren Schädel hatte sie mit einem bunten Tuch umwickelt. Ich schlussfolgerte, dass sie keine Haare hatte. Und ihre Arme auf der blütenweißen Bettdecke waren so dünn, dass ich die beiden Knochen erkennen konnte, aus denen ihr Unterarm bestand.

Ich war nicht in der Lage, das Alter der Frau zu schätzen, aber der Mann, der an ihrem Bett saß und ihre Hand hielt, musste um die fünfzig sein. Er rührte sich nicht, während sie ihre blassen Lippen zu einem Lächeln verzog. Sie hatte heute nicht vom Tod ihres Sohnes erfahren. Ganz sicher nicht.

Der Mann in dem altmodischen Sessel neben dem Bett verhinderte, dass ich aufatmete. Er war ziemlich groß und mager, seine dünnen, farblosen Haare standen wirr in die Luft und seine randlose Brille vergrößerte den gebrochenen Blick seiner blassen Augen unnatürlich. Unrasiert und unendlich müde wirkte er wie ein Schiffbrüchiger, der nach Monaten auf See keine Hoffnung auf Rettung mehr hatte.

War es möglich, dass er vom Unfall seines Sohnes wusste und seiner kranken Frau die Tragödie verschwieg?

»Entschuldigen Sie die Störung.« Danner trat ein. »Herr und Frau Plau?«

»Ja?«

Danner zögerte. Ich konnte mir einen kurzen Seitenblick nicht verkneifen. Hatte er tatsächlich Skrupel, die offensichtlich todkranke Frau zu beunruhigen?

»Können wir Sie einen Moment sprechen, Herr Plau?« Danner bat den Mann mit einer Kopfbewegung aus dem Zimmer.

Plau begriff. Seine langen Beine entfalteten sich wie die eines Weberknechtes. Als er stand, überragte er Danner um eineinhalb Köpfe. Doch selbst jetzt blieb seine Wirbelsäule im oberen Rückenbereich gebeugt, wie unter einer schweren Last.

Er folgte Danner mit schleppenden Schritten in den Flur.

Mein Blick blieb an einem gerahmten Foto auf einem Sideboard aus Kirschholz hängen. Das hydraulische Bett war der einzige Hinweis im Raum, dass wir uns in einer Pflegeeinrichtung für sterbende Menschen aufhielten. Die anderen Möbel hätten in jedem Wohnzimmer stehen können. Allerdings gehörte die ein wenig altmodische Einrichtung bestimmt dem Hospiz, nur wenige Sachen stammten aus Gabriele Plaus persönlichem Besitz.

Das verzierte Notizbuch auf dem Nachttisch. Der iPod. Und das Foto.

Das Bild zeigte den Hageren mit der Albert-Einstein-Frisur und der schlechten Haltung, allerdings waren seine dünnen Haare auf dem Foto noch dunkel. Im Arm hielt er die Frau im Bett. Ihre Wangen wirkten rosiger, doch auch auf dem Bild trug sie ein farbenfrohes Kopftuch.

Der schlaksige Teenager neben ihr war unübersehbar der Sohn ihres Mannes. Auf der Aufnahme war er vielleicht vierzehn, mit Pickeln, dem fusseligen, schwarzen Haar und der schlechten Haltung seines Vaters und einer dicken, dunkel gerahmten Nerdbrille auf der Nase, die seine Augen unnatürlich vergrößerte.

Gabriele Plau schien schon sehr lange krank zu sein.

»Ist das Ihr Sohn?«, erkundigte ich mich.

Sie nickte. Wie Kugeln lagen ihre Augen unter ihren papierdünnen Lidern. Ihre Iriden fielen mir auf. Sie waren grün, mit goldenen Lichtern. Hätte sie Wimpern gehabt, wären sie atemberaubend.

»Wir sind auf der Suche nach einem Freund von Dennis. Jonas Schröder.«

»Jonas?« Die Frau im Bett hob den Kopf. Er wackelte bedenklich, als wäre er zu schwer für ihren dünnen Hals. »Mit dem hat Dennis doch schon lange nichts mehr zu tun.«

Ich meinte, ein klein wenig Entrüstung aus ihrer brüchigen

Stimme herauszuhören, und trat neugierig an ihr Krankenbett. »Sie kennen ihn?«

»Es ist lange her, dass die beiden befreundet waren.« Sie ließ den Kopf zurück ins Kissen sinken. »Ich war nicht begeistert. Die Mutter – eine polnische Haushaltshilfe – hatte sich einen Architekten geangelt und meinte nun, was Besonderes zu sein.«

Ein winziges bisschen Glut flammte hinter meinem Brustbein auf und fing an, vor sich hinzukokeln. Interessiert hockte ich mich auf die Kante des altmodischen Ohrensessels, auf dem vorher ihr Mann gesessen hatte.

»In der zehnten Klasse ist der Bengel im Knast gelandet«, erklärte mir Gabriele Plau.

Sonderbar. Die Frau war todkrank. Ich kannte Jonas nicht und, soweit ich mich erinnern konnte, hatte ich auch noch nichts Gutes über ihn gehört. Trotzdem ärgerte ich mich über die arrogante Tussi.

»Seitdem haben wir keinen Kontakt mehr zu der Familie«, hauchte Gabriele Plau erschöpft.

Das Foto auf dem Schränkchen ließ mich befürchten, dass sie recht hatte. Wenn der picklige Teenager auf dem Bild ihr Sohn Dennis war, gehörte die Stimme auf dem Handyvideo wohl nicht zu ihm. Der kurzsichtige, dürre Nerd mit der schlechten Haltung sah nicht aus, als würde er mit ein paar durchgeknallten Sportfetischisten auf Kräne klettern. Der nahm in seiner Freizeit eher an Mathematikwettbewerben teil.

Vielleicht hatte Jonas in seiner Schulzeit zwei Kumpel mit dem Namen Dennis gehabt und Margo hatte sie schlicht verwechselt? Selten war der Name ja nicht.

»Trotz des schlechten Umgangs ist Dennis zum Glück seinen Weg gegangen«, erzählte Gabriele Plau weiter. »Er hat ein gutes Abi gemacht und besucht jetzt die Uni, um in die Fußstapfen seines Vaters zu treten.«

Hatte ich mir doch gedacht. »Er studiert Mathe?«

Dennis Plaus sterbende Mutter nickte mühsam. »Und Sport.«

»Der Vater ist sich sicher, dass die Stimme auf dem Video nicht zu Dennis gehört«, informierte mich Danner schlecht gelaunt, als wir uns kurz darauf in einer Sitzecke am Flurende gegenseitig auf den neuesten Stand brachten.

Das Klaviergeklimper der Möchtegernpianistin verhinderte, dass die Plaus unser Gespräch hören konnten. Inzwischen übte die Oma wieder den Nixengesang.

»Plau hat mir trotzdem Dennis' Adresse gegeben. Er wohnt seit einem knappen Jahr in einer Studenten-WG. Sein Auszug hat den Vater überrascht, er ist davon ausgegangen, dass Dennis zumindest während des Studiums noch bei seinen Eltern leben würde. Dennis ist wohl eher der schüchterne Typ.«

Das wiederum passte hervorragend zu dem Eindruck, den ich durch das Teeniefoto von Dennis Plau gewonnen hatte.

»Im Augenblick ist Dennis offenbar noch in sich gekehrter als sonst«, fuhr Danner fort. »Mit dem Sterben seiner Mutter kommt er schlecht zurecht. Hier im Hospiz lässt er sich kaum blicken, telefoniert lieber. Kurz gesagt: Der Vater hat keinen Schimmer, wo sein Sohn sich nachts rumtreibt.«

Ich rieb mir die Stirn.

Nerd hin oder her ...

»Dennis studiert Sport«, sagte ich. »Genau wie Jonas. Ist es da nicht wahrscheinlich, dass die beiden wieder Kontakt haben?«

Danner nagte an seiner Unterlippe.

»Könnte sein, dass Jonas besoffen in Dennis' Studenten-WG auf dem Sofa schnarcht«, nickte er und warf einen Blick auf die Uhr. Mittlerweile war es Nachmittag.

»Wenn Schnabelnase ihn nicht längst im Polizeipräsidium versteckt und wir völlig sinnlos durch die Gegend rennen.« Er zog sein Handy aus der Hosentasche.

Ich schielte auf das Display und beobachtete, wie er in der Kontaktliste Staschecks Nummer antippte.

Als Danner den Apparat hob, legte ich mein Ohr auf der anderen Seite dagegen, um mithören zu können. Doch Sekunden später blickte Danner irritiert auf das Display: »Der Blödmann hat mich weggedrückt.«

»Beamte«, seufzte ich amüsiert. »Die werden nicht gern beim Mittagsschläfchen gestört.«

»Na schön«, meinte Danner. »Besuchen wir auch noch Dennis Plau.«

Als wir auf dem Weg zur Treppe wieder an der betagten Hobbypianistin vorbeikamen, verriet ihr Gesicht, dass sie gern mit einer Axt auf das Instrument losgegangen wäre.

Ich hielt inne. Die Meerjungfrauen trieben sie mit ihrem unmelodischen Gejaule erfolgreich in den Wahnsinn. Was ich durchaus nachempfinden konnte.

Spontan gab ich dem Impuls nach, setzte mich zu der frustrierten Oma auf die Klavierbank und legte meine Finger neben ihre auf die Tasten.

Erstaunt hob sie den Blick.

Langsam spielte ich ihr mit der rechten Hand den Übergang zu den schwarzen Tasten vor.

»Ach ja.« Ihr Gesicht leuchtete auf. »So war das.«

Mit zitternden Fingern spielte sie die Tonfolge nach.

Ich nahm die linke Hand dazu und spielte zügiger.

Danner war mein Fehlen unterdessen aufgefallen. Weil er wieder an der Treppe auftauchte, spielte ich einmal mehr als nötig.

Dann hatte meine betagte Schülerin das Stück drauf.

»Wusste ich doch, dass ich das noch mal schaffe«, murmelte sie zufrieden.

8.

»Seit wann studieren eigentlich Typen, die aussehen, als würden sie keine zwei Liegestütze schaffen, ausgerechnet Sport?«, lästerte Danner. »Ich dachte, da gibt es einen Aufnahmetest?«

Wir standen erneut vor einem der gigantischen Wohnblöcke in der Hustadt. Das Gebäude war eine zehnstöckige, dunkelgraue Wand mit quadratischen, weiß gerahmten Fenstern und leuchtend gelben Balkonreihen und so lang, dass es mehrere Hausnummern in Anspruch nahm. Die riesige Anlage machte einen gepflegten Eindruck, es gab bepflanzte Blumenbeete an der Hauswand, Parkplätze und ein Freigelände, auf dem Metallgerüste, Mauern und Rampen aufgebaut waren. Die Gebilde erinnerten an unterschiedlich hohe Reckstangen. *Parkourtrainingsgelände*, stand an dem Spielplatz für Halbwüchsige. In der sengenden Mittagssonne nahm ein vielleicht zehnjähriges Mädchen halbherzig Anlauf, um auf eine Betonmauer zu springen. Ihre beiden Freundinnen nuckelten im Schatten an ihrer Limonade.

Es gab tatsächlich Orte, an denen man die Krankletterei üben konnte. Ich stellte mir Dennis, den Nerd, vor, wie er an einer der Reckstangen hing und vergeblich versuchte, einen Klimmzug zu machen.

»Laut seiner Eltern ist Dennis ein eher introvertierter Junge«, überlegte ich laut, als wir in den sonnengelben Hauseingang traten. »Und wie ein Sportfreak sah er zumindest als Teenager nicht aus. Vielleicht ist er abgestürzt, weil er einfach untrainiert war? Und die Polizei hat seine Eltern im Hospiz noch nicht ausfindig machen können, sodass diese bisher nichts von dem Unfall wissen?«

»Dann hätte Molles Sohn ihn zumindest nicht runtergeschubst«, kombinierte Danner nüchtern. Er ließ seinen Blick an der sauberen Fassade hinaufwandern.

Ich suchte die lange Reihe von Klingelschildern neben den Briefschlitzen ab. Es dauerte einen Augenblick, bis ich Dennis Plaus Namen ganz oben entdeckte. Er stand ziemlich gequetscht hinter zwei weiteren Namen: *von Schlärke, Bodschwinna, Plau*.

Wir hatten die WG des braven Lehrersöhnchens und mutmaßlichen Gelegenheitsabenteurers Dennis gefunden. Der Typ, der seine Mutter nicht im Hospiz besuchte und einen Exkumpel hatte, der ein Exsträfling war. Ich war gespannt.

Ich hatte den Finger bereits auf dem Messingklingelknopf, als Danner mich zurückhielt.

»Was?«, wunderte ich mich.

Danner kratzte sich die Glatze.

Ich machte eine Handbewegung, die »Komm in die Strümpfe« meinte.

»Lass mich kurz nachdenken.« Danner kniff sich in die Nasenwurzel.

Ich verschränkte skeptisch die Arme.

»Ich überlege, ob es nicht sinnvoll wäre, deine Studentinnentarnung weiter durchzuziehen«, ließ er mich widerwillig an seinen Gedanken teilhaben.

Mein Gesicht hellte sich schlagartig auf. »Ich soll das allein machen?«

»Reingehen, gucken, ob Jonas auf dem Sofa liegt, und wieder rauskommen«, knurrte Danner. »Aber …«

Statt weiterzusprechen, presste er die Finger gegeneinander, bis sie knackten.

»Aber?«, erkundigte ich mich lauernd.

»Aber ich halte das für keine gute Idee«, ruderte er gereizt zurück.

Boah!

»Natürlich ist die Idee gut! Solange Jonas' Freunde nicht mitkriegen, dass ich Privatdetektivin bin, kann ich mich problemlos umhören«, schnappte ich. »Und wir haben keine Ahnung, wie viele Infos wir noch brauchen werden. Eigentlich willst du nur nicht, dass ich das allein mache, weil du mich dann nicht behüten kannst wie ein dusseliges Schäfchen.«

»Du hast nicht mal mehr ein Handy!«, explodierte Danner. Seine Schultern hoben sich und mein Alarmsystem kreischte los.

Seit Monaten eskalierten diese Situationen immer nach dem gleichen Schema: Danner pustete sich reflexartig auf, weil das nun mal die Art von Konfliktlösung war, die sein nichtsnutziger Vater ihm vorgelebt hatte. Ich war sofort bereit, meine Unabhängigkeit auch mit Gewalt zu verteidigen, weil es eben das war, worauf mein nichtsnutziger Vater mich mein Leben lang trainiert hatte.

Mittlerweile hatten wir die Situation so weit entschärft, dass Zuschlagen keine Option mehr war. Stattdessen keifte ich gewöhnlich, dass ich erwachsen war, Karate konnte und keinen Superhelden brauchte, der sich zwischen mich und herabsausende Meteoriten warf.

Seit Kurzem war ich sogar zu der Erkenntnis gelangt, dass ich nicht jede Situation zwingend allein meistern musste, wenn ich unser Zusammenleben endlich als ernst gemeinte Beziehung definierte. Was mich in die Lage versetzte, in diesem Moment etwas fast Revolutionäres auszuprobieren: einfach mal nachgeben.

Einen Augenblick lang hielt ich Danners eisiger Miene trotzdem stand, nur um den Eindruck zu vermeiden, dass meine Einsicht etwas mit seinen aufgepusteten Muskeln zu tun hatte.

»Wir könnten es auch auf die altmodische Tour versuchen«, schlug ich dann vor. »Du wartest im Flur und ich schreie, wenn sich Plau als Triebtäter, Serienkiller oder genmanipulierte Laborratte mit Welteroberungsfantasien entpuppt.«

Danner blinzelte verblüfft.

Nach ganz kurzer Bedenkzeit atmete er wieder aus.

»Siri, du Weib! Hast du etwa wieder den Schlüssel – ups, hal-lo?«

Auf den ersten Blick war klar, dass der drahtige Typ, der schwungvoll die Tür aufriss, nicht der Nerd vom Hospizfoto war: Seine modisch gegelte Haartolle war schneeweiß. Dabei war er kaum älter als ich. Aber ein Punk war er auch nicht, bis auf die ungewöhnliche Haarfarbe war er auf ziemlich angepasste Art attraktiv. Das zerschlissene Aussehen der Markenjeans kostete nicht wenig und das hellblaue T-Shirt mit Windsurfing-Motiv passte garantiert nicht rein zufällig so gut zu seiner Augenfarbe.

Seine Brauen waren ebenfalls weiß, bemerkte ich. Genau wie die Wimpern, während seine Haut eher blass erschien.

Das war seine Naturhaarfarbe. Er war so etwas wie ein Albino.

»Du willst zu mir, richtig?«, grinste der Junge schlagfertig.

»Klar«, entgegnete ich stirnrunzelnd. »Ich bin eine verrückte Stalkerin, himmele dich schon seit Jahren an und wollte eigentlich gerade einbrechen, um eine deiner benutzten Unterhosen zu klauen. Wie war noch mal dein Name?«

»Frederik, aber als mein größter Fan darfst du Freddi sagen.«

»Sorry, ich habe gelogen«, blockte ich ab, bevor er übermütig wurde. »Eigentlich bin ich hinter Dennis' Schlüpfern her. Ist er da?«

Frederiks Lächeln fiel ihm aus dem Gesicht wie ein unerwartet saures Bonbon.

»Dennis?«, hustete der Türsteher mit übertriebenem Erstaunen. »Gratuliere. Du bist die allererste Frau, die an seine Schlüpfer will.«

»Vielleicht, weil ich alle anderen aus dem Weg geräumt habe«, gab ich zu bedenken.

Amüsiert lehnte sich Freddi an den Türrahmen und versperrte mir so dummerweise die Sicht in die Wohnung: »Egal, was er dir versprochen hat, ich mach es dir besser.«

Ein zwanghafter Aufreißer, na toll. Das fehlte mir noch, dass ich nicht in die Wohnung kam, weil der Schwanzdenker im Weg stand.

Moment.

Hatte ich ein Brett vor dem Kopf? Typen wie den hatte ich vor nicht allzu langer Zeit täglich flachgelegt.

»Dann mach mir mal eine Cola«, kommandierte ich und drängelte mich an ihm vorbei.

Ein Mountainbike stand in dem hohen Flur mit dunklem Laminatboden, neben dem mit Markensportschuhen gefüllten Regalwürfel eines skandinavischen Möbelherstellers.

Die Bude spielte in einer anderen Liga als die Elf-Quadratmeter-Wohnheimzimmer mit Etagenklo. Das war mir schon klar, bevor ich ein Stück den Flur hinunterschlenderte. Hinten rechts stand die Tür zum Wohnraum offen. Der schien eine Mischung aus Fitnessstudio und Kino zu sein. Na ja, einem Kino, in dem die besoffenen Gäste nach der Spätvorstellung ihren Müll unter den Sitzen hatten liegen lassen. Dumpfe Hip-Hop-Beats, zu denen man hervorragend stumpfsinnig die herumliegenden Kurzhanteln bewegen konnte, ließen die Wände vibrieren.

Diese heimelige Bleibe finanzierte jedenfalls nicht das BAföG-Amt. So ähnlich hätte auch mein eigener Vater mein Studium subventioniert. Den Mietvertrag für die Zweizimmerbude in der besseren Gegend nahe der Bielefelder Uni hatte er mir ja schon in die Hand gedrückt. Nicht mal eine WG hätte ich nötig gehabt.

Ich folgte dem Sprücheklopfer in eine geräumige Küche mit dunklen Schrankfronten und viel Edelstahl. Das Geschirr stapelte sich, verkrustete Pfannen standen auf dem Herd, Kaffeetassen neben Bierflaschen auf dem Küchentisch.

Das war wohl die Bude, in der die Partys stattfanden.

Freddi stellte mir ein hohes Colaglas auf den Tisch.

Ich griff mir ins Auge.

»Autsch, meine Kontaktlinse!«, fluchte ich. »Kann ich mal kurz aufs Klo?«

Ohne auf seine Antwort zu warten, wandte ich mich Richtung Flur.

»Zweite Tür links!«, rief Frederik mir verdutzt nach.

Ich öffnete die erste Tür links und meinte einen Augenblick, in einer anderen Wohnung zu stehen. Die hellen Möbel in dem Schlafzimmer waren aus zerschrammtem Kiefernholz. Das Hochbett, unter dem ein Schreibtisch stand, sah aus, als hätte es jemand aus seinem Kinderzimmer mitgenommen. Es gab drei Kleider- und zwei Schuhschränke und orientalisch anmutende Sitzsäcke vor dem Fernseher.

An der Wand hing das zum Poster vergrößerte Bild eines Pärchens, das wie ein Werbefoto aus dem Katalog eines Outdoorausstatters aussah. Der Surfertyp mit den langen, nussbraunen Haaren, den weit auseinanderstehenden Augen und dem Lederband um den Hals hatte seine Arme von hinten um seine exotisch wirkende Modelfreundin geschlungen. Beiden wehte die wilde Mähne dekorativ ins Gesicht.

Ich schloss die Tür wieder und öffnete die gegenüberliegende auf der anderen Flurseite. In diesem Raum herrschte Chaos. Wäsche, Pizzakartons und leere Flaschen lagen auf dem Boden, der Schreibtisch war zugestapelt mit Akten und Büchern, Spinnweben baumelten von der Halogenstrahlerlampe.

Auf dem Sofa stand eine Kiste Bier. Und über die Kante des zerwühlten Bettes ragte ein langes, dunkel behaartes Bein, dessen Fuß noch in einer Tennissocke steckte.

Ich trat ein und drückte die Zimmertür hinter mir zu. Eine Wolke aus Alkohol und Schweiß hing über dem Kopfende des Bettes, als ich das Kissen zur Seite zupfte.

Der große Kopf des Kerls war in den Nacken gekippt, der Adamsapfel sah aus, als könnte er jeden Moment aus dem dünnen Hals springen. Das Kinn war heruntergeklappt, der Mund offen. Sein kurz geschnittener, dunkler Haarflaum strubbelte wirr um sein Gesicht herum. Der Typ war länger als das Bett, registrierte ich, bestimmt an die zwei Meter.

Jonas war es nicht. Der war untersetzt und übertrainiert.

Ich bückte mich nach der Brille, die neben meinen Füßen auf dem fleckigen Teppich lag. Sie hatte einen eckigen, dunklen Rahmen und schwere Gläser.

Dennis Plau?

Seine Körperlänge machte das wahrscheinlich, auch wenn seine Waden deutlich muskulöser waren als die Spinnenbeine seines Vaters und zurzeit fast jeder eine Nerdbrille trug.

Na ja, dann war Plau zumindest nicht tot.

Ich klopfte ihm unsanft auf die Wange.

Der Typ rührte sich nicht.

Doch tot?

Ich klopfte fester.

Er rülpste lang gezogen.

Och nee. Wie war es Danner eigentlich diesmal gelungen, mich die Drecksarbeit machen zu lassen?

»Aufwachen.«

»Mann, Siri! Lass!«, lallte er.

Siri? Ich ging mal davon aus, dass er mich nicht mit dem Spracherkennungssystem seines Smartphones verwechselte. Außerdem hatte sein Mitbewohner den Namen auch schon erwähnt. Ich machte mir eine Gedankennotiz.

»Ich suche Jonas«, versuchte ich, ihn am Wegschnarchen zu hindern. »Wo steckt der?«

Der Besoffene hob schwerfällig den Kopf und starrte mich an. Die verwaschenen, grünen Augen hatten Schwierigkeiten, mich zu fokussieren. Aber ich entdeckte unter dichten, dunklen Wimpern die goldenen Sprenkel, die mir auch in den Augen der Hospizpatientin aufgefallen waren. Eindeutig war das Dennis Plau.

»Sag mir, wo Jonas Schröder ist, und ich lass dich weiterpennen«, forderte ich.

Der große Junge ließ seinen Kopf nach hinten sinken: »Du bist doch bloß ein Traum …«

Ich klatschte ihm die flache Hand ins Gesicht: »Wach bleiben, Dennis!«

Er zuckte verblüfft wieder hoch.

»Du warst heute Nacht mit Jonas auf dem Kran. Wo ist der danach hin?«

Sein Kopf sackte zur Seite: »Nach Hause.«

Zwecklos.

Frustriert ließ ich den Betrunkenen liegen und schlüpfte wieder aus dem Zimmer. Sein weißhaariger Mitbewohner Freddi stand mit einem Glas Cola in der Hand im Flur.

»Na, das ging ja schnell«, grinste er anzüglich und musterte meinen Busen. »Wenn du dich mal ein bisschen länger amüsieren willst, stehe ich gern zur Verfügung.«

»Wenn es nötig ist, komme ich drauf zurück.« Ich wandte mich zur Tür.

»Was ist mit deiner Cola?«, versuchte er, mich aufzuhalten.

»Das Zeug ist Gift, weiß doch jeder.«

»Ey, ich kenne nicht mal deinen Namen«, protestierte der Albino lahm.

»Ich weiß ja, wo du wohnst«, winkte ich ab.

9.

Uns waren die Spuren ausgegangen.

Den ganzen Tag hatten wir Bochum nach Jonas abgesucht. Doch er blieb verschwunden. Hatte sich in sein Rattenloch verkrochen und traute sich erst im Schutz der Dunkelheit wieder heraus.

Oder verhörte die Kriminalpolizei ihn längst im Präsidium?

Nach dem WG-Besuch waren wir schweigend nach Hause gefahren. Erst als ich vor der dicken, alten Milchglasscheibe der verschlossenen Kneipentür stand, fiel mir ein, dass Molle heute nicht mit dem Essen auf uns wartete.

Die Erkenntnis traf mich wie eine Faust ans Kinn. Plötzlich war mir zum Heulen zumute. Ich wollte die Tür nicht öffnen und in der leeren Kneipe stehen. Nichts würde mehr wie früher sein, wenn Molle nicht zurückkehrte.

Anscheinend waren Danners Gedanken in die gleiche Richtung gegangen, denn er nahm langsam die Hand vom Türgriff. Wie gelähmt standen wir vor der Kneipe in dem mit Graffiti beschmierten Hausflur.

Weil Heulen nicht Danners Ding war, krachten im nächsten Moment seine Fäuste gegen das dicke Glas. Die alte Scheibe zerknackte. Da, wo seine Rechte getroffen hatte, bröselten die Scherben weg und hinterließen ein fußballgroßes Loch.

»Scheiße!« Danner lutschte das Blut von seinen Knöcheln. »So ein verdammter Mist!«

Ruckartig drehte er sich um, wusste dann jedoch nicht, wohin er wollte. Sein Blick wanderte über die auf die Flurwand gemalten Buchstaben zum Hauseingang.

Er hatte keine Ahnung, was er als Nächstes tun sollte, begriff ich.

»Sollen wir ins Krankenhaus fahren?«, schlug ich behutsam vor.

»Und was soll ich Molle sagen?«, fauchte er gereizt. »Dass Jonas verschwunden ist und niemand weiß, wo er steckt? Oder noch besser, um Molle gleich den nächsten Herzinfarkt zu verpassen: dass er wieder mal in Untersuchungshaft sitzt?« Er schüttelte den Kopf. »Ich kann erst wieder ins Krankenhaus, wenn ich Jonas gefunden habe. Vielleicht erledigt sich das von selbst, wenn wir den Punkt mit der Untersuchungshaft endlich mal klären können.«

Ein Fiepen unterbrach ihn.

Es kam aus der leeren Kneipe. Danner kramte nun doch einen Schlüssel aus der Hosentasche. Kaum öffnete er die Tür einen Spalt, schoss Molles winzige Hündin Mücke heraus und wuselte uns um die Füße wie eine winselnde Wurst. Das haarige hintere Ende wedelte ungewohnt freundlich.

Seufzend klemmte Danner sich das Tier unter den Arm und wandte sich zur Treppe.

Ich hatte auch keine Idee mehr, wo wir noch nach Molles Sohn suchen sollten. Wir konnten schlecht alle hohen Kräne und Dächer überwachen, in der Hoffnung, dass er früher oder später mal wieder auf einem herumturnen würde.

»Es sei denn …?«

Danner sah sich nach mir um, weil ich die letzten Worte laut ausgesprochen hatte.

»Was?«

Hm.

»Was ist dir gerade eingefallen?« Mit dem Hund unter dem Arm blieb Danner zwei Stufen über mir stehen. Damit er auf mich hinabsehen konnte. »Ich lasse sowieso nicht locker, bevor du es ausspuckst.«

Arsch.

»Wenn ich freundlich frage, würde Dennis Plau mich vielleicht mal zum Klettern mitnehmen«, schlug ich vor.

»Nein«, sagte Danner und wandte sich ab.

Mein Ärger kochte hoch, von null auf hundert Grad in rekordverdächtigen zwei Sekunden: »Und das entscheidest du, oder was?«

Danner war vor unserer Wohnungstür im zweiten Stock angekommen. Ich konnte seinem Rücken ansehen, dass er sich anspannte. »Ja.«

Da war sie schon, die nächste Situation, die innerhalb von Sekunden zur Trennung oder zum Totschlag im Affekt führen konnte. Einsichtig kleinbeigeben schaffte ich jedenfalls nicht im Dreißig-Minuten-Takt.

»Deine kleine Azubine darf nur mal was ermitteln, wenn du vor der Tür Wache stehst, oder was?«, explodierte ich.

Eigentlich ein Wunder, dass wir beide unsere Beziehung bisher überlebt hatten.

»Auf einen Kran kletterst du nur über meine Leiche.« Danner schloss unsere Wohnung auf und ließ den Hund hineinflitzen.

»Das lässt sich einrichten«, giftete ich hinter ihm her. »Scheißchef. Macho. Alphamännchen.«

Staschecks Kopf tauchte über der Sofalehne auf: »Könntet ihr das Gespräch bitte ins Schlafzimmer verlegen?«

Auf seiner Stirn lag ein nasser Lappen, der dem Stofffeudel, den man über den alten Schrubber im Bad ziehen konnte, bemerkenswert ähnlich sah.

Sein Gesicht war zerknittert und seine Haare strubbelig. Er sah aus, als hätte er geschlafen.

»Ich wusste schon immer, dass du fürs Pennen bezahlt wirst«, meckerte Danner.

Staschek ließ den Kopf wieder nach hinten sinken: »Ich habe im Krankenhaus angerufen. Molles Zustand ist stabil.«

»Und haben deine Spürnasen schon rausgekriegt, wie der abgestürzte Junge von heute Morgen heißt?«, kam Danner ohne Umschweife auf den Punkt.

Staschek hob den Kopf wieder, lupfte den Lappen an und musterte seinen Kumpel misstrauisch. »Ja.«

»Und?«, hakte Danner gereizt nach, als Staschek nicht weitersprach. »Wie lautet der Name?«

»Keine Ahnung«, entgegnete Staschek. »Ist ja Katrin Wegners Fall.«

Danner griff das Mobiltelefon, das neben Staschek auf dem Couchtisch lag, und warf es ihm in den Schoß. »Dann frag mal nach. Und krieg auch gleich raus, ob inzwischen ein Verdächtiger zu der Sache vernommen wurde.«

Jetzt war Staschek endgültig wach und ließ den Feudel aufs Polster klatschen. »Wieso interessiert *dich* das?«

Danner tätschelte ihm unsanft den strubbeligen Kopf: »Du ersparst dir eine Menge Kopfschmerzen, wenn du nicht fragst.«

Staschek starrte ihn feindselig an, doch dann platzierte er den kalten Lappen brummend wieder auf seiner Stirn und wählte wortlos die Nummer.

Als sich Kriminalhauptkommissarin Wegner am anderen Ende meldete, winkte er Danner, etwas zum Schreiben zu holen.

»Katrin, Lennart hier. Wie war noch mal der Name von dem toten Kletterer heute Morgen? – Kor- wie? – Kor-bi-ni-an?« Er nickte Danner zu.

Der schrieb auf.

»Korbinian … Meier. Und wie kommt ihr mit den Ermittlungen voran? Habt ihr schon einen Zeugen vernommen?«

Staschek bemerkte Danners gespannten Blick und schüttelte den Kopf, während er der Antwort der Polizistin lauschte.

Echt nicht?

Jonas saß nicht in einer Zelle?

»Ich werde nachher im Büro sein. – Ja, bis dann.«

»Noch kein Zeuge?«, vergewisserte sich Danner.

Staschek schüttelte den Kopf: »Katrin hat mit den Eltern des Toten gesprochen und sucht jetzt nach den Leuten vom Video. Den Tätowierten konnte sie bereits identifizieren. Es handelt sich um einen gewissen Jonas Schröder. Er hat eine

Knastvergangenheit, ist aber unter seiner Adresse nicht zu erreichen. Sie hat jemanden zu seiner Mutter geschickt und ist selbst auf dem Weg zur Freundin des Toten.«

Danner hatte sich an den Schreibtisch gesetzt, schob mit dem Unterarm Stifte, lose Zettel und USB-Sticks zur Seite und schaltete den PC ein.

Das orangefarbene Buch, das seit Tagen unter den losen Blättern in der Ablage neben dem Monitor lag, leuchtete auf wie eine bunt blinkende Christbaumkette, als die Zettel darüber verrutschten.

Unmöglich konnte ich es übersehen. Ich wusste, was auf dem Umschlag stand, auch wenn die Papiere den Buchtitel verdeckten. *PTBS – Posttraumatische Belastungsstörungen in Theorie und Praxis.* Bis Seite fünf war ich gekommen, seitdem wagte ich nicht mehr, das Ding anzufassen.

»Lila?«

Beiläufig schob ich das Buch zurück unter die Zettel, als ich neben Danner trat.

Der hatte Korbinian Meiers Spuren im World Wide Web bereits entdeckt.

Na gut, das war nicht sonderlich schwer gewesen, das sah ich sofort. Meier hatte eine digitale Fährte hinterlassen, als wäre ein Yeti durch die Datenbanken gestampft. Ein Grund dafür war sicherlich sein Vorname. Wahrscheinlich reichte es schon, nach *Korbinian* in Bochum zu suchen, um die Anzahl der Treffer zu begrenzen.

Danner hatte Korbinian Meier auf einer grell leuchtenden Firmenhomepage entdeckt. Die Seite trug den vielsagenden Namen *Kraft-Meier – Ihr Fitnesspartner im Ruhrgebiet.*

In der Rubrik *Wir über uns* gab es die Überschrift *Ein Familienbetrieb.* Darunter zeigte ein Foto mehrere Menschen in weißen Trainingsanzügen mit neonfarbenem *Kraft-Meier*-Aufdruck.

Von links, stand unter dem Bild, *Thomas, Yvonne, Kornelia und Korbinian Meier.*

»Lass mich raten«, sagte ich. »Ein Sportstudent.«

»Die Wette halte ich lieber nicht«, meinte Danner. »Sonst muss ich noch deine Socken fressen. Oder schlimmer: ein Essen draus kochen.«

Staschek hatte sich hinter uns aufgesetzt und beobachtete uns über die Sofalehne hinweg, ohne nachzufragen.

Die anderen drei Menschen auf dem Internetbild, überlegte ich, das waren diejenigen, denen KK Wegner heute Morgen die Todesnachricht tatsächlich überbracht hatte.

Ich stützte die Hände auf den Schreibtisch und betrachtete die Personen auf dem Foto genauer.

Thomas Meier sah aus, wie ich mir *Kraft-Meier* vorstellte. Conan, der Barbar, im weißen Trainingsanzug. Die Frau neben ihm hieß der Bildbeschreibung nach Yvonne. Sie wirkte jung, mit einem mädchenhaften, blonden Pferdeschwanz und dem Body einer Fitnessqueen. Sie strahlte, als würde sie gerade ihr neuestes Bauch-Beine-Po-Video präsentieren.

Die andere Frau – Kornelia – schien etwa im gleichen Alter. Sie war auf natürliche Art hübsch mit frechem, nussbraunen Kurzhaarschnitt und weit auseinanderstehenden Augen.

Als Mutter des Abgestürzten taugte keine von beiden. Zwei Schwestern? Oder war Korbinian verheiratet gewesen?

Bei Kornelia wäre ich unter Umständen bereit, eine Kochwette drauf abzuschließen, dass sie eine Schwester war. Die Vornamen – Kornelia und Korbinian – ließen mich ein Faible für extravagante Namen vermuten, wie auch meine eigene Mutter eines besaß.

Meine Mutter.

Auf einmal drängte sich das Kribbeln in meinem Nacken in den Vordergrund meines Bewusstseins. Plötzlich war mein Mund trocken. Durch Molles Herzinfarkt und die hektische Suche nach Jonas hätte ich um ein Haar vergessen, dass ich gestern meinen Vater angezeigt hatte.

Danner pfiff durch die Zähne.

Er hatte die Rubrik *Hier finden sie uns* angeklickt und eine mit roten Pfeilen gespickte Karte des Ruhrgebiets war aufgetaucht.

Ich konzentrierte mich auf das, was der Bildschirm zeigte: »Sind das alles *Kraft-Meier*-Fitnessstudios?«

»Ich glaube nicht, dass die ihre Lieblingsdönerbuden markiert haben«, gab Danner ironisch zurück.

Ich nahm ihm die PC-Maus aus der Hand und klickte noch einmal zurück zu dem Bild, auf dem Korbinian Meier rechts außen neben seinen Schwestern-Schrägstrich-Ehefrauen stand. Der Gedanke an meine Familie hatte mich abgelenkt, bevor ich ihn mir richtig angesehen hatte.

Korbinian trug ebenfalls einen weißen Trainingsanzug mit *Kraft-Meier*-Aufdruck, der offenbar eine Art Arbeitskleidung darstellte. Doch er lehnte zu gelangweilt an der Wand und trug die braunen Locken zu lang, um als seriöser Juniorchef durchzugehen. Den gechillten Surflehrer hätte ich ihm eher abgekauft.

Ich kniff die Augen zusammen. Sein Gesicht mit den weit auseinanderstehenden Augen kam mir irgendwie bekannt vor … Kornelia sah ihm ähnlich, was meinen Tipp in Bezug auf das Verwandtschaftsverhältnis der beiden bekräftigte.

Danner googelte weiter.

Facebook zeigte ihm eine ganze Liste Korbinians, nur ein Korbinian Meier war nicht dabei. Nach kurzem Überlegen tippte Danner ›Grobi‹ in der Suchfunktion ein.

Clever.

Tatsächlich erschien ein Foto des blauen Plüschungeheuers, das Zottelmonster war im sozialen Netzwerk aktiv. Als Danner Grobi anklickte, erschien dessen *Facebook*-Seite.

Zuletzt hatte der Sesamstraßenbewohner ein Foto veröffentlicht, auf dem seine Füße zu sehen waren – nicht haarig und blau, sondern in dunklen Sportschuhen mit weißem Raubkatzenemblem. Sie baumelten hoch über den Dächern der Ruhr-Universität von einem Kran. Ich schnalzte mit der Zunge. Wir hatten Korbinian Meier gefunden.

Sein Internetfreundeskreis hatte bisher offenbar nichts von

Meiers plötzlichem Ableben mitbekommen, denn es wurden noch immer Kommentare zum Kranfoto abgegeben.

Geile Aktion, Mann!

Ihr seid die Härtesten!

Daumen hoch!

103.827 Mal war der erhobene Daumen – das ›Gefällt-mir‹-Zeichen – angeklickt worden. Die Krankletterei hatte eine ungeahnt große Fangemeinde.

Danner scrollte abwärts, um sich ältere Beiträge anzusehen. Korbinian Meier hatte hauptsächlich Füße fotografiert und seine Videos verlinkt.

»Das Ding da steht in Dortmund.« Danner deutete auf Korbinians Turnschuhe, die von einer irrsinnig hohen, eckigen Felsattrappe baumelten. Die Betonwände des künstlichen Steins waren mit bunten Punkten übersäht. Um den Klotz herum standen Wohnhäuser.

»Das hier ist die Ruhrtalbrücke«, kommentierte Danner das nächste Foto. »Und das – gibt's doch nicht!«

Danner war an einer Nachtaufnahme hängen geblieben, auf der ein Baugerüst vor altem Mauerwerk zu erkennen war.

»Der Kerl war auf dem Kölner Dom«, staunte Danner. »Hammer!«

»Nur zur Erinnerung: Der Typ ist tot«, meldete sich Staschek hinter uns jetzt doch zu Wort. »Der beeindruckte Unterton ist dementsprechend unangebracht.«

Danner tat, als hätte er ihn nicht gehört, doch ich konnte das Grübchen auf seiner Wange sehen.

Tatsächlich hatte ich schon einige recht spektakuläre Fotos zu Gesicht bekommen, die Danner selbst aus einer Höhe gemacht hatte, die man im Ruhrgebiet nicht zu Fuß erreichte.

Mit fünfzehn bin ich mal festgenommen worden, weil ich außen am Förderturm des Bergbaumuseums hochgeklettert bin.

Ich musterte ihn von der Seite.

Kräne werden nachts normalerweise nicht festgestellt, damit sie sich in den Wind drehen können und nicht umkippen, hatte er erklärt.

Auf wie viele Kräne bist du selbst schon geklettert, um ein verdammtes Foto zu schießen?

Danner hütete sich, mich anzusehen, aber seine grauen Augen glitzerten.

»Okay, wir haben einen neuen Ermittlungsansatz.« Danner kappte die Internetverbindung. »Vielleicht können wir über Korbinians Familie rausfinden, wer die anderen Nachtaktiven auf dem Video sind. Die Angehörigen kennen doch bestimmt den einen oder anderen Kumpel von ihm.«

Staschek rüttelte an seinem eigenen Ohr: »Ich höre immer Ermittlungsansatz.«

»Tu einfach so, als würdest du es nicht mitbekommen«, empfahl ihm Danner. »Wenn du deinen Sofaschlafplatz zur Betriebsspionage nutzt, bist du ihn schneller los, als du 007 sagen kannst. Dann kannst du es meinetwegen in der Obdachlosenunterkunft versuchen.«

Staschek klatschte den nassen Lappen auf den Couchtisch: »Was zum Geier interessiert euch so brennend an dem toten Jungen?«

Danner starrte ihn an. Lange genug, um ernsthaft darüber nachzudenken, seinen besten Kumpel ins Vertrauen zu ziehen.

»Würdest du selbst ermitteln, statt während deiner Dienstzeit zu pennen, wüsstest du es schon«, brummte er dann.

Staschek schnitt eine genervte Grimasse und griff wieder nach dem Scheuerlappen.

»Was soll die Leidensnummer eigentlich?«, erkundigte ich mich.

»Migräne«, knurrte der Kommissar. Die Stimmung in unserer WG war gigantisch in letzter Zeit.

»Sollen wir erst was essen, bevor wir weitermachen?«, erkundigte sich Danner bei mir.

»Willst *du* etwa kochen?«, wunderte ich mich irritiert.

10.

Der *Kraft-Meier*-Fitnesstempel war mir auf Anhieb unsympathisch. Gigantisch und grau erstreckte sich das flache Gebäude neben der Straße. An den Fensterfronten kreischten neonfarbene Schriftzüge nach Aufmerksamkeit. Der Hauptsitz des *Kraft-Meier*-Imperiums sah aus wie der imperiale Sternzerstörer im Fitnessuniversum.

Body-Pump in der Mittagspause: Der 20-Minuten-Power-Kick plus anschließende Dusche nur 10,00 Euro, stand auf einem Aufsteller vor dem Laden, so wie der Kiosk um die Ecke Currywurst mit Pommes anpries.

Über der Eingangstür prangte ein neongrünes *Kraft-Meier*-Logo. Oberhalb des Schriftzugs präsentierte ein Meister-Proper-Plagiat seinen angeschwollenen Bizeps.

Hinter der Scheibe trainierte eine Blondine im Flatterröckchen wie eine bewegte Schaufensterpuppe auf einem Crosstrainer.

Step-Aerobic – GymStick – Spinning – Tai Chi – Zumba – Pilates – PoleFit – Yoga, las ich die Angebote auf den Fenstern. Und: *Tae Bo & Co – inkl. Selbstverteidigungskurs für Frauen! Mit Berechtigungsschein kostenfrei.*

Wie stark das *Kraft-Meier*-Mutterschiff tatsächlich aufgerüstet hatte, wurde mir aber erst klar, als wir das Fitnessstudio betraten. Eine ganze Armada von Trimmrädern und Laufbändern hatte vor dem giftgrünen Empfangstresen Stellung bezogen. Mehr als die Hälfte der Geräte war am späten Nachmittag im Einsatz. Die Trimmräder waren stabil und in edlem Grau gehalten. Vermutlich stand hier ein Vermögen an Fitnessgeräten herum. Für mein Kampfsporttraining hatten jahrelang die alten, blauen Turnmatten mit den weißen Ecken ausgereicht.

Der Empfangstresen hatte eine ovale Form, die Bedienung in der Mitte konnte zeitgleich kassieren und Eiweißshakes mixen, die farblich hervorragend zum neonfarbenen Gesamteindruck passten.

Hinter dem Tresen begann der Krafttrainingsbereich. Die Geräte arbeiteten erstaunlich leise, das übliche Klirren der Gewichtsscheiben fehlte. Eine Glaswand trennte einen Gymnastiksaal ab. Ich konnte sehen, dass dort gerade ein Sportkurs stattfand, eine Art Aerobic, gepimpt mit wild durcheinandergemixten Kampfsportelementen. Zu hören war die zweifellos laute Musik allerdings nicht, die Glaswand war offenbar schalldicht. An dem Kurs nahmen ausschließlich Frauen teil, mehrere von ihnen trugen Kopftücher. Möglicherweise handelte es sich um dieses Selbstverteidigungstraining, für das auf den Fenstern geworben wurde.

Ich machte ein paar Schritte am Tresen vorbei auf die Glaswand zu. Eine gertenschlanke Trainerin kickte in die Luft, als müsste sie einen bösen Geist in die Flucht schlagen.

»Wir wollen zu Herrn Meier«, hörte ich Danner zu der Empfangsdame sagen. »Ist er im Haus?«

Ich schlenderte zu meinem Partner zurück. Mein Blick fiel auf das tussifarbene Logo auf dem Poloshirt des Mädchens, das den unsympathischen Gesamteindruck des protzigen Ladens gelungen abrundete: Oberhalb des Schriftzugs zeigte nicht Meister Proper seinen Bizeps, sondern eine Lolita mit pinkfarbenen Zöpfen ihren überdimensionalen Hintern.

Kraft-Meierin, stand auf dem Oberteil. Darüber klebte ein Namensschild mit der Aufschrift:

Jacky
Auszubildende zur Sport- und Fitnesskauffrau

»Zum Chef oder zum Junior?«, erkundigte sich Jacky hilfsbereit.

Innerlich wappnete ich mich, als wir endlich vor der Bürotür mit der gut sichtbaren Aufschrift *Thomas Meier – Geschäfts-*

führung standen. Der breite Flur mit dem grauen Teppich war einen gefühlten Kilometer lang gewesen. Anscheinend beherbergte die gesamte erste Etage des Sternenzerstörers Büros der Fitnesskette. Das Imperium war gigantisch, die giftgrüne Seite der Macht sozusagen.

Im Unternehmen hatte sich der Tod des Juniorchefs noch nicht herumgesprochen, das hatte uns die arglose Frage des Mädchens am Empfang bereits verraten. Korbinians Vater hatte die Nachricht vielleicht selbst erst am späten Vormittag erhalten.

»Herein.«

Die Größe des Büros erreichte in etwa das Ausmaß der Gymnastikhalle im Erdgeschoss. Die Julisonne brannte sich durch die Lamellengardinen, eine brummelnde Klimaanlage kämpfte gegen die Hitze an. Gleich hinter der Tür stand ein ovaler Besprechungstisch mit etwa zwanzig Stühlen. In einer Senke in der Mitte der Tischplatte ruhte eine vergoldete Langhantel. Weit entfernt, vor den hinteren Fenstern, entdeckte ich einen Schreibtisch. In der Vitrine daneben glänzten Pokale, auf denen goldene Männchen ihre Muskeln anspannten.

Zwischen Besprechungsbereich und Schreibtisch bot der Raum ausreichend Platz für eine zwanzigköpfige Tae-Bo-Gruppe. Die zwei Personen am Fenster wirkten verloren in dem riesigen Raum.

Ich erkannte die beiden Meiers vom Internetfoto, Thomas und die blonde Yvonne. Die Art, wie sie ihn im Arm hielt, stellte klar, dass es sich nicht um seine Tochter handelte, obwohl das Verwandtschaftsverhältnis altermäßig wohl möglich gewesen wäre. Wie auf dem Internetbild trug Yvonne Meier einen wippenden blonden Pferdeschwanz zum weißen *Kraft-Meier*-Trainingsanzug. Die Konturen ihres weichen Gesichtes hatte sie gnadenlos weggeschminkt, trotzdem war ich mir ziemlich sicher: Yvonne Meier war noch keine dreißig.

Thomas Meier lehnte an der Schreibtischkante und hielt das Gesicht zwischen Yvonnes Brüsten verborgen. Das und der gleiche Nachname legte die Schlussfolgerung nahe, dass es sich um seine deutlich jüngere Ehefrau handelte. Die zweite oder dritte Ehefrau, denn als Mutter eines über Zwanzigjährigen kam sie definitiv nicht infrage. Tröstend fuhr sie Thomas Meier mit glitzernden Fingernägeln durch das spärliche, braune Haupthaar. Beim Näherkommen fiel mir eine kahle Stelle an Meiers Hinterkopf auf, während er das Resthaar kinnlang trug. Der Fitnesscenter-Chef hob die Nase aus dem BH seiner Frau. Durch seine weit auseinanderstehenden Augen und den zurückgewichenen Haaransatz erinnerte seine Stirn an die eines Klingonen. Dazu hatte er die Figur eines preisgekrönten Zuchtbullen, der seinen Nachkommen möglichst viel essbare Masse vererben sollte.

Ich tippte, dass er die Pokale in der Vitrine gewonnen hatte.

»Ben Danner, das ist meine Kollegin Lila Ziegler. Ich nehme an, die Kollegen von der Kriminalpolizei waren bereits bei Ihnen?«

Yvonne Meier nickte ernst.

Ihr Mann packte Danners Hand wie zum Armdrücken. »Sie sind Polizisten?«

»Private Ermittler.« Danner knirschte mit den Zähnen. Ich war nicht sicher, ob es an Meiers Frage oder seinem Griff lag.

Eine steile Falte spaltete die Klingonenstirn des Fitnesskönigs: »Dann brauchen wir nicht mit Ihnen zu reden.« Meier ließ Danner los und der verkniff es sich selbstverständlich, die garantiert schmerzenden Finger zu reiben. Auf die Idee, mir auch die Hand zu reichen, kam Meier nicht – glücklicherweise, konnte man in diesem Fall ausnahmsweise sagen.

»Sie könnten uns bei der Aufklärung der Todesumstände Ihres Sohnes helfen«, gab Danner zu bedenken.

»Ich glaube, mit meiner Aussage bei der Polizei habe ich genug beigetragen. Wir wollen jetzt unsere Ruhe, das verstehen Sie sicher.«

Mir fiel der Seesternanhänger auf, der im Ausschnitt von Meiers Poloshirt baumelte. Das Lederband spannte sich ziemlich um seinen Stiernacken.

Yvonne legte beschwichtigend eine schlanke Hand mit glitzernden Fingernägeln auf den Unterarm ihres Mannes. »Leider können wir Ihnen überhaupt nicht weiterhelfen«, informierte sie uns bedauernd. »Korbinian bewohnt eine Einliegerwohnung in unserem Haus. Mein Mann und ich sind gestern Abend ausgegangen und erst spät zu Hause gewesen. Heute Morgen haben wir uns gemeinsam auf den Weg zur Arbeit gemacht. Korbis Auto stand in der Garage, deshalb sind wir davon ausgegangen, dass er länger schläft, das kommt öfter vor. Dass etwas passiert ist, haben wir erst erfahren, als die Polizei hier auftauchte.«

»Einer von Korbinians Freunden ist verschwunden«, wandte sich Danner prompt an die Blondine, die deutlich kooperationsbereiter schien. »Haben Sie das Video, das heute Nacht entstanden ist, gesehen?«

»Hast du was an den Ohren?«, ging Meier böse dazwischen.

»Ihr Sohn hat schon seit Längerem Fotos und Videos seiner illegalen Klettertouren im Internet veröffentlicht«, lenkte ich Meiers Aufmerksamkeit ab. »Haben Sie davon gewusst?«

Der Mann schwieg. Offenbar hatte er Skrupel, auch mir die Hand zu zerquetschen, und eine andere Möglichkeit, mich zum Schweigen zu bringen, fiel ihm wohl spontan nicht ein. »Herrgott! Natürlich kenne ich die Bilder, ich bin kein Idiot«, knirschte er endlich.

»Und?«

Er rieb sich durchs Gesicht. »Das war eine grandiose Werbung für uns«, gestand er dann. »Ein Imagewandel für unseren Betrieb. Wir sind weg vom stumpfsinnigen Muskel-Aufpumpen, unser Laden ist jetzt Treffpunkt für coole, junge Leute. Korbinian ist – war ein kleiner Star in der Szene.«

Seine Frau zog eine gezupfte Augenbraue hoch.

»Durch den Erfolg von Korbinians Internetvideos trainieren hier neuerdings Surfer in der Winterpause, Snowboarder, Mountainbiker, Sportkletterer, Jungmanager nach dem Meeting und natürlich jede Menge Sport- und Physiotherapiestudenten.«

Ich überlegte, ob er sich mithilfe von Langhaarfrisur und Lederbändchen dem neuen, jugendlichen Image seiner Firma anzupassen versuchte, obwohl er zu viel Masse und zu wenig Haare hatte.

»Ich kann einfach nicht glauben, dass Korbi abgestürzt ist«, murmelte Meier müde. »Er schaffte fünfzig Klimmzüge.«

Yvonne Meier seufzte.

»Sie sehen das anders?«, erkundigte ich mich.

Sie schürzte die rosa Lippen.

Ihr Mann funkelte sie warnend an.

»Du siehst Korbinian durch eine rosarote Brille, Thommy«, erklärte sie trotzdem.

Meiers Blick verfinsterte sich.

»Die Klickzahlen seiner Videos sind Korbinian ziemlich zu Kopf gestiegen«, sprach Yvonne Meier weiter. »War klar, dass das auf Dauer nicht gutgeht. Das sage ich schon die ganze Zeit.«

Meiers Kaumuskulatur wölbte sich unter seinen Wangen, doch er widersprach nicht.

»Haben Sie jemanden von den anderen jungen Leuten auf dem Video erkannt, Herr Meier?«, stellte Danner die Frage, wegen der wir hier waren.

»Ich kann Ihnen nur sagen, was ich der Polizei auch schon erzählt habe«, presste Meier zwischen den knirschenden Zähnen hervor. »Korbinians Freundin, Siri Bodschwinna, könnte dabei gewesen sein.«

Siri? Der Name sagte mir etwas.

»Die Frau mit der Hasenmaske?«, vergewisserte sich Danner.

»Von der Figur her könnte es hinkommen«, meinte Meier.

Die Bürotür flog auf.

Eine weitere Frau platzte herein. Sie war vielleicht Mitte zwanzig, etwas größer als ich, schlank, sportlich und hatte ein hübsches Gesicht. Ich erkannte die markanten, weit auseinanderstehenden Augen und die breite Stirn von Thomas Meier unter dem fransigen Pony ihrer haselnussbraunen

Strubbelfrisur. Auch sie trug einen *Kraft-Meierinnen*-Sportanzug mit dem lächerlichen Hintern im Logo.

»Paps!«

»Mäuschen!« Thomas Meier breitete die Arme aus und sie flog hinein. Ihre Augen schimmerten. Kornelia, die letzte Person vom Familienfoto auf der Homepage.

Korbinians Schwester.

»Ich bin, so schnell ich konnte, gekommen.«

»Mein Beileid, Frau Meier.« Danner hielt ihr prompt die Hand hin. »Ben Danner. Meine Kollegin Lila Ziegler und ich ermitteln die Umstände des Todes Ihres Bruders. Entschuldigen Sie, dass wir Sie überfallen.«

Korbinians Schwester wischte sich fahrig über die Unterlider, um eventuell verlaufene Wimperntusche zu beseitigen, bevor sie Danner begrüßte: »Wegen einer Filialeröffnung war ich gestern in Oldenburg. Als mein Vater anrief, bin ich natürlich sofort ins Auto gestiegen.«

Sie reichte auch mir die Hand.

»Sie würden uns sehr helfen, wenn Sie einen Blick auf das Video werfen würden, das gestern Nacht auf dem Kran entstanden ist.«

»Jetzt reicht es aber!«, polterte ihr Vater wieder los. »Meine Tochter kommt gerade nach Hause. Sie steht unter Schock.«

»Sie wollen bloß herausfinden, was passiert ist!«, ermahnte Yvonne Meier ihren Mann scharf.

Prompt kramte Danner sein Handy hervor.

»Jonas Schröder und vermutlich auch Dennis Plau waren mit Ihrem Bruder auf der Baustelle«, informierte er die Schwester des Abgestürzten, während er auf das Display tippte. »Ihr Vater glaubt, dass die Freundin Ihres Bruders ebenfalls in dem Film zu sehen ist. Sie würden uns sehr helfen, wenn Sie noch jemanden identifizieren könnten.«

»Das kann ich auch ohne Video«, sagte Kornelia Meier, ohne zu zögern. »Es würde mich sehr wundern, wenn Korbi Freddi zu Hause gelassen hätte.«

Ich horchte auf: »Freddi?«

»Frederik von Schlärke«, nickte Konni Meier. »Korbinians blonde Hälfte. Seit dem Kindergarten sind die beiden wie Sancho und Pancho.« Sie zuckte zusammen. »Waren«, korrigierte sie sich selbst.

11.

Allmählich bekam ich schlechte Laune.

Mein Magen knurrte. Was mich daran erinnerte, dass wir nichts zu essen bekamen. Was wiederum eine plötzliche Sehnsucht nach Molle auslöste. Nach seinem aufmunternden Zwinkern, bei dem sich tausend Fältchen in seinen Augenwinkeln bildeten.

Vielleicht fühlte sich so Heimweh an …

Das große Zittern wegen der Anzeige gegen meinen Vater dagegen war inzwischen einer gewissen Gleichgültigkeit gewichen. Sollte er doch auftauchen, war mir egal. Ich war schon einmal mit ihm fertig geworden.

Ich wollte zu Molle. Ich musste sehen, dass es ihm gut ging.

Jetzt.

Aber nein, wir konnten nicht ins Krankenhaus, weil Danners dämliche Detektivehre das nicht zuließ. Stattdessen fuhren wir auf der Herner Straße Richtung Norden, wohin auch immer.

Und mittlerweile war es nach fünf, nach Krankenhausmaßstäben Abendbrotzeit. Die konnten komisch werden, wenn man sich nicht an die Besuchszeiten hielt und den Schichtwechsel verzögerte.

»Ich will zu Molle, Ben.«

Danner trommelte mit den Fingern aufs Lenkrad.

»Sofort.«

Sein eisiger Blick brachte mich schon lange nicht mehr zum Schweigen.

»Jonas finden wir heute sowieso nicht mehr. Siri und Frederik bringen uns im Moment keinen Schritt weiter, weil wir bei denen zu Hause schon nach ihm gesucht haben. Die wohnen nämlich beide in der gleichen WG wie Dennis Plau.«

Weil uns in der Straßenmitte eine Bahn entgegenkam, wich Danner nach rechts aus.

»Ich will auf der Stelle wissen, wie es Molle geht. Und wenn es dir dein blöder Stolz verbietet, mit leeren Händen im Krankenhaus aufzutauchen, dann lass mich jetzt aussteigen.«

Danner schwieg weiter und ich platzte vor Wut.

Ich riss die Beifahrertür auf. Die krachte gegen eine auf dem Gehweg stehende Mülltonne und flog mit einem Knall wieder zu. Danner trat die Bremse durch. Die Reifen quietschten, der Spitfire holperte mit dem rechten Vorderrad auf den Bordstein, bevor er zum Stehen kam.

»Hast du sie nicht mehr alle?«, brüllten wir gleichzeitig.

Seine Wut spannte seine Oberarme und meine innere Stimme kreischte: Fass mich an und ich mach dich kalt!

Moment.

Ich holte tief Luft.

»Bis später«, sagte ich nur und stieg aus dem schräg stehenden Wagen.

»Steig wieder ein«, befahl Danner drohend.

»Friss meine Turnschuhe«, antwortete ich und ging.

»Tut mir leid, verdammte Scheiße!«, brüllte Danner mir hinterher. Klang wie: »Verrecke möglichst bald!«

»Mir nicht!«, antwortete ich, ohne mich umzusehen.

Weil die Autotür klappte, sah ich mich im nächsten Moment sicherheitshalber doch um.

Danner atmete tief ein und ließ seine Fingergelenke knacken.

Ich hob meine geballte Rechte und zeigte ihm meinen Mittelfinger.

Danner atmete wieder aus: »Du hast gewonnen, wir fahren ins Krankenhaus.«

Mir wurde warm. Trotzdem tat ich, als würde ich überlegen.

»Ich steh einfach total drauf, wenn du sauer wirst«, fügte Danner hinzu.

»Na schön«, seufzte ich. »Ich steh einfach total drauf, wenn du vor mir im Schlamm kriechst und meine Füße küsst.«

»Boah, du Dreckstück!«

»Wichser.«

»Zicke.«

»Sack.«

Danner nahm mein Gesicht in die Hände und küsste mich. Im nächsten Moment hatte er mich hochgehoben und auf die warme Motorhaube unseres Oldtimers gesetzt.

Wir verknutschten noch ein paar weitere, wertvolle Minuten.

12.

Das Bett zwischen den Monitoren und Apparaturen war glatt gestrichen. Unberührt. Leer.

Ich stand in der Zimmertür, unfähig, mich zu bewegen. Eine Sekunde lang überlegte ich, ob eventuell eine Schwester das Bett gerichtet haben könnte, während Molle kurz mal rausgegangen war.

Bis mein Verstand anfing zu schreien. Wohin zum Teufel sollte er bitte schön gehen? Auf einer Intensivstation?

Hatten wir uns in der Tür geirrt? Aber während mein Kopf noch nach Erklärungen suchte, hörte mein Herz bereits auf zu schlagen.

Konnte es sein, dass das Gefühl im Auto, das Heimweh, das ich so noch nie gespürt hatte, eine Ahnung gewesen war? So was sollte es doch geben. Zumindest berichteten ab und zu Leute im Fernsehen, aufgewacht zu sein, exakt zu dem Zeitpunkt, an dem ihre Mutter …

Bitte nicht.

Ich konnte den Schmerz, mit dem mein Herz zerriss,

noch nicht spüren, aber ich wusste bereits, dass er mich umhauen würde, sobald er kam.

Hinter mir klirrte es.

Wie in Trance wandte ich mich um.

Danner war zurückgeprallt und rückwärts gegen einen mit Gläsern und Besteck beladenen Wagen gestoßen. Ich konnte mich nicht erinnern, ihm seine Angst vorher schon einmal angesehen zu haben. Jetzt verlor sein Gesicht alle Farbe. Im Neonlicht der Krankenhausbeleuchtung wurde der Kontrast zwischen seiner Haut und den Bartstoppeln deshalb unnatürlich scharf.

Wie in Zeitlupe hob er seine Hand an seine Stirn.

Aus der Zimmertür hinter ihm schlüpfte eine quirlige Pflegerin mit kurzen, roten Rastazöpfen und einer dunklen Brille.

»Entschuldigen Sie«, hörte ich mich selbst piepsen. »Was ist mit Herrn Schröder, hier aus Zimmer 503?«

Sie runzelte irritiert die Stirn: »Nix?«

»Aber …« Vor Verwirrung fehlten mir die Worte. »Das Bett ist doch leer?«, stammelte ich.

Die Rothaarige machte ein erschrockenes Gesicht: »Oh, entschuldigen Sie, vielleicht habe ich da eine Information übersehen?!« Hastig blätterte sie in einer Liste, die auf ihrem Besteckwagen lag.

Um abzuchecken, ob sie die Information, dass Herr Schröder heute leider verstorben war und deshalb kein Besteck fürs Abendessen mehr benötigte, übersehen hatte!

Danner wandte sich ruckartig ab. Er wollte abhauen, bevor die rothaarige Rastafari aussprechen konnte, was ich dachte. Ich erwischte ihn am Arm, umklammerte seine Hand und drückte sie, so fest ich konnte. Sie war eiskalt.

»Nein. Nein, hier steht nichts. Herr Schröder *muss* auf seinem Zimmer sein«, erklärte die Pflegerin vorwurfsvoll.

»Meinen Sie, ich habe ihn übersehen, oder was?« Ich musste mich beherrschen, um nicht zu schreien.

Sie öffnete kurzerhand die Zimmertür und betrachtete erstaunt das ordentliche Bett.

Leer.

»Ist er vielleicht auf dem Klo?«

Klo?

Sie eilte den Flur hinunter, um die übernächste Tür aufzureißen und in den dahinterliegenden gefliesten Raum zu spähen.

Nichts.

»Ist ja merkwürdig«, murmelte die Kleine, drehte sich ratlos zu uns um – und hechtete im nächsten Moment an uns vorbei, weil eine große, kräftige Pflegerin mit Nasenpiercing und gruftischwarzem Pferdeschwanz vorbeigeeilt war.

»Cindy?«, hielt die Rothaarige die Größere auf, um, bei ihr angekommen, mit gesenkter Stimme zu fragen: »Sag mal, hat einer vergessen einzutragen, dass der Herr Schröder von der 503 verstorben ist?«

Meine Fingergelenke knackten schmerzhaft in Danners Griff.

»Quatsch, der ist nicht verstorben. Vor einer Stunde habe ich dem noch einen Tee gebracht«, zischte die Größere verständnislos.

Mein Herz stolperte ein paar Schläge weiter.

»Aber der ist weeheeg!«, flüsterte die Kleinere gereizt.

Die Schwarzhaarige musterte Danner und mich kurz, als sie an uns vorbei ins Zimmer marschierte, um festzustellen, was wir eben schon herausgefunden hatten, dass es nämlich leer war.

Danner ließ sich mit dem Rücken gegen die Wand kippen und griff sich mit der freien Hand an die Brust. Unsere Blicke trafen sich, aber er wagte nicht, etwas zu sagen oder sich zu bewegen, sondern wartete nur ab, was geschah.

Es brach Hektik aus.

Zwei weitere Schwestern kamen angeflitzt, um sich selbst davon zu überzeugen, dass Molle nicht da war.

Die Rothaarige sauste durch alle Räume, die Dunkelhaarige telefonierte mit einem mobilen Apparat vor dem Schwesternzimmer.

Am anderen Ende des Flures summte die Tür zur Intensivstation auf. Ein dicker Mann in einem schmuddelig grauen Bademantel schob einen Rollator und einen Infusionsständer in den Gang. Er hätte Ähnlichkeit mit Molle haben können, wäre der graue Haarkranz um seine Glatze herum nicht sauber auf einen Zentimeter Länge gestutzt und sein leicht eckiges Gesicht mit den Hängebäckchen glatt rasiert gewesen.

Die Rothaarige huschte aus einem Zimmer, um gleich im nächsten zu verschwinden – stutzte aber mitten in der Bewegung und starrte den Dicken an.

Bevor sie etwas sagen konnte, ging Danner auf ihn los.

»Hast du eine Macke?«, brüllte er durch den Flur. »Du wärst heute Morgen beinahe an einem Herzinfarkt krepiert! Und jetzt hast du nichts Besseres zu tun, als zum Friseur zu gehen?«

»Ben!« Ich hielt seinen Arm fest, doch er zog mich mit vorwärts. Ich stemmte mich dagegen.

»Das hättest du schon vor zwei Jahren machen können, aber nicht ausgerechnet heute! Wo sind überhaupt die ganzen Schläuche?«

Weil ich Molle noch nie unrasiert gesehen hatte, brauchte ich ein paar Sekunden, um mich an sein neues Gesicht zu gewöhnen. Auf der rechten Wange hatte er rote Flecken, geplatzte Äderchen, die mir vorher nie aufgefallen waren, und seine Hängebäckchen erinnerten ein wenig an Filmdogge Huutch. Aber seine blauen Augen zwinkerten mir liebevoll zu und endlich wurde mir wieder ein bisschen wärmer.

»Ich brauche keinen Sauerstoff mehr und Schwester Cordula war so lieb, das EKG kurzzeitig zu entfernen.«

»Damit du von der Intensivstation zum Friseur spazieren kannst?«

Jetzt steckten sämtliche Krankenschwestern ihre Köpfe aus den Zimmern. Die Rothaarige kam bereits auf Molle zugeeilt.

»Das Krankenhaus hat einen Salon im Erdgeschoss!«,

wurde Molle jetzt auch laut und musste sich im nächsten Moment schwer atmend auf seinem Rollator abstützen.

Danner verstummte erschrocken und griff seinen Arm.

Molle fuhr ihm grinsend durch das nicht vorhandene Haar. Den anderen Arm legte er mir um die Schultern, um mich an sich zu drücken.

Ich hatte das Gefühl, heulen zu müssen.

13.

Constantin der Große.

Nein, das war nicht mein Vater. Trotzdem sorgte allein die zufällige Namensgleichheit prompt für eine Gänsehaut. Ich mobilisierte sämtliche Verdrängungsmechanismen, um meinen Erzeuger nicht in meinen Kopf zu lassen.

Constantin der Große hieß eine stillgelegte Zeche. Weil überirdisch die meisten Zechenanlagen mittlerweile zurückgebaut worden waren, vergaß ich manchmal, dass der Erdboden unter Bochum von alten Stollen und Schächten durchlöchert war wie ein riesiges Rattennest.

Eine Maschinenhalle aus dem Jahr 1910 stand jedoch heute noch in einem Gewerbegebiet im Stadtteil Riemke. Das hohe Gebäude aus braunem Backstein mit gewölbtem Dach und meterhohen Sprossenfenstern überragte die Hallen der umliegenden Firmen und Autohändler.

Als Danner zwischen anderen Wagen auf dem von Schlaglöchern zerfressenen Parkplatz hielt, war es nach sieben. Ich hatte keine Ahnung, was wir in einem alten Zechengebäude Neues über Molles verlorenen Sohn herausfinden sollten. Aber Molle war noch am Leben und mein Magen knurrte nicht mehr, weil wir uns eine Pizza ins Krankenhaus bestellt hatten. Deshalb war ich bereit, Danners Ermittlungszwang weiter zu unterstützen.

Ich folgte Danner zur Vorderseite des Gebäudes. Dort chillten zu meiner Verwunderung zwei Jungen mit Rastafrisuren auf einer Holzbank im Schatten alter Bäume. Ich hielt inne, als ich das Schild über dem unscheinbaren Eingang entdeckte.

Kletterzentrum, stand da.

Die Tür führte in einen schmalen, mit hellem Holz verkleideten Flur. Wir kamen an der *Umkleide Herren* und der *Umkleide Damen* vorbei und stiegen eine kurze Treppe hinauf, bevor wir vor einem massiven Holztresen standen.

Angenehm leise Hintergrundmusik war zu hören und ein Klickern und Klimpern, das mich am Tresen vorbei in die hohe Halle lockte.

»Wow.« Staunend sah ich nach oben.

Die gelben und orangefarbenen Wände waren asymmetrisch verwinkelt und mit winzigen, bunten Punkten übersäht. Sie liefen nie ganz senkrecht zum aufgewölbten, von einer Stahlkonstruktion getragenen Dach hinauf. Im hinteren Bereich bildeten sie mit dicken Weichbodenmatten ausgelegte Höhlen, eine frei stehende, rote Wand teilte den riesigen Raum in zwei Hälften.

Rechts von mir standen ein paar Stühle und Tische auf einem Podest, die Abendsonne fiel durch die hohen Sprossenfenster. Bestimmt zwanzig Leute kletterten wie Riesenspinnen die Wände hinauf, gesichert mit den bunten Seilen. Bei näherem Hinsehen entpuppten sich die Punkte als farbige Griffe und Tritte, an denen man Halt finden konnte.

Hinter dem Tresen stand ein schlanker Zwanzigjähriger mit Dreitagebart und zum Pferdeschwanz gebundenen dunklen Locken. Er trug eine kurze Cargohose, ein ärmelloses Shirt und um das rechte Handgelenk geknotete Freundschaftsbänder.

Der Angestellte schob Danner ein Knäuel aus bunten Nylongurten und schweren Karabinerhaken entgegen. Als Danner das Kuddelmuddel hochhob, sah es mysteriöserweise plötzlich nicht mehr verknotet aus und ich ahnte, dass er nicht zum ersten Mal einen Klettergurt in der Hand hielt.

»Und jetzt?«, wollte ich wissen.

Danner hielt mir den Gurt hin: »Zeig mal, was du draufhast.«

Ich sollte klettern? Ich machte große Augen.

»Das rechte Bein in die schwarze Schlaufe, das linke in die rote.« Danner hielt mir die Nylonschnüre so hin, dass ich begriff, was er meinte.

Ich stieg hinein und Danner zog den Beckengurt stramm. Einen Moment lang spürte ich seine Hände warm auf meinen Hüften und eine angenehme Dosis Adrenalin strömte in meine Blutbahn. Danner spürte das offenbar auch, denn er ließ seine Hand grinsend zwischen meine Beine gleiten, um auch den Sitz der Oberschenkelriemen zu überprüfen. Ich verkniff es mir, zusammenzuzucken.

Wollte er wirklich wissen, ob ich einigermaßen klettern konnte, weil ich mich unter den Möchtegern-*Youtube*-Stars nach Jonas umhören sollte?

Kein Problem, unter Höhenangst litt ich jedenfalls nicht. Eher noch unter einer nicht ganz gesunden Art von Höhensehnsucht. Denn tatsächlich hatte ich mich schon häufiger auf verschiedenen Gebäudedächern aufgehalten. Allerdings nicht, weil ich wie beim *Roofing* den Kick des Verbotenen gesucht hatte, sondern um abzuschätzen, ob ein Sprung wirklich tödlich sein würde. Selbstredend, dass Danner das nicht wissen musste.

Der war dicht hinter mich getreten, hatte um mich herumgegriffen und befestigte bereits eines der von der Decke baumelnden Sicherungsseile an einem dicken Karabiner vor meinem Bauch. Die Wärme seines Körpers an meinem Rücken und sein Atem in meinem Nacken verknoteten meine Gedanken.

Mein Freund deutete auf die frei stehende rote Wand, die den Raum teilte und – nun ja – hoch war. Fünfzehn Meter mindestens, schätzte ich. Vielleicht auch mehr.

»Aber nur die roten Griffe«, schlug Danner vor. »Oder willst du lieber mit einer Anfängerroute beginnen?«

Bescheuerte Frage. Ich drehte mich zu ihm um.

»Und wenn ich da hinaufkomme, soll ich mich unter den Krankletterern nach Jonas umhören?«, erkundigte ich mich.

Danner sah mich so direkt an, dass ich die dunklen und die silbernen Sprenkel in seinen grauen Augen sehen konnte. Er atmete tief ein.

»Eher nicht.«

Ich richtete mich auf, sodass meine Brüste ihn berührten. Er zuckte.

»Du hast keinen Schimmer, wie du Jonas sonst zu fassen kriegen sollst«, stellte ich fest, drehte mich zur Wand und packte den ersten, roten Griff.

Ich zog mich hoch und kletterte rasch ein paar Meter weiter. Die roten Griffe waren kleiner als viele andere. Ich konnte oft nicht mit der ganzen Hand zugreifen, sondern nur mit den Fingern. Ein Griff hatte ein Loch, in das ich nur Zeige- und Mittelfinger einhängen konnte.

Danner beeilte sich, dass herabbaumelnde Ende meines Sicherungsseils aufzusammeln.

Ich verfolgte das grüne Tau mit Blicken nach oben. Es lief über eine Art Umlenkrolle und dann wieder in Richtung Boden. Unten hielt Danner das frei hängende Seilende in der Hand und zog es jetzt mit einem Ruck straff. Ich spürte den leichten Zug an meinem Beckengurt. Rutschte ich ab, hielt mich das Seil sofort.

Es gab so viele rote Griffe, dass ich nicht lange suchen musste, und ich erreichte flott das obere Wanddrittel. Das kippte allerdings plötzlich auf mich zu. Die Wand ragte an dieser Stelle nicht senkrecht empor, sondern neigte sich mir entgegen.

Das Klettern wurde anstrengender, an dem Überhang musste ich mein eigenes Körpergewicht wie beim Klimmzug halten. An den kleineren Griffen war das gar nicht so einfach. Meine Muskeln spannten sich, meine Finger krallten sich an die Vorsprünge und Kanten.

Nach etwa zwei Metern Strecke kletterte es sich dann wieder leichter, die Wand wurde wieder gerade.

Schon hatte ich die Oberkante erreicht, bis zum sich aufwölbenden Dach waren noch ein paar Zentimeter Luft. Ich streckte die Hand aus und berührte einen der Stahlträger, die das Hallendach hielten.

»Für den Anfang nicht schlecht!«, rief Danner von unten. »Jetzt die Hände ans Seil, die Füße an die Wand und in den Gurt reinsetzen. Ich lasse dich runter.«

Wie bitte?

Danner deutete nach links.

Schräg unter mir stieß sich ein Jugendlicher mit den Füßen von der Wand ab, sauste, im Kletterseil hängend, ein Stück abwärts und pendelte wieder auf die Wand zu, um sich erneut mit den Füßen wegzustoßen. Er konnte sich so flott abseilen, weil sein Vater das Seil kontrolliert nachließ.

»Die Seilbremse sorgt dafür, dass ich nur ein Zehntel deines Körpergewichtes halten muss«, informierte mich Danner. »Das mach ich mit einer Hand.«

Mein Blick wanderte zu der dicken Umlenkrolle neben meinem Kopf, die anscheinend so etwas wie eine zusätzliche Absturzsicherung darstellte.

»Seit wann bist du feige?«, drängelte Danner amüsiert.

»Ich klettere lieber runter«, entschied ich.

»Du traust mir nicht? Du gehst mit mir ins Bett, aber lässt dich nicht von mir abseilen?«

Dieser Scheißkerl!

Der Jugendliche und ein älterer Herr rechts von mir sahen interessiert zu uns herüber.

Keine dreißig Sekunden später stand ich wieder neben Danner auf dem Hallenboden, wischte mir die Hände an der Jeans ab und funkelte ihn sauer an.

Er musterte mich spöttisch.

»Deine Zeit war nicht schlecht«, stellte er fest. »Aber die Zeit ist völlig unwichtig, auf die Sicherheit kommt es an. Achte beim nächsten Mal darauf, immer nur einen Arm oder ein Bein von der Wand zu lösen.« Er kletterte selbst ein Stück nach oben und machte es vor. »So hast du an drei

Punkten Halt. Selbst wenn du mit dem zweiten Fuß auch abrutschst, hängst du an beiden Händen noch sicher. Mit einer Hand hingegen wird es spannend. Und bevor du einen Griff oder ein Tritt benutzt, prüf immer, ob er wirklich stabil ist.«

Er rüttelte probehalber an vier, fünf Griffen und – siehe da! – eine blaue Knolle ließ sich tatsächlich wegdrehen.

»Schaffst du es noch einmal nach oben?«

Das war offenbar eine rhetorische Frage, denn Danner löste bereits das Seil und schob mich auf die andere Seite des breiten, roten Raumteilers.

Ich schluckte, als ich in die Höhe sah.

Die gesamte, mindestens fünfzehn Meter hohe Wand kippte mir schräg entgegen. Die ganze Strecke war ein einziger, langer Überhang, so anstrengend wie eben die letzten Meter.

Ich merkte, dass ich unwillkürlich meine Finger massierte und horte schnell wieder damit auf.

Das war nicht zu schaffen.

»Immer dran denken: an drei Punkten festhalten und die Griffe prüfen. Und keine Panik«, grinste Danner, »ich sichere dich ja.«

Der Mistkerl wusste genau, dass diese Wand zu schwer für mich war. Wenn ich mich nicht halten konnte, würde ich doch ins Seil fallen und mir von ihm herunterhelfen lassen müssen. Ich knirschte mit den Zähnen.

»Oder traust du dich nicht?«

Vor Wut kochend, trat ich an die Wand.

»Die grünen Griffe«, flötete Danner.

Es dauerte einen Moment, bis ich einen grünen Griff entdeckte, denn er war so winzig, dass ich nur mit den Fingerspitzen Halt finden konnte. Nach einem Ausweg suchend, sah ich mich um. An der Wand hinter mir staubte sich eine ältere Frau die Hände mit Magnesia ein, während ihre mollige Begleiterin den Beutel im Rucksack verstaute.

»'tschuldigung, darf ich auch mal?«, erkundigte ich mich spontan.

Die Pummelige hielt mir das Pulver hin und ich puderte meine schwitzigen Hände ab.

Und los.

Mein T-Shirt klebte beinahe sofort an meinen Rücken. Meine Turnschuhe schienen einfach zu groß für die schmalen Tritte und die Schwerkraft zerrte wie ein mit Steinen gefüllter Rucksack an mir.

Hauptsächlich mit den Armen zog ich mich hinauf. Meter für Meter. Verbissen krallte ich die Finger in die Löcher und Furchen und stemmte die Schuhe gegen die Kanten der Tritte, um mich irgendwie zu verkeilen.

Ich spürte einen Schweißtropfen aus meinen Haaren über meine Nase rinnen. Konzentrierte mich auf die drei sicheren Punkte und den nächsten Griff. Zog mich wieder eine Armlänge höher. Nach unten zu sehen, vermied ich, aber ich hatte schon es schon weiter geschafft als erwartet – als sich der Tritt unter meinem linken Fuß plötzlich wegdrehte!

Verdammt!

Mein rechter Fuß rutschte ebenfalls ab, weil ich meinen Schuh mehr dagegen gedrückt als wirklich darauf gestanden hatte.

Meine Füße baumelten über dem Abgrund. Die Finger meiner rechten Hand steckten in einem Griff mit Loch. Eine Sekunde lang war ich überzeugt, sie würden abreißen.

Ich keuchte.

Mit aller Kraft spannte ich die Bauchmuskeln an und zog meine Beine zurück an die Wand. Meine Füße fanden Halt – auf einem großen, gelben und einem orangefarbenen Tritt.

Weiter.

Ich ignorierte meine schmerzenden Finger und das Brennen in meinen Unterarmen.

Wie. Hoch. War. Die. Verfluchte. Wand?

Meine rechte Hand krampfte. Feierabend. Die Finger zogen sich nach innen. Ich konnte nicht mehr zugreifen. Stöhnend hob ich den Kopf – und sah die Oberkante der künstlichen Felswand direkt über mir!

Weil das gewölbte Hallendach hier seinen höchsten Punkt erreichte, war fast ein Meter Platz zwischen der Holzplatte der Kletterwand und der Decke.

Wäre doch gelacht …

Ich krallte meine verkrampfte Faust um die Wandkante, ignorierte den Schmerz und stemmte mich hinauf. Tatsächlich gab es oben auf dem breiten Raumteiler eine Art Plateau, eine ebene, aus Holzbrettern gezimmerte Fläche unter dem Hallendach. Dunkle Punkte tanzten vor meinen Augen, als ich mich daraufrollte und schwer atmend liegen blieb.

»Lila?«

Hörte ich da etwa ein schlechtes Gewissen in Danners Stimme? Ich fummelte den Mittelfinger aus meiner verkrampften Faust und ließ die Hand über die Kante kippen.

Minutenlang blieb ich liegen.

Dann kletterte ich wieder hinunter.

14.

Posttraumatische Belastungsstörung (PTBS) nennt man eine psychische Reaktion auf eine lebensbedrohliche Situation (z. B. Unfall), ein traumatisches Ereignis (z. B. Gewaltverbrechen, Kriegshandlungen) oder eine Naturkatastrophe. Die Betroffenen durchleben in der Situation große Angst, die sie als Hilflosigkeit und Kontrollverlust empfinden.

Ich hörte auf zu lesen, weil das orangefarbene Buch in meinen Händen zu zittern begann.

Gewaltverbrechen.

Angst.

Kontrollverlust.

Kurz sah ich mich zur offen stehenden Schlafzimmertür um, doch unser Sofagast hatte heute seinen Dienst zur Abwechslung mal pünktlich angetreten. Und Danner hörte ich im Badezimmer. Ich blieb auf dem Bauch liegen und zwang mich, weiterzulesen.

Typisch für PTBS sind Symptome des Wiedererlebens, die sich in Form von Erinnerungen, Flashbacks oder Albträumen aufdrängen.

Scheiße.

Außerdem können Vermeidungssymptome wie emotionales Abstumpfen, Gefühllosigkeit, Gleichgültigkeit und Teilnahmslosigkeit entstehen.

Noch mal scheiße.

Unter Umständen können wichtige Aspekte des traumatischen Erlebnisses nicht vollständig oder gar nicht erinnert werden.
Das vegetative Nervensystem – das Überlebenssystem des menschlichen Körpers, das Flucht-Abwehr-Reaktionen steuert – ist bei Betroffenen übererregt. Der Körper befindet sich in ständiger Alarmbereitschaft, er produziert vermehrt Adrenalin, um flucht- oder kampfbereit zu bleiben. Dieser Alarmzustand äußert sich in Panikattacken, Schlafstörungen, Reizbarkeit, Konzentrationsschwierigkeiten oder erhöhter Wachsamkeit.

Ich schleuderte das Buch zur Seite, als hätte es mich gebissen.

PTBS.

Leck mich!

Meine Hände schmerzten, ich öffnete und schloss die Fäuste ein paar Mal fest. Dann erst bemerkte ich Danner, der in Boxershorts an der Tür lehnte und mich interessiert beobachtete.

»Ich dachte schon, du stehst heute gar nicht mehr auf«, lenkte ich ab und zog die Bettdecke über das Buch. Weil ich außer einem von Danners T-Shirts nichts anhatte, wurde stattdessen mein nackter Hintern sichtbar. »Wie machen wir weiter?«

Danner warf sich neben mich auf die Matratze und ließ seine Hand über meinen Po meinen Rücken hinaufgleiten. »Da, wo wir gestern Nacht aufgehört haben?«

Ich sparte mir die Antwort.

»Dann eben nicht«, murrte er. »Dann müssen wir wohl Jonas auftreiben. Heute. Genau gesagt, bevor wir Molle im Krankenhaus besuchen.«

Er zögerte lange genug, um meine volle Aufmerksamkeit zu gewinnen.

»Allerdings habe ich nur eine einzige Idee, wie das noch klappen könnte«, gab er schließlich zu.

»Nämlich?«

»Du musst Sport studieren gehen.«

»Wirklich?«

»Dummerweise kauft mir den Studenten keiner mehr ab«, seufzte Danner.

»Du brauchst mich«, flötete ich triumphierend.

»Habe ich nie bestritten«, murrte mein Boss. »Ich rede ja nur von der Uni – ein Handstand auf einem hundert Meter hohen Baugerät kommt nicht infrage, nur, dass wir uns da richtig verstehen.«

Er brauchte sich keine Sorgen zu machen. Der fiese Muskelkater rammte mir schon seine Krallen in die Unterarme, wenn ich nur eine Buchseite umblätterte.

»Zieh dich an«, sagte Danner. »Ich zeig dir die Uni.«

Die Universität in Hannover hatte ich für ziemlich groß gehalten. Die zweitgrößte in Niedersachsen, hatte ich mal gehört.

Nun ja. Hier in Bochum waren die Dimensionen andere. Eigentlich hätte ich es ahnen können, ich hatte die Skyline der Studentenwohnstadt Hustadt ja schon von Jonas' Wohnheim aus gesehen.

Die Universitätsstraße, die am Bahnhof vom Ring abzweigte, hatte uns auf direktem Weg hergeführt. Neben der Straße ragten zehnstöckige Gebäudekolosse auf. Einer nach dem anderen. Drei, vier, fünf Gebäude zählte ich. Sie waren aus graubraunen Fertigbetonteilen zusammengesetzt und standen wie Soldaten beim Appell exakt nebeneinander.

»Soweit ich weiß, gibt es dreizehn Hauptgebäude, in denen die verschiedenen Fakultäten untergebracht sind.« Danner lenkte unseren Oldtimer von der Universitätsstraße aufs Gelände. »Sie sind um die Mensa und das Audimax im Zentrum herumgruppiert.«

Die erdrückende Wucht und die militärische Symmetrie der Lehranstalt waren mir unheimlich. Der Spitfire tauchte zwischen den Betonquadern in einen zweispurig befahrbaren Tunnel ab, der auch zur Stadtautobahn hätte gehören können.

Neben mir dröhnte der Ghostrider mit brennendem Totenschädel auf seinem gigantischen Chopper hinab, in den Untergrund, die Unikatakomben oder direkt in die Hölle. Ihm folgte eine Horde erschrocken wirkender, blauer Paviane. Mein Blick blieb an einem riesigen Loch in der Wand hängen, durch das der Tod im grünen Hemd seine Krallenhand nach mir ausstreckte.

Wahnsinn. Die knallbunten Farben der Graffiti explodierten geradezu um mich herum. Allein war ich mit meiner Abneigung gegen die graue Symmetrie zumindest nicht.

Der Tunnel führte uns tatsächlich in die Unterwelt. Die Straße durchkreuzte die betonierten Kellergeschosse der Universität, ein gigantisches, mehrgeschossiges Parkhaus aus Beton. Die massiven Stützpfeiler hätten locker einen Atomkühlturm halten können.

Die zahlreichen Einbahnstraßenschilder und Schranken verwirrten mich etwas, doch Danner wusste anscheinend, wohin er fuhr. Er lenkte den Wagen einfach geradeaus, unter der Universität hindurch. Kurz darauf hatten wir die finstere Betonwelt durchquert und tauchten auf der anderen Seite des Komplexes wieder in der Morgensonne auf. Plötzlich wurde alles grün, Büsche und Bäume umsäumten den Parkplatz auf der Rückseite des Universitätsgeländes, auf den Danner den Wagen lenkte. Langes Gras wucherte aus den Fugen der Pflastersteine, ein Gärtner kämpfte mit einer Motorsense dagegen an.

Verwundert stieg ich aus dem Auto. Direkt hinter der Uni war die Stadt zu Ende. Das Gelände fiel ab, hinter Büschen und Bäumen wurde es grün.

»Da geht es ins Ruhrtal.« Danner rumste die Autotür zu.

Der Gärtner schaltete seine dröhnende Sense ab, klopfte sich Grasschnipsel von der Hose und stopfte die Arbeitshandschuhe in die Tasche, bevor er auf uns zukam.

»Paule.« Danner begrüßte ihn mit Handschlag.

»Benni, Alter. Schön, dass du mal vorbeischaust.« Der Mann hatte ein ovales Gesicht mit einem kleinen Kinn und kurz geschorenem Haar. Seine grüne Latzhose spannte sich über seinem Bauch und er hatte O-Beine.

»Das ist meine Partnerin Lila, von der ich erzählt habe«, stellte Danner mich vor.

Paule wackelte mit den Augenbrauen, als er mir die Hand hinhielt.

Ich überlegte, wann Danner Paule von mir erzählt haben konnte, während der ausdauernd meinen Arm schüttelte. Heute Morgen um sieben vermutlich nicht. Also gestern. Nachdem ihm klar geworden war, dass ihm die Möglichkeiten, Jonas aufzutreiben, zügig ausgingen.

»Paule und ich haben als Kinder zusammen Fußball gespielt«, erläuterte mir Danner. »Paule hat es damals beim VfL bis in die A-Jugend geschafft.«

Ich pfiff durch die Zähne und Paules teigige Wangen färbten sich rosa.

»Du kannst einfach in die Sportvorlesungen und Lehrveranstaltungen reinschnuppern. Wenn jemand fragt, sag, du bist die Nichte von Paul Bischoff und wolltest dich vor der Studienwahl im Herbst ein bisschen informieren.« Paule deutete mit dem Kopf auf die Uni. Genauer gesagt, auf den

Eingang des dreistöckigen und damit vergleichsweise flachen Anbaus, vor dem wir standen. Links von uns führten eine Treppe und ein gläserner Aufzug auf das Dach. Als ich hochsah, bemerkte ich die vielen Menschen, die dort oben auf dem Gebäude herumliefen.

Vor der Tür, die vom Parkplatz aus in den Anbau führte, stand ein Metallschild mit schwarzer Aufschrift: *Fakultät für Sportwissenschaften.*

Als ich das Gebäude genauer betrachtete, fiel mir die Fensterfront rechts von uns auf. Sie reichte über die gesamten drei Stockwerke der Sportfakultät, die Sonne spiegelte sich blendend auf den Glasflächen. Ich trat durch die dürren Büsche in den Rabatten und schirmte mit den Händen meine Augen ab, um in das Innere sehen zu können.

Drinnen wurde Basketball gespielt.

Eine Sporthalle.

Gerade warf ein Typ mit weißblondem Haar einen Korb.

Kurz sah ich an mir herunter. Zu dem ärmellosen, schwarzen Shirt, das ich gestern schon getragen hatte, war ich in die Hundertzwanzig-Euro-Jeans geschlüpft, die ich mit meinen Freundinnen im *Ruhrpark* geshoppt hatte. Sie lenkte die allgemeine Aufmerksamkeit nur wenig unaufdringlicher als *Kraft-Meiers* pinkfarbenes Tussilogo auf mein Gesäß.

Es würde funktionieren.

»Hast du das vor oder nach unserem Klettertraining klargemacht?«, erkundigte ich mich lauernd, ohne mich nach Danner umzusehen.

Sein Schweigen reichte mir als Geständnis.

Ruckartig drehte ich mich zu ihm um. »Dann lös dich mal in Luft auf und lass mich den Rest erledigen.«

»Wir reden nur davon, in einem Hörsaal herumzusitzen«, erinnerte mich Danner scharf.

»Dann wäre das Klettertraining ja vergeudete Zeit gewesen«, konnte ich mir nicht verkneifen, ihn zu ärgern.

Danners Miene verfinsterte sich drohend, dann fummelte er ein altes Mobiltelefon aus seiner Hosentasche und drückte es mir in die Hand. Sogar daran, dass mein Smartphone die Befragung von Jonas' Mutter nicht überstanden hatte, hatte er im Gegensatz zu mir gedacht. Ich musterte das altertümliche Modell, das Tasten anstelle eines Touchscreens besaß.

»Rund-um-die-Uhr-Überwachung und Abhören mithilfe von Spionage-Apps fällt zumindest flach«, bemerkte ich trocken. Wenn er nicht verhindern konnte, dass ich allein ermittelte, neigte Danner zum Stalking.

»Neues Handy ist schon bestellt«, entgegnete er gereizt. »Ich trink 'nen Kaffee mit Paule. Ruf mich einfach an, wenn was ist, okay?«

Ich meinte, Danners Zähne knirschen zu hören, als ich das Telefon grinsend einsteckte.

Kaum waren Danner und Paule in den Betonkatakomben der Parkdecks verschwunden, verließen die ersten Basketballer die Sporthalle: mehrere Jungs und eine junge Frau, deren kurze, blonde Haare nass vom Duschen waren. Einer der Studenten trug das lange Haar zum extravaganten Dutt geknotet, bei seinem Kumpel sorgte die kurze Hose dafür, dass das schwarze Tribal Tattoo auf seiner kräftigen Wade zur Geltung kam. Alle vier waren schlank und durchtrainiert, sie bewegten sich auf die selbstbewusste Art von Leuten, deren Sportnote im Zeugnis ihr Leben lang dafür sorgte, dass sich niemand über sie lustig machte.

Logisch, die motorisch unbegabten Moppeligen würde ich wohl kaum in der Sportfakultät antreffen. Molles verschollenen Sohn zu erkennen, würde nicht ganz einfach werden. Ich kannte Jonas Schröders Gesicht lediglich von dem Handyvideo, auf dem er sich die Rattenmaske vom Kopf gerissen hatte, aber ich bezweifelte, dass er mit der Miene eines tollwütigen Trolls aus der Sporthalle stürmen würde.

Einige Studenten schoben sich Sonnenbrillen auf die Nasen und schlenderten zu der Treppe, die aufs Dach der Sporthalle führte. Anscheinend war das der normale Weg, um zu weiteren Bereichen des Unigeländes zu gelangen.

In nächsten Moment packte mich jemand von hinten und hielt mir die Augen zu. Meine überreizten Abwehrreflexe ließen mich zusammenzucken.

»Stalkst du mich etwa schon wieder?«

»Das weißt du doch, Freddi«, knurrte ich genervt.

Frederik ließ mich verdutzt los. Seinen Rucksack hatte er sich lässig über eine Schulter gehängt.

Der war auch auf dem Kran gewesen. Hatte auch er gestern die Nachricht vom Tod seines besten Freundes erhalten? Aber dann würde er doch heute Morgen nicht Basketball spielen?!

»Ich habe extra mein Hauptfach gewechselt, um dich besser verfolgen zu können«, erklärte ich ironisch.

»Echt? Dann kann ich dich ja zu einer spannenden Anatomievorlesung über das menschliche Bein einladen«, witzelte Freddi bereitwillig mit.

»Das war schon immer mein Traum.« Ich hakte mich bei ihm unter.

Er wusste noch nichts? Möglich, dass die Polizei die Maskierten auf dem Video noch nicht enttarnt hatte, aber warum hatten die Meiers Freddi nicht benachrichtigt? Als Korbinians ältesten Freund kannten sie ihn doch.

Ich hatte keine Zeit, den Gedanken weiterzuverfolgen, weil Freddi den gleichen Weg nahm, den seine Kommilitonen eben schon gegangen waren: die Treppe hinauf auf das Unigebäude.

Eher zufällig drehte ich mich um und staunte über den Blick, der sich mir bot. Im ansteigenden grünen Hang auf der anderen Seite der Ruhr lag ein einsames, weiß getünchtes Fachwerkgehöft. Direkt gegenüber von den Betonklötzen der Unifakultäten wirkte es wie aus der Zeit gefallen.

»Lila?« Freddi hatte bemerkt, dass ich stehen geblieben war.

»Ich genieße die Aussicht«, murrte ich. Dann folgte ich ihm schnell weiter, die letzte Treppe hinauf, und stand auf dem Campus.

Im Herz der Uni. Zwischen Hunderten von Studenten, die wie Blut durch die Herzkranzgefäße um die gigantischen Gebäude der Fakultäten strömten. Es herrschte ein schnatterndes Durcheinander, trotzdem schien jeder zu wissen, wohin er wollte.

Für einen Augenblick war es wieder da, das Gefühl, als Tourist bei einem Stamm afrikanischer Ureinwohner gelandet zu sein, die sich mithilfe lustiger Klicklaute verständigten.

Ich erinnerte mich daran, dass auch ich ein Ziel hatte, und beeilte mich, Freddi am bogenförmigen Glasbau der Mensa und einem runden Gebäude mit schrägem Dach vorbei zu folgen. *Audimax* las ich die Aufschrift in weißen Großbuchstaben, die senkrecht an der Fensterfront hochlief.

Der mit Waschbeton und Kopfstein gepflasterte Campus war in die Jahre gekommen, die massiven Betonpfeiler waren hier größtenteils mit bunten Plakaten zutapeziert. Die groß gedruckten Hinweise *Plakatieren verboten* hielt anscheinend niemand für ernst gemeint.

Beim Versuch, mich zu orientieren, drehte ich mich um mich selbst. *M – Medizin* stand auf einem roten Schild. *N – Naturwissenschaften* auf grünem Untergrund. *HZO*, was immer das bedeuten sollte, war orange unterlegt und … Ich hielt inne, als ich neben *Audimax* und *HZO*, hinter den verschiedenen Betonebenen des höhergelegenen Campus, vier gigantische Baukräne in den strahlend blauen Morgenhimmel ragen sah.

Frederiks Blick war meinem gefolgt und einen Moment lang sah auch er schweigend zu, wie sich der vorderste Kran piepend drehte.

»Ironman wartet mit unserem Date.« Frederik grinste wieder und wandte sich ruckartig ab. Er zog mich auf eine Glastür zu, die die Aufschrift *HZO* zierte. Etwas kleiner darunter entdeckte ich die Erklärung der Abkürzung: *Hörsaalzentrum Ost*.

Das Innere des Hörsaalzentrums hatte Bahnhofshallencharakter. Der Boden bestand aus orangebraunem Stein, wie man ihn auch in Fußgängerunterführungen findet, Wände und Stützpfeiler hatten der Einfachheit halber ihre naturgegebene Optik behalten, was sich hervorragend ins betonlastige Gesamtbild fügte. So ließen sich die Wände auch besser plakatieren.

Die Schritte und Stimmen der in die Hörsäle huschenden Lernwilligen schallten durch die kahle Halle, es gab einen beleuchteten Kaffee- und einen Snackautomaten und einen Versicherungsshop.

Gleich darauf saß ich neben Freddi auf den nach hinten ansteigenden Reihen im gut gefüllten Hörsaal – auf einem froschgrünen Holzsitz samt passendem Schreibpult.

Um mich herum wurde getuschelt, gekramt und der Coffee to go platziert.

Der Hörsaal war nicht klein und niemand achtete auf mich.

»Übrigens hast du mir immer noch nicht deinen Namen verraten«, bemerkte Freddi.

»Liliana«, rückte ich nach kurzem Zögern mit der Sprache heraus.

»Und weiter?«

»Das verrate ich dir beim zweiten Date.«

»Wenn ich dich nach der Vorlesung zum Mittagessen einlade, gilt das als zweites Date?«

»In der Mensa?«, erkundigte ich mich spöttisch.

Frederik verzog den Mund zu einem trägen Lächeln: »Wo immer du willst.«

Der ledergesichtige Professor, der sich neben ein Plastikskelett stellte, sah tatsächlich aus, als hätte er bereits ein paar Hundert Mal beim Ironman-Triathlon mitgemacht. Er unterbrach unser Gespräch, indem er knackend das Mikrofon einschaltete.

15.

»Du spinnst. Es ist zwölf Uhr mittags.« Als er zwei mit Salat gefüllte Teller hinter mir her balancierte, war Freddi plötzlich weniger cool.

»Willst du doch lieber in der Mensa essen?«, erkundigte ich mich spöttisch.

»Hier kommen wir sowieso nicht weiter.« Frederik deutete auf den grünen Kasten unter der Klinke der Stahltür, vor der wir standen.

Ein Türalarm. Drückte ich die Klinke herunter, berührte sie einen Schalter und das Ding jaulte los. Der Durchgang war lediglich im Brandfall als Fluchtweg gedacht, wie das rennende, weiße Männchen auf der über der Tür angebrachten Notbeleuchtung erläuterte.

Ich betrachtete den Alarmkasten genauer. Der Schalter, der eigentlich unter dem Griff klemmen sollte und ein sirenenartiges Geheul auslöste, sobald jemand versuchte, die Tür zu öffnen, war abgesackt. Der Spalt ließ genug Raum, um die Klinke zu drücken, ohne den Alarm zu aktivieren.

Ich schnalzte mit der Zunge und öffnete die Tür.

Frederik starrte mich an, als hätte ich die Sicherung mithilfe eines Zauberspruchs verschwinden lassen.

Die Mittagshitze flimmerte auf dem Flachdach der Medizinischen Fakultät, als ich hinaustrat.

Die Aussicht über das Ruhrtal war atemberaubend, genau wie der Anblick der um uns herum aufragenden Betonbauten der Fakultäten. Wahrscheinlich war diese Uni wie die Chinesische Mauer auch aus dem Weltall noch zu erkennen.

Weit unter uns wuselten die Studenten auf den verschiedenen Campusebenen wie Ameisen auf Ameisenstraßen in Richtung Mensa, sonnten sich auf den alten Gitterbänken vor dem Audimax oder kühlten die Füße in einem künstlichen Bachlauf. Hinter den Gebäuden drehten sich die roten

Baukräne im wolkenlosen Himmel. Diesmal war Frederiks Blick von allein daran hängen geblieben. Der Wind wehte den Lärm der Baustelle zu uns herüber.

Ich ging im Schatten eines blechernen Abluftschachtes in Deckung. Frederik setzte sich neben mich auf die aufgeheizte Teerpappe. »Isst du immer hier?«

Ich nahm ihm einen Salatteller aus der Hand: »Für eine nette Aussicht steige ich gern ein paar Treppen.«

Tatsächlich war ich längst nicht sicher gewesen, ob der Türalarm wirklich ausgeschaltet sein würde.

Am Audimax ist die Medizinische Fakultät, hatte ich Danner gesimst, *Paule soll um 12:00 die Tür zum Dach aufmachen.* Mit dem uralten Handy hatte es eine Weile gedauert, die Textnachricht aufzusetzen, denn die Buchstaben waren mit den Tasten gekoppelt. Um zum Beispiel ein C im Display zu produzieren, musste ich drei Mal die 2 drücken.

Lieber hack ich mir den Arm ab, war Danners prompte Antwort gewesen.

Ich will nicht runterspringen, ich arbeite, hatte ich umständlich zurückgetippt.

Lass dir was Ungefährliches einfallen, hatte Danners letztes Statement zum Thema gelautet.

»Kennst du noch mehr Plätze mit Aussicht?« Freddi hatte meinen Köder geschluckt.

»Bin noch nicht lange genug hier, um die Wanderführerin zu machen«, winkte ich ab.

Frederik kaute auf einem Stück Mozzarella wie auf einem Kaugummi: »Wo kommst du her?«

»Hannover. Und du?«

»Bochum.« Er zuckte die Schultern. »Meiner Familie gehörte früher ein Gutshof im Norden. Die Ländereien haben meine Eltern aber längst verkauft. Sie handeln jetzt mit Sportgeräten.«

»Sportgeräte?«

»Na ja, Trimmräder, Krafttrainingsgeräte, Laufbänder und so. Mein Vater hofft, dass ich nach dem Studium seine

Trimmräder an den Mann bringe. Das bedeutet Klinkenputzen wie früher die Staubsaugervertreter.« Freddi schnitt eine Grimasse.

Dass er nicht begeistert war von dem Weg, den seine Eltern für ihn schon ordentlich breitgelatscht hatten, machte ihn beinahe sympathisch.

»Du hast andere Pläne?«, erkundigte ich mich.

»Ich probiere gerade rum«, nickte er. »Ich habe ein bisschen Geld investiert und eine Internetfirma am Start. Eine Eventagentur. Bungee-Jumping, Indoor-Skydiving, Kletterkurse und so. *Adrenalin.de,* kannste ja mal googeln.«

Um nicht sofort antworten zu müssen, steckte ich schnell eine Olive in den Mund.

»Ich soll eigentlich Jura studieren«, erzählte ich dann. »Mein Vater ist Staatsanwalt.«

Frederik hob interessiert den Kopf.

»Die ganzen Paragrafen sind aber echt nicht mein Ding. Deshalb will ich umsatteln.« Dicht an der Wahrheit zu schwindeln, hat sich bewährt, wenn man noch eine Weile weiterlügen will. Dann behält man am ehesten die Übersicht.

»Was machst du denn für Sport?«, wollte Frederik wissen.

Ich schob mir eine Gabel voll Gurken in den Mund. »Ganz schön viele Fragen fürs erste Date.«

Mein Kampfsportfaible wollte ich ihm nicht auf die Nase binden.

Frederik rieb sich nachdenklich den hellen Bartflaum. »Ich bin öfter mit ein paar Leuten auf Tour. Wir genießen auch gern die schöne Aussicht«, sagte er dann wohlüberlegt. »Mit unserer Aktion am Kölner Dom haben wir es ins Fernsehen geschafft und eine halbe Million Klicks erreicht.«

In seiner Welt war das wohl ein Grund, euphorisch zu werden.

»Wow«, ließ ich mich beeindrucken. »Wahnsinn.«

»Wir treffen uns heute Abend im *Blauen Engel.* Leider hatte ein Kumpel vorgestern einen Unfall. Ob alle weitermachen wollen, weiß ich nicht. Wahrscheinlich können wir Verstärkung brauchen.«

Ich horchte auf: »Ein Unfall?«

Er wusste, dass Korbinian Meier tot war. Freddi fuhr sich durch das gestylte Haar, dass hinterher etwas weniger gestylt aussah.

»Ein Freund von mir ist abgestürzt.« Der Blonde rieb sich die Nase. »Tragische Sache, er ist einfach unvorsichtig geworden.«

Dass Korbinian leichtsinnig gewesen war, deckte sich mit der Aussage seiner Stiefmutter Yvonne.

Trotzdem.

Wie Sancho und Pancho. Wie konnte Frederik hier sitzen? Und heute Abend womöglich gleich den nächsten Ausflug für Lebensmüde planen?

Immerhin: Es bestand eine Chance, dass Korbinian aus reiner Dusseligkeit gestorben und nicht – wie befürchtet – geschubst worden war.

Den Handstand hatte jedoch Jonas gemacht. Wenn bei irgendjemandem mit Tod durch Blödheit zu rechnen gewesen wäre, dann doch bei ihm.

Oder …?

Mein Gehirn schlug einen Purzelbaum.

Was, wenn der Film nicht alles gezeigt hatte? Wenn Korbinian sich doch hatte herausfordern lassen? Wenn er versucht hatte, den Handstand mit einem Salto zu übertrumpfen? Konnte es sein, dass die ganze Idiotentruppe Zeuge von Korbinians Absturz gewesen war? Und jetzt Schiss hatte und kollektiv die Klappe hielt? Dann wäre es kein Wunder, wenn Jonas ein paar Tage lang in Deckung blieb.

»Warst du dabei, als dein Freund abgestürzt ist?«, erkundigte ich mich mitfühlend und lehnte sacht meine Schulter gegen die von Freddi.

»Nee …« Er schüttelte den Kopf. »Sein Vater hat mich gestern angerufen.«

Korbinians Schwester glaubt aber, du warst auf dem Kran!

Hm. Als Plüschbunny wohl nicht. Wenn Grobi tot war und Dennis Plau gefilmt hatte, dann warst du an dem Abend der Sensenmann.

Ein Schauer huschte über meine Arme.

Tolle Kostümwahl, du Blitzbirne.

Entsetzt klimperte ich mit den Wimpern: »Und dann bist du heute hier? Um dir anzuhören, dass der Oberschenkel ein langer Röhrenknochen ist?«

Frederik knüllte wütend seine Papierserviette zusammen: »Besser, als in der Bude rumzusitzen, oder?« Er hob den Blick, seine Augen waren so hellblau wie der Sommerhimmel über der Uni.

Ich zuckte zurück, weil sein Gesicht meinem viel näher gekommen war als beabsichtigt.

Zu hastig sprang ich auf: »Ich muss.«

»Was ist mit heute Abend?«, stammelte mein Begleiter verdutzt. »Sehen wir uns im *Blauen Engel?* Ich kenne eine geile Location. Spitzenaussicht. Wenn du nicht kneifst, bist du dabei.«

Danner würde mich umbringen.

»Oder stehst du mehr auf Candle-Light-Dinner?«, rief Freddi mir nach.

16.

Die Gegend, in der Danner mich gegen zehn Uhr absetzte, erinnerte an ein ostwestfälisches Kuhdorf. Es gab grüne Wiesen, Bäume und Weidezäune. Die enge Straße ohne Fahrbahnmarkierung schlängelte sich zwischen weiß getünchten Fachwerkhäusern hindurch, die wie hingewürfelt kreuz und quer standen. Offenbar waren die Häuser vor der Straße hier gewesen.

Dabei befanden wir uns immer noch mitten in Bochum-Querenburg. Ein vierspuriger Autobahnzubringer hatte uns kurz zuvor an einem Möbelhaus und der Opel-Abfahrt vorbeigeführt. Doch hier war der Lärm der Innenstadt in weite Ferne gerückt. Vögel zwitscherten und lautes Stimmengewirr schallte durch die Dorfstraße.

»Melde dich, wenn ich dich abholen soll«, sagte Danner zum Abschied. Einen Moment lang zögerte er. »Und pass auf dich auf«, konnte er sich dann doch nicht verkneifen, hinzuzufügen.

Ich kniff die Augen zusammen.

Bei unserem Krankenhausbesuch am späten Nachmittag hatten wir Molle lebendig, allerdings sehr erschöpft und mit einer Infusion im Arm angetroffen.

Danach hatte Danner keine Einwände gegen meinen nächtlichen Alleingang in Sachen verlorener Sohn gehabt.

Allerdings wusste er nichts von der Gummimaske, die in meinem Rucksack steckte. Und dass ich zu einer schwarzen Stretchjeans ein dunkles T Shirt mit Kapuze trug, war ihm nicht als ungewöhnlich aufgefallen.

Hatte ich angenommen.

Oder verriet seine Verabschiedung, dass ihm nicht entgangen war, dass ich mich auf alle Eventualitäten vorbereitet hatte?

Ich sah mich unwillkürlich um. Doch ich war bereits ein ganzes Stück die Straße hinuntergegangen; die Stelle, an der ich aus dem Auto gestiegen war, war hinter einer Kurve verschwunden.

Ließ er mich das wirklich allein machen? Oder stalkte er mal wieder?

Ich wühlte das altertümliche Handy aus dem Rucksack und betrachtete misstrauisch das grob gepixelte Display. Nicht einmal Fotos konnte das Ding anzeigen. Eine Spionage-App hatte er mir ganz sicher nicht aufgehalst.

Nachdenklich steckte ich das Telefon wieder ein, bog um die nächste Hausecke und stand vor der Gaststätte. Direkt in der Kurve saßen die Gäste hinter einem niedrigen Bretterzaun im überfüllten Biergarten. Windlichter brannten auf Tischen mit gepunkteten Plastikdecken, umringt von Biergläsern. Es war sommerlich warm, aber nicht mehr vernichtend heiß. Und weil offenbar noch immer neue Gäste kamen, schleppte eine zierliche Bedienung mit karierter Schürze gerade zwei Holzstühle die bröckelnden Eingangsstufen hinunter. Überwiegend junge Leute tickten ihre Gläser aneinander. Bekannte Gesichter entdeckte ich nicht, aber hinter dem Gebäude schien der Biergarten weiterzugehen.

Ich drängelte mich zwischen den Menschen und Stühlen hindurch und tatsächlich führten hinter der Hausecke ein paar Stufen abwärts auf eine Waschbetonterrasse, wo zwei ruhiger gelegene Tische standen.

Frederiks weißer Haarschopf lenkte meine Aufmerksamkeit wie ein Leuchtsignal auf den rechten Tisch. Sein Mitbewohner Dennis saß ihm mit hängendem Kopf gegenüber, die langen Beine unter dem Tisch zusammengefaltet.

Ich trabte die Stufen hinunter und setzte mich kurzerhand auf den noch freien Stuhl neben Freddi. »Hallo Jungs.«

Dennis wischte sich erschrocken durchs Gesicht. Hatte er geheult?

»Liliana!« Frederik küsste mich zur Begrüßung auf die Wange. »Ist dir klar, dass das unser drittes Date heute ist?«

Der Weißblonde bedachte Dennis mit einem vielsagenden Blick. Weil er glaubte, seinem Mitbewohner die Freundin ausgespannt zu haben, begriff ich. Ich hatte ja gestern in der WG offiziell Dennis besucht.

Der kapierte verständlicherweise nichts. Er hatte einen großen Kopf auf einem dünnen Hals, ein fliehendes Kinn mit Ziegenbärtchen und zentimeterkurzes, flaumiges, dunkles Haar. Stirnrunzelnd musterte er mich durch seine auffällige, eckige Brille, die seine schönen, grünen Augen mit den langen Wimpern größer erscheinen ließ, als sie waren.

»Warst du gestern in meinem Zimmer?«, erkundigte er sich schließlich lahm.

Wider Erwarten erinnerte sich Dennis daran, dass ich ihn gestern im Suff geohrfeigt hatte. Für alle Fälle hatte ich eine Erklärung parat.

»Hat sich schon erledigt. Sorry für meine Ausdrucksweise, aber ich dachte echt, du wärst mir in die Karre gefahren. Mittlerweile habe ich aber den Richtigen zusammengeschissen.«

Hinter dem Bretterzaun, an dem der Tisch stand, führte ein geschotterter Radweg an dem Biergarten vorbei, dahinter schlängelte sich ein schmales, sumpfiges Bachbett durchs hohe Gras. Idyllisch. Erst eine ganze Ecke entfernt erhoben sich wieder die Fassaden hoher, roter Bürogebäude und Fabrikhallen über dem Grün.

»Noch eine Apfelschorle«, orderte Frederik, als die Bedienung oben an der Treppe vorbeihuschte. Tatsächlich stand auch vor den beiden Studenten kein Alkohol auf dem Tisch, bemerkte ich.

»Dennis und ich sind uns einig, dass wir es Korbi schuldig sind weiterzumachen«, sagte Frederik. »Du bist dabei, wenn du willst.«

Da sagte ich nicht Nein.

»Und wie kommst du darauf, dass *du* hier plötzlich das Kommando hast?« Der grollende Unterton der Stimme richtete meine Nackenhaare auf. Der massige, dunkle Schatten stand direkt neben mir. Aggression umgab den Typen wie ein elektrisches Hochspannungsfeld. Um ein Haar wäre ich zurückgeprallt, noch bevor ich aufgesehen hatte.

Als ich den Kopf hob, blickte ich in das geifernd aufgerissene Maul einer Horrorratte – auftätowiert auf einen nervös zuckenden Bizeps.

Jonas!

Na endlich! Weil er wieder grimmig guckte, erkannte ich sein kantiges Gesicht sofort.

Ich hatte ihn aufgetrieben! Danner würde mich eine Woche lang ›Sherlock‹ nennen müssen. Mindestens.

Jonas trug die dunkelblonden Haare wegrasiert, bis auf eine kurze, strubbelige Irokesenbürste in der Schädelmitte. Das Loch in seinem Ohrläppchen war zu einem schwarzen Tunnel geweitet. Er war nicht auffallend groß, aber unheimlich breit.

Ich musste Danner Bescheid geben!

In dem Moment sprang Frederik auf und marschierte an Molles Sohn vorbei, als hätte er das wutschnaubende Nagetier übersehen.

»Was willst du noch hier?«, fuhr er stattdessen die junge Frau an, die hinter Jonas stand. »Woher weißt du überhaupt, dass wir hier sind?«

Sie kam mir bekannt vor.

Ihr exotisches Gesicht mit dem olivfarbenen Teint und den langen, schwarzen Haaren hatte ich schon einmal gesehen. Sie war größer als Frederik, gertenschlank und hatte Beine, an denen Leggings nicht total daneben aussahen. Der weite Ausschnitt ihres kurzen, dunklen Kapuzenpullis rutschte wie unabsichtlich von ihrer Schulter.

»Du glaubst doch nicht, dass *ich* dich noch mitmachen lasse, du Flittchen?«, zischte Frederik eisig. »Und morgen bist du aus der WG raus! Von mir aus kannst du wieder ganz zu deiner Mutter ziehen.«

Die WG! Das Foto an der Zimmerwand. Das attraktive Pärchen. *Sie* war darauf zu sehen gewesen. Zusammen mit ihrem Freund.

Das war Siri.

Die Freundin des toten Korbinian.

Frederik taumelte zur Seite, als hätte die Frau ihm einen linken Haken verpasst. Doch es war Jonas gewesen. Er hatte so blitzschnell zugelangt, dass ich nicht einmal sagen konnte, ob er geschubst oder geschlagen hatte. Die Muckis waren nicht nur Deko.

»Ich habe dich was gefragt, Arschloch«, erinnerte Jonas warnend. »Wieso glaubst du, dass *du* bestimmen kannst, wer mitmacht und wer nicht?«

»Jo, Alter. Du bist der Mann, auf den ich gewartet habe«, sagte Freddi, traute sich aber nicht, Jonas die Hand zu reichen. »Vorschlag: Du lieferst weiter Showeinlagen und bist ab sofort fest im Team.«

Jonas verzog keine Miene.

»Wir hatten über hunderttausend Klicks. Als Personal- und Parkourtrainer kannst du mit der Werbung dein eigenes Geschäft aufziehen«, versuchte Frederik, ihn zu ködern. »Ich gebe dir die Chance, auf die Füße zu kommen. Oder willst du aussteigen?«

»Das hättest du wohl gern«, presste der Nagerfreund hervor.

»Nee, im Ernst. Ich will dich unbedingt weiter dabeihaben.« Frederik streckte ihm doch die Hand hin.

Der Gutsherrensohn und der Exsträfling? Eine ziemlich skurrile Freundschaft – oder was auch immer das sonst war.

Eine Sekunde lang rührte sich Jonas nicht.

»Ich will, dass Siri dabeibleibt«, stellte er dann klar.

»Und ich will, dass Liliana mitmacht«, entgegnete Frederik.

Jonas griff zu. An der Art, wie sich Frederiks Mittelhandknochen in seinem Griff ineinanderschoben, konnte ich sehen, dass das kein freundschaftlicher Handschlag war.

Abrupt ließ Jonas los.

Frederik rieb sich die Finger.

Wie in Zeitlupe wandte Jonas den Kopf und starrte mich an. Wie bei einer Großaufnahme in einem Monsterstreifen, bei der jeder weiß, dass das Ungeheuer sein Opfer entdeckt hat.

Showtime.

»Hi!« Situationen, in denen man keine Schwäche zeigen durfte, erkannte ich. Ich erwiderte Jonas' Blick, so böse ich konnte. »Ich bin Lila.«

Nicht vergessen, er war Molles Sohn und gehörte somit irgendwie zur Familie. Ich bin also deine Tante, Kleiner.

»Ich geh kein Risiko ein, nur weil du was zum Vögeln brauchst!«, schnauzte Jonas Freddi an.

Der übers Trainingsziel hinausgeschossene Muskelfetischist trat noch einen Schritt dichter an mich heran und betrachtete misstrauisch meine Oberarme.

»Möchtest du dran schnüffeln?« Ich hielt ihm meinen Ellenbogen hin. Obwohl ich Jahre meines Lebens gegen Dinge geboxt und geschlagen hatte, hatte sich der Umfang meiner Arme leider nie bemerkenswert verändert.

Doch jetzt hatte ich Jonas' Aufmerksamkeit auf mein Gesicht gelenkt.

Irre! Er hatte Molles Augen. Aber haargenau! Das gleiche Blau, die gleiche Form. Die äußeren Winkel standen etwas tiefer als die inneren. Allerdings blickte er extrem finster drein und von den Lachfältchen, die ich an Molle so liebte, fehlte jede Spur. Trotzdem war es verblüffend.

Er wandte sich ab und setzte sich auf Freddis Platz.

Frederik griff zähneknirschend nach einem blau gestrichenen Gartenstuhl vom Nebentisch. Siri blieb stehen.

Die Bedienung stellte mir meine Apfelschorle hin.

Jonas stützte die Ellenbogen auf und lehnte sich zu mir herüber. »Ich habe keinen Bock drauf, noch ein Weibchen am Arsch kleben zu haben, auf das wir aufpassen müssen«, erklärte er mir direkt.

Mein Blick wanderte zu Frederik. Der nippte schweigend an seinem Apfelsaft.

Sah aus, als wäre geklärt, wer das Sagen hatte.

»Sei froh, wenn ich auf dich aufpasse«, entgegnete ich.

Molles Augen wurden gefährlich schmal. »Die, die unten die größte Fresse haben, haben oben meist die Hose voll«, knurrte er.

»Darauf würde ich an deiner Stelle nicht wetten«, riet ich.

Jonas ließ seine Hand auf den Tisch klatschen. Dennis' Apfelschorle klirrte um, der Saft ergoss sich über die Plastiktischdecke und tropfte zu Boden.

»Das ist schnell geklärt«, zischte Jonas. »Zum Glück haben wir hier gleich um die Ecke ein Hammerdach. Da wollen wir schon seit Tagen hoch. Bin gespannt, ob du es überhaupt über den Zaun schaffst.«

»Ein Dach?« Erstaunt sah ich an der Gaststätte hoch. Sie hatte nur ein Geschoss. Und auch die Fachwerkhäuschen im Dorf taugten kaum als Herausforderung.

»Wo?«

Jonas wandte den Kopf zur Seite. Ich folgte seinem Blick. Über den Radweg, das hohe Gras, die Büsche und Bäume. Zu den roten Fassaden und Hallen, die sich dahinter in der Dämmerung erhoben.

Das musste ein echt gigantisches Unternehmen sein …

Ups.

Ich schluckte, als ich endlich begriff, was ich sah.

17.

24 Stunden gesichertes Kundenobjekt stand auf dem gelben Schild an dem gut zwei Meter fünfzig hohen, grünen Metallzaun. Er wackelte bedenklich, als die Gruselratte daran hochkletterte. Siri hatte ihre Plüschhasenmaske aufgesetzt und einen Klettergurt angezogen. Ich fragte mich, warum sie überhaupt mitmachte. Bereits bevor ihr Freund Korbinian abgestürzt war, hatte sie sich gesichert. Die lebensgefährlichen Ausflüge waren ihr offenbar nicht ganz geheuer.

Frederik hatte sich in den Sensenmann verwandelt, mit skelettiertem Schädel und dunkler Kapuze drüber. Und Dennis war tatsächlich für die Videoaufnahmen zuständig: Er hatte sein Handy in einer Halterung an der Stirn vom grünen Jedi-Meister Yoda befestigt.

Es wurde Ernst. Und ich konnte Danner nicht Bescheid geben, weil ich dummerweise kein Handy mehr hatte. Das hatte mir nämlich Molles Mustersöhnchen weggenommen, als ich beim Aufbruch vom *Blauen Engel* zurückgeblieben war, um Danner mit dem lahmen Urzeit-Apparat eine SMS zu schicken.

»Du brauchst Mami nicht zu sagen, dass es spät wird«, hatte Jonas mich gewarnt. »Das fällt ihr schon von allein auf.«

Dann hatte er einen verächtlichen Blick auf das Handy geworfen und es mit Schwung im Gebüsch entsorgt. Es platschte, als es ein Stück entfernt aufschlug.

»Hast du eine Macke?«, hatte ich Jonas angeschnauzt.

»Kannst ja hierbleiben und suchen«, hatte er vorgeschlagen und war dann über die Grünfläche hinter der Gaststätte durchs kniehohe Gras davonmarschiert.

Dennis und Siri waren hinterhergetrottet und auch Frederik hatte die Achseln gezuckt und mich stehen lassen.

»Lemminge«, hatte ich gemotzt, aber keine wirkliche Wahl gehabt: Wollte ich Molles Sohn nicht gleich wieder aus den Augen verlieren, musste ich dranbleiben.

Wir waren querfeldein zwischen den Bäumen hindurchgestreunt und hatten kurz darauf vor einer himmelblauen Wand gestanden. Das Ding war aus gewelltem Metall und ähnelte den Schallschutzwänden der Stadtautobahn. Ich hatte keine Idee, wie selbst geübte Kletterer wie Jonas und Freddi das bestimmt vier Meter hohe, glatte Hindernis ohne Hilfsmittel überwinden wollten. Eine Räuberleiter half jedenfalls nicht weiter.

Es stellte sich heraus, dass Jonas gar nicht vorhatte, hinüber zu klettern. Wir folgten der Absperrung – gen Osten, wie mir der in dieser Richtung dunkler werdende Himmel verriet.

Frederik war neben mir aufgetaucht, hatte seine Sprache wiedergefunden und versuchte, sich einzuschleimen. »Dahinter entsteht die neue Verbindungsstraße zwischen Düsseldorf, Bochum und Dortmund«, erklärte er mir den gigantischen Metallzaun.

Als dieser endete, standen wir an der vierspurigen Wittener Straße, auf der so spät am Abend nicht mehr viel Verkehr herrschte. Hinter einem grünen Bauzaun erstreckte sich eine riesige, freie Fläche. Was auf den ersten Blick wie ein zu groß geratener Parkplatz aussah, verwandelte sich weiter links in eine wüstenähnliche Dünenlandschaft. Erst auf den zweiten Blick begriff ich, dass die weißgrauen Hügel aus Schutt und Schotter bestanden. Meterhoch war Haufen an Haufen nebeneinandergekippt worden. Hinter der Freifläche erhoben sich die Ruinen.

Staunend stand ich am Zaun. Er wackelte und klapperte, weil Siri hinaufkletterte.

Wow.

Ich schob die Finger in das Gitter. Kein Wunder, dass die Freaks so wild darauf waren, hierherzukommen. Wer süchtig danach war, sich auf spektakulären Dächern herumzutreiben, konnte darauf nicht verzichten. Und auf die Internetklicks, die das Video unserer illegalen Entdeckungstour bringen würde, erst recht nicht. Vor mir lag ein Endzeitszenario wie aus einem Science-Fiction-Film.

Der Totenschädel des Sensenmannes tauchte in meinem Blickfeld auf der anderen Seite des Zauns auf.

»Maske auf und los«, sagte er mit Freddis Stimme zu mir.

Ich stand als Einzige noch an der Straße und beeilte mich, mir meine violette Gummimaske mit den schräg stehenden Fliegenaugen über den Kopf zu ziehen. Vor den Ruinen der halb abgerissenen Hallen musste ich aussehen wie ein lila Alien, das die Erde in Schutt und Asche gelegt hatte und nun mit seinem Ufo gelandet war, um sich davon zu überzeugen, dass alles Leben vernichtet worden war.

Ich turnte am Zaun hoch. Zum Glück waren meine Füße nicht besonders groß, ich konnte meine Fußspitzen in den schmalen Zwischenräumen des Stahlgitters verkanten. Der Zaun schaukelte, als ich mich hinüberschwang, aber bei dem langen Dennis hatte die Aktion mit Sicherheit uneleganter ausgesehen.

Ich landete auf einem staubigen Schild, das schon vor längerer Zeit heruntergerissen und liegen gelassen worden war. *Werksgebäude 1 – ADAM OPEL GmbH*, stand da in zerkratzten schwarzen Blockbuchstaben auf weißem Grund.

Einen Moment lang standen wir still und sahen uns um.

Von der Vierundzwanzig-Stunden-Sicherung, die das Gelände angeblich bewachte, war nichts zu sehen.

»Und ab!«, kommandierte die größenwahnsinnige Ratte und huschte über die weite Fläche in Richtung Werkshallen.

Obwohl die Sonne untergegangen war, war es noch nicht

dunkel. Auf dem Untergrund aus kaputtem Asphalt und hellem Betonstaub mussten wir in unseren düsteren Einbrecheroutfits auch aus der Entfernung problemlos zu erkennen sein.

Die Fassade der gewaltigen Montagehalle auf der linken Seite des Werkes war aufgerissen. Große Teile der Front fehlten, ich konnte durch das Stahlgerippe der Konstruktion direkt in ihren leeren, schwarzen Bauch sehen. Die Werkshalle aus rotem Ziegel weiter rechts hingegen wirkte relativ unbeschädigt.

Je näher wir kamen, umso höher wuchsen die Gebäude vor uns in die Höhe. Staunend blieb ich stehen. Von hier aus führte eine breite Straße zwischen den Hallen hindurch. Geradeaus. Hunderte von Metern lang. Der Asphalt war stellenweise zerkrümelt. Eckige Löcher klafften im Boden, Treppen führten unter die Erde. An den Wänden fehlten Wellblechplatten, wo früher Glasgänge die Gebäude über die Straße hinweg verbunden hatten, waren eckige schwarze Öffnungen zurückgeblieben. Mannshohe Altmetallhaufen stapelten sich vor den Gebäuden. Hier und da bewegte die laue Sommerluft die meterhohen Stoffbahnen, mit denen einige Löcher notdürftig zugehängt worden waren.

Eine Geisterstadt.

»Lila?« Das Plüschhäschen war stehen geblieben.

Es dauerte einen Moment, bis es mir gelang, meinen Blick von der Werksstraße zu lösen. Wie ein Magnet zog mich meine Neugier zwischen die Gebäude.

Als ich Siri doch ansah, fragte ich mich, wieso sie sich ausgerechnet in ein blöde grinsendes Kuscheltier mit Schlappohren und Nagezähnen verwandelt hatte.

Yoda, der Sensenmann und die Riesenratte hatten es eilig, sie huschten im Schatten der Backsteinhalle mit den Plexiglasfenstern davon.

Widerwillig folgte ich ihnen. Eine zweite Straße führte rechts an den Gebäuden vorbei, an weiteren Hallen entlang. Über den gigantischen, gelben Eingangstoren hingen rot umrandete Verkehrsschilder, die auf die Höhe der Durchgänge hinwiesen. *3,8 m.* Dort konnte ein Lkw hineinfahren.

Das Tor vor mir stand offen. Vielleicht, weil die Plastikscheiben daneben sowieso zersplittert waren.

Ich blickte in eine geschätzt zwanzig Meter hohe Halle, in der gewaltige Stützen bis unters Dach reichten. Blaue Stahlträger, deren Geländer verriet, dass man auf ihnen entlanggehen konnte, führten direkt unter den Decken lang. Über gelbe Treppen gelangte man hinauf, schwere Maschinenbrücken verbanden sie untereinander. Man konnte den gesamten Raum in Deckenhöhe durchqueren.

Eigentlich war das ein Paradies für die angehenden Actionfilm-Regisseure. Doch die coolen Roofer beeilten sich, ungesehen am einladend offen stehenden Tor vorbeizukommen. Nur Plüschkaninchen Siri wartete wieder auf mich.

»Das ist das Presswerk«, sagte sie. »Hier wurden die verschiedenen Autoteile ausgestanzt.« Sie deutete auf die Stahlstützen. »Das war ein irrer Krach da drinnen.«

»Du warst schon mal hier?«, wunderte ich mich. »Als noch gearbeitet wurde?«

Ich war noch kein Jahr in Bochum und, ehrlich gesagt, hatte mich der Abriss des Opel-Werkes bisher nicht besonders interessiert. Aber natürlich hatte ich mitbekommen, dass hier in Spitzenzeiten über zwanzigtausend Menschen beschäftigt gewesen waren.

»Mein Stiefvater war Opelaner«, nickte Siri. »Er hat da hinten die Sitze eingebaut.« Sie deutete vage durch die Halle.

»Soll ich euch einen Kaffee bringen?« Die herrschsüchtige Ratte, die eigentlich schon hinter der nächsten Ecke verschwunden gewesen war, kam genervt auf uns zu.

Der Plüschhase atmete hörbar ein.

»Wieso sehen wir uns das hier nicht an?«, wollte ich wissen.

»Wir sind nicht im Museum«, knurrte der Nager. »Das Ding wird bewacht. Und ich habe echt keinen Bock, mich erwischen zu lassen.«

Ach nein?

Während Siri den Stummelschwanz einkniff und brav davonhoppelte, blieb ich stehen.

Der abgebrühte Exsträfling hatte Schiss, beim unbefugten Betreten einer Baustelle erwischt zu werden?

Na ja, eigentlich logisch.

Bemerkte der Sicherheitsdienst unsere nicht genehmigte Werksbesichtigung, brachte das uns allen höchstens eine Verwarnung ein – außer Jonas. Der war nämlich garantiert noch auf Bewährung draußen. Ließ er sich schnappen, wanderte er auf direktem Weg zurück ins Gefängnis. Er ging mit Abstand das höchste Risiko ein.

»Hast du etwa Schiss?«, rief ich ihm laut hinterher.

Jonas zuckte herum. »Schsch!«

Die Köpfe von Bugs Bunny und Yoda und der Totenschädel des Sensenmanns erschienen prompt hinter der Hausecke.

Ich zuckte die Achseln und machte ein paar Schritte in die Werkshalle hinein. Es roch noch nach Maschinenöl und Arbeit.

»Das ist doch der Hammer! Film das mal, Marsmensch.« Ich winkte Dennis heran – und der gehorchte tatsächlich.

»Krass«, murmelte er, als er zur Decke sah und das an Meister Yodas Gummistirn befestigte Smartphone durch den gigantischen Raum schwenkte.

Der Sensenmann schritt bereits mit wehender Kapuze an mir vorbei. Offenbar hatte er entdeckt, was auch mir auf den ersten Blick aufgefallen war. Er hüpfte eine Stahltreppe hinauf, von der Farbe abblätterte.

»Das Video wird ein Renner«, raunte Frederik uns zu. Dennis folgte ihm hoch zu den Stahlstegen, die unter der Decke entlangführten.

Die Gummiratte kam auf mich zu. Sie fletschte ihr blutiges Gebiss, als wollte sie mich fressen – marschierte dann aber wortlos an mir vorbei und begann grimmig mit dem Aufstieg.

So ist es brav, du Ungeheuer.

Siri und ich huschten Jonas mit ausreichend Sicherheitsabstand hinterher. Neben uns liefen Rohre in die Höhe und elektrische Leitungen für Maschinen, die es längst nicht mehr gab.

Als ich oben angekommen war, bemerkte ich die Fahrbahnmarkierungen und die mit Flatterband gesicherten Löcher, die sich an mehreren Stellen im Hallenboden auftaten: metergroße Quadrate, aus deren ausgefransten Rändern die rostigen Gitter der Stahlbetondecke ragten. Durch die Löcher konnte ich weiter in die Tiefe sehen. Das gesamte Gebäude schien unterkellert zu sein, bestimmt zehn Meter ging es unter dem Hallenboden weiter abwärts. Wie bei einem Eisberg lag ein großer Teil dieses Gebäudes unter der Oberfläche verborgen.

»Da lang.« Als wir am Ende der ersten Halle wieder von den Maschinenbrücken heruntergeklettert waren, übernahm auf einmal Bugs Bunny die Führung. »Wenn wir da vorne weitergehen, kommen wir automatisch aufs Dach.«

Siri zeigte auf ein weiteres, Lkw-großes Tor, das in die nächste, etwas flachere Halle hinüberführte.

»Hier wurden die Autoteile auf Laufbändern zum Rohbau zusammengesetzt.«

Mein Blick fiel auf einen Zettel, der, noch mit Tesafilm festgemacht, an der Wand hing. Ein Auto war darauf abgebildet. Und demonstrierende Menschen.

Der Zafira bleibt in Bochum, las ich. Und: *Kampf um jeden Arbeitsplatz.*

»Was macht dein Stiefvater jetzt, nachdem das Werk stillgelegt wurde?«, erkundigte ich mich beim Kaninchen.

»Computerlehrgang.« Siri seufzte. »Als ob der mit dreiundfünfzig noch Softwareentwickler werden würde.«

Es ging eine leichte Schräge hinauf in die nächste Halle, sie war etwas niedriger, das Dach hatte Löcher. Farbe blätterte überall vom stählernen Skelett des Gebäudes ab und platschte auf den Boden. Im Staub entdeckte ich übrig gebliebene Schrauben und Unterlegscheiben.

»Das ist ein Riesending hier«, vertonte Yoda seine Videoaufnahmen. Gerade filmte der Außerirdische leuchtend weiße Graffiti an der Hallenwand, die bewiesen, dass wir nicht die Einzigen waren, die das alte Opel-Werk zum Ziel einer Nachtwanderung machten.

Unsere leisen Schritte hallten durch die leeren Gebäude, in denen man sich mühelos verlaufen konnte.

Je weiter wir gingen, umso flacher wurden die Hallen – bis wir plötzlich vor einer Wand standen, an der ein großes Schild hing.

Betreten des Daches verboten, las ich. Dabei standen wir immer noch auf dem Hallenboden, hatten nicht einmal ein Treppenhaus entdeckt.

Noch skurriler war der rote Hinweis unter der Schrift: *Auf der Dachfläche herrscht Rauchverbot.*

»Also wenn ihr schon unerlaubterweise auf dem Dach seid, lasst wenigstens die Kippen weg, Leute«, witzelte der Sensenmann. »Wo geht es denn nun nach oben?«

»Wir sind schon da.« Yoda wackelte seinen runzligen, grünen Kopf mit den Schildkrötenaugen hin und her. Rechts von uns ließ die Hallenwand einen Durchgang frei.

»Wir haben die Werkshallen komplett durchquert«, kommentierte er seinen Abenteuerfilm. »Dabei sind wir anscheinend in jeder Halle ein wenig weiter nach oben gelangt, sodass – wow!« Der Jedi trat hinaus auf das Dach des Opel-Werkes. Seine Segelohren flatterten vor dem wolkenlosen Abendhimmel.

Gute fünf Stockwerke hoch stand ich neben Yoda. Die Dachfläche war mit Teerpappe ausgelegt und von einer bauchhohen Mauer umgeben. Dahinter blickte ich in die Schlucht, in der tief unten die ehemalige Werksstraße zwischen den Gebäuden entlangführte. Dabei waren wir keine Treppe hinaufgestiegen, nur die leichten Schrägen, auf denen früher Autos und Lkws durch die Hallen gefahren waren.

Wieder fesselte mich der Anblick der zerstörten Gebäudefronten gegenüber. Unten, zwischen Schutt und Altmetall, wirkten die Bagger wie Spielzeuge.

»Seht euch die Aussicht an!« Der Sensenmann war ziemlich dicht neben mich getreten.

Die blutrünstige Ratte machte einen lässigen Schritt an uns vorbei auf die Mauer, hinter der es senkrecht abwärtsging.

Der Sensenmann bedeutete dem Außerirdischen zu filmen, wie das hässliche Nagetier oben auf der Dachbegrenzung auf einen Gang aus Wellblech zuschlenderte, der die beiden Hallenkomplexe rechts und links von der Straße in schwindelnder Höhe verband.

Jonas hatte einen der wenigen noch existierenden Übergänge zwischen den Gebäuden entdeckt. Die blecherne Dachschräge des Verbindungsganges knackte unter seinen Schritten, sie war definitiv nicht als Brücke gedacht. Die letzten paar Meter beschleunigte der Junge, um an der Backsteinwand gegenüber hochzuspringen, die Dachkante zu packen, sich hinaufzuziehen und unter einigen dicken Abluftrohren hindurchzurollen.

»Das Alien und der Bunny können dahinten rüberkommen«, kommandierte die Ratte dann und deutete auf einen weiteren Übergang. Er war ein Stück von uns entfernt. Soweit ich erkennen konnte, handelte es sich um eine Gebäudebrücke, die die Klettereinlage überflüssig machte.

Der Weg für Schisshasen, sozusagen.

Ich hörte Siri unter ihrer Plüschmaske aufatmen.

Der Sensenmann folgte Jonas, mühelos sprang er an der senkrechten Wand hoch und zog sich mit einem Klimmzug auf das Dach.

Ich ballte die Fäuste. Der Muskelkater brannte nach wie vor in meinen Unterarmen und machte den Klimmzug unmöglich. Außerdem war ich ein Stück kleiner als die Studenten, sodass ich mir nicht sicher war, ob ich die Dachkante überhaupt erreichen konnte.

Yoda wirkte ebenfalls weniger lässig, als er sich auf das Blechdach des Verbindungsganges wagte. Dennis, der Nerd, der unter der Maske steckte, war zwar schlank, aber schon aufgrund seiner Körpergröße nicht der Leichteste. Als das schräge Blech unter seinem Gewicht ächzte, landete er erschrocken auf allen vieren. Zur Dachkante reichte der riesige Junge problemlos hinauf, doch dann hing er strampelnd in der Luft.

Die Ratte kratzte sich hinter einem zerfetzten Ohr.

Dabei hätte Yoda es sich leichter machen können, überlegte ich. Denn links von ihm führte ein Fallrohr für Regenwasser am Gebäude hinunter. Die Dinger waren normalerweise mit Metallschellen in den Fugen verankert, auf denen man gut Halt fand und ganz ohne Klimmzug aufs Dach klettern konnte.

Bevor du einen Griff oder Tritt benutzt, prüf immer, ob er wirklich stabil ist, erinnerte ich mich an Danners Worte in der Kletterhalle und testete mit einem vorsichtigen Schritt die Haltbarkeit des Daches. Da es aber Jonas und Dennis bereits ausgehalten hatte, machte ich mir keine großen Sorgen. Die Hände in den Hosentaschen folgte ich den Studenten über die Straßenschlucht, die das Opel-Werk teilte. Ich spürte, wie sich das Blech unter meinen Füßen bewegte. Neben dem zappelnden Dennis angekommen, rüttelte ich kurz an dem alten Regenrohr, bevor ich an ihm vorbeikletterte.

Die Monsterratte starrte mich mit fauchend aufgerissenem Maul an, während sich Yoda ächzend hochstemmte.

Siri hatte tatsächlich den langen Weg für Weicheier genommen und traf als Letzte auf dem Komplex auf der anderen Seite der Werksstraße ein.

Wir überquerten die Fläche in die Richtung, in der die längst untergegangene Sonne den Abendhimmel noch rosa färbte. An der Dachkante angekommen, konnten wir zum Studentenviertel hinüberblicken. Jonas stand schon wieder auf einer gemauerten Dachbegrenzung und Yoda filmte begeistert seine gruselige Silhouette vor den Wolkenkratzern der Wohnheime. Am Horizont dahinter erkannte ich die klotzartigen Fakultäten der Uni. Und die Baukräne, die sie noch überragten.

Jonas schlenderte auf der vielleicht vierzig Zentimeter breiten Mauer am Abgrund entlang, Freddi sprang hinter ihm ebenfalls auf die Brüstung.

Ich lehnte mich über die Begrenzung. Tief unter mir standen Spielzeugbagger. Eine neuere, verzinkte Feuertreppe führte an der Hallenwand abwärts. Plötzlich holte Jonas Schwung, stemmte sich in den Handstand, kippte über und – landete wieder auf den Füßen auf der schmalen Mauer.

Bevor ich vor Schreck zusammenzucken konnte, ließ er sich im Schneidersitz auf der Brüstung nieder.

Vollidiot! Ich hatte wirklich keinen Bock, Danner zu erklären, dass Molles unterbelichtetes Söhnchen beim Flickflack vom Dach gefallen war, während ich direkt neben ihm gestanden hatte.

»Angeber«, hörte ich den Sensenmann hinter mir brummeln.

Zum Glück war alles gut gegangen.

Bugs Bunny hüpfte neben die Ratte und ließ die langen Beine über dem Abgrund baumeln. Yoda gesellte sich zu ihnen und machte eine Landschaftsaufnahme.

Nur der Sensenmann schien unzufrieden. Er stellte sich auf die Brüstung und griff eine der Stahlstreben, mit denen die Feuerleiter in der Wand verankert war. Im nächsten Moment hing Frederik fünf Stockwerke hoch in der Luft.

Ich atmete scharf ein.

Yoda richtete reflexartig sein Handy auf seinen Mitbewohner.

Freddi zog sich mühelos zum Klimmzug hoch. Dennis filmte an seinen Füßen vorbei in die Tiefe.

Im nächsten Moment war Jonas über das Geländer der Feuerleiter geturnt und hing ebenfalls in der Luft!

Verdammt!

Jonas ließ die linke Hand los, hielt seinen erhobenen Daumen in Dennis' Kamera und machte den Klimmzug einarmig.

Ich sprang an die Mauer. Freddi hätte ich mit viel Mühe erreichen können, Jonas war zu weit entfernt. Fast meinte ich, Freddis Zähne knirschen zu hören, als er ebenfalls eine Hand löste.

Wenn ich das Gespräch im Biergarten richtig interpretierte, musste nach dem Tod von Korbinian Meier die Hackordnung in der Clique neu ausdiskutiert werden.

»Was ist mit euch los, Jungs?« Ich versuchte, spöttisch zu klingen, doch meine Stimme wackelte. »Könnt ihr nicht Armdrücken, wie normale Idioten?«

»Armdrücken ist langweilig, nicht wahr, Freddi?« Jonas zog sich ein weiteres Mal einarmig hoch.

Der Sensenmann nicht. Sein Umhang war auf seine Schultern gerutscht, ich sah den nackten Arm, an dem er hing, beben.

»Sie hat recht, Jo!« Siri kam mir zu Hilfe, sie lehnte sich neben mir über die Brüstung. »Lasst die Scheiße!«

Der Sensenmann gab sich keuchend geschlagen. Er angelte mit der freien Linken nach der Stahlstrebe, verfehlte sie und fluchte.

Eine Sekunde lang hielt ich den Atem an.

Beim zweiten Versuch fand Freddi wieder Halt und ruderte mit den Beinen wenig elegant zurück auf die Mauer. Ich packte seinen Arm und zog ihn aufs Dach.

Die Ratte machte noch einen letzten, einarmigen Klimmzug, bevor sie behände zurück auf die Feuerleiter turnte und gleich darauf im Schneidersitz neben dem Plüschhasen und Yoda auf der gemauerten Brüstung Platz nahm.

Der Sensenmann stützte sich, nach Luft ringend, auf seine Oberschenkel und ließ den Kopf hängen. Anscheinend brauchte er eine Atempause.

Ich kletterte neben Yoda auf die Mauer und ließ die Beine frei über dem Abgrund baumeln. Beim Blick in die Tiefe zog sich mein Magen zusammen.

Ich saß direkt an der Kante.

Fünfundzwanzig Meter über nichts.

Ich schloss die Augen und atmete ein. Allmählich ahnte ich, wie es zu Korbinians Absturz hatte kommen können.

Die laue Sommerluft schmeckte mitten in der Stadt merkwürdigerweise nach gemähtem Gras. Sie prickelte in meiner Kehle, in meiner Lunge und schien von dort aus in meinen ganzen Körper zu strömen. Plötzlich fühlte ich mich ungewohnt leicht. Fast berauscht.

Jetzt brauche ich nur ein paar Zentimeter weiter nach vorn rutschen, mich ein kleines bisschen vorlehnen. Mich mit den Armen abstoßen und…

… fliegen.

Es wäre so einfach.

Ich riss die Augen wieder auf.

Hier oben spürte ich jede Faser meines Körpers, jeden Atemzug. Weil alles schon in der nächsten Sekunde vorbei sein konnte.

Das war er, der Kick, den sie hier oben suchten.

Einen Moment lang ahnte ich, dass er süchtig machen konnte.

18.

»Okay, Leute, ich muss.« Yoda fummelte das Handy von seiner runzligen Stirn. Dann stand er auf und tickte seine Faust gegen die vom Sensenmann, der inzwischen neben mir an der Dachkante saß. »Was ist mit dir, Alter? Kommst du mit nach Hause?«

Ach so. Freddi und Dennis hatten ja den gleichen Heimweg. Irgendwo da drüben in der Hustadt stand der dunkelgraue Wohnkomplex mit den sonnengelben Balkonen, in dessen oberstem Stockwerk die schicke WG der Kletterkumpel untergebracht war.

Doch der Sensenmann schüttelte den fahlen Gummischädel.

»Schick mir das Video, ich stell das gleich on.« Er wandte den Totenkopf in meine Richtung. Frederiks blaue Augen blinzelten in den schwarzen Höhlen. »Geht noch einer mit auf ein Bier?«

»Viel Spaß.« Bugs Bunny schnaufte verächtlich. Der Hase hüpfte von der Mauer zu der verzinkten Feuertreppe.

Siri machte keine Anstalten, auf Dennis zu warten, der noch sein Handy in eine Schutzhülle mit *Starwars*-Aufdruck fummelte. Dabei wohnte sie doch auch mit ihm und Freddi in der Studenten-WG.

Ich erinnerte mich an ihren Streit mit Frederik im *Blauen Engel.* Der Blonde wollte Siri am liebsten aus der Kletterclique und aus der Wohnung werfen. Was war vorgefallen, dass Frederik so sauer auf Siri war?

Als Yoda sich trollte, war Siri bereits die Treppe hinuntergetrabt und zog sich die Hasenmaske vom Kopf.

»Ich hab noch zu tun.« Jonas boxte Frederik im Vorbeigehen gegen die Schulter. Ich spürte, wie der sonst so coole Möchtegernextremsportler neben mir zusammenzuckte. Direkt am Abgrund war Jonas' Hieb anscheinend zu viel Nervenkitzel für ihn.

»Schick mir den Film«, grunzte Jonas Freddi an.

Im nächsten Moment tauchte seine Rattenfratze so dicht neben meinem Gesicht auf, dass ich seinen warmen Atem am Hals spürte.

»Kannst wiederkommen«, zischte er. »Aber leg dich nicht mit mir an, verstanden?«

Dann trabte er hinter Dennis her, Richtung Feuertreppe.

Reflexartig schwang ich meine Beine von der Mauer und hüpfte zurück aufs Dach.

»Was ist mit uns, Alien?« Freddi zog den Gummischädel von den verschwitzten, weißen Haaren.

»Sorry«, schüttelte ich den Kopf. Dank der Gummimaske brauchte ich nicht einmal ein bedauerndes Gesicht zu machen. »Mein Mitbewohner macht sich echt Sorgen. Wir sehen uns.«

Ich ließ Freddi allein auf dem Dach des Opel-Werks sitzen und beeilte mich, Jonas die Feuertreppe hinunter zu folgen.

Mittlerweile war es dunkel.

Zwischen Abertausenden von Sternen schien der Vollmond dicht über der Stadt zu hängen. Sein fahles Licht ließ Gebäude und Baumaschinen lange Schatten auf das surreale Endzeitszenario der halb zerstörten Werkshallen werfen. Jonas' schwarze Sportklamotten verschmolzen mit der Dunkelheit, ich hatte Schwierigkeiten, ihn im Blick zu behalten. Die vom Schweiß klebrige Faschingsmaske behinderte meine Sicht zusätzlich. Ich zerrte mir das Gummiding vom Kopf und wischte mir die Haare aus dem Gesicht. Von der Feuertreppe aus hatte ich noch gesehen, dass Jonas sich zügig nach links gewandt hatte. Ich lief ihm nach, an den schwarzen Umrissen der schweren Baumaschinen und Altmetallhaufen vorbei.

Hätte ich noch ein Handy gehabt, hätte ich Danner anrufen können. So blieb mir nichts anderes übrig, als herauszufinden, in welches Rattenloch sich Molles Nachwuchs verkroch, damit wir ihn morgen ans Tageslicht zerren konnten.

Unvermittelt tat sich der Boden vor meinen Füßen auf.

Verdammt! Eine ehemalige Kellertreppe führte vor mir in die Tiefe. Wie weit, konnte ich nicht sagen, aber mir war ja schon aufgefallen, dass die Keller hier riesig sein konnten. Das Geländer, das den Schacht früher gesichert hatte, war offenbar schon im Schrott gelandet.

Vorsichtig huschte ich weiter. Als ich zwischen den Gebäuden hervortrat, verwandelten Schatten und Mondlicht die Split- und Schotterhaufen hinter den Hallen in eine Kraterlandschaft.

Kurz konnte ich Jonas' dunkle Silhouette zwischen den hellen Hügeln erkennen. Er erreichte bereits den Bauzaun. Spielerisch überwand er das Hindernis, dahinter verschwand sein Schatten vor meinen Augen im Nichts.

Mist!

Ich rannte ihm nach, turnte über die Absperrung und – stand vor einem bestimmt zwei Meter tiefen Abgrund.

Die nächste Baustelle. Hier entstand wohl diese neue Straße, von der Frederik gesprochen hatte.

Einen Augenblick lang stand ich still, lauschte und suchte das unebene Gelände mit den Augen ab. Verschwommen nahm ich eine Bewegung war. Jonas schwang sich auf die niedrige Baustellenbegrenzung auf der anderen Seite. Einen Augenblick lang verharrte er bewegungslos.

Hatte er mich entdeckt?

Ich duckte mich unwillkürlich.

Im nächsten Moment löste sich Molles Sohn schon wieder in Luft auf.

Ich sprang die zwei Meter hinunter, hetzte über den zerfahrenen Boden der Baustelle und kletterte auf der anderen Seite auf die niedrige Begrenzung aus massivem Stahl. Mir wurde klar, dass die Stahlwand bei Tag hellblau sein musste. Ich saß oben auf der hellblauen Wand, an der wir auf dem Hinweg entlanggegangen waren. Das Gelände der Baustelle hinter mir war aufgefüllt worden.

Wie weit es vor mir in die Tiefe ging, konnte ich in der Dunkelheit nicht erkennen. Doch vorhin hatte ich die Höhe des Hindernisses auf mindestens vier Meter geschätzt. Hochklettern hatte ich für unmöglich gehalten.

Hinunterspringen war offensichtlich machbar.

Rechts unter mir hörte ich es im Gebüsch rascheln und knacken. Jonas bemühte sich nicht besonders, leise zu sein. Offenbar hatte er mich nicht gesehen und rechnete auch nicht damit, dass ihm jemand folgte. Ein Stück entfernt in seiner Richtung zeigten Straßenlaternen einen begehbaren Weg an.

Eine Sekunde zögerte ich. Ich fühlte mich wie auf einem Dreimeterbrett im Schwimmbad, in dem das Wasser fehlte.

Die Geräusche entfernten sich zügig. Ich gab mir einen Ruck und sprang. Ich ließ mich auf alle viere fallen. Der Aufprall durchzuckte meine Fußgelenke. Zum Glück federten das Gras und der leicht sumpfige Erdboden meine Landung etwas ab.

Auf Asphalt kannst du das nicht bringen, Blödmann!

Hier unten zwischen den Büschen war es stockdunkel. Irgendwo gluckerte Wasser, das Gras und die Blätter bewegten sich leise im Wind. Von Jonas war nichts mehr zu hören.

Ich wandte mich in die Richtung, aus der ich das Rascheln zuletzt vernommen hatte. So lautlos wie möglich eilte ich durch das Gras, bekam einen Ast ins Gesicht, versank bis an den Knöchel in einem sumpfigen Loch und verkniff mir das Fluchen.

Gleich darauf blitzte das Licht der Straßenlaternen durch die Baumkronen. Es ging eine kleine Böschung hinauf, und als ich den Hügel halb erklommen hatte, erkannte ich die Umgebung: Ein geschotterter Radweg führte auf dem Wall entlang. Hinter einem Bretterzaun standen zwei Tische mit gepunkteten Plastikdecken und Gartenstühlen. Der Biergarten. Ich war wieder bei der Gaststätte, beim *Blauen Engel.*

Und – ich duckte mich unwillkürlich in das lange Gras des Abhangs – im Licht der Straßenlaternen erkannte ich die breitschultrige Gestalt, die sich an die weiß getünchte Hauswand drückte.

Jonas.

Was tat der da?

Sah aus, als würde er die leere Dorfstraße beobachten.

Wartete er auf jemanden?

Hab noch was vor, hatte er zu Frederik gesagt. War das gar keine Ausrede gewesen?

Keine Minute später schlurfte ein großer, schlaksiger Kerl mit übergezogener Kapuze und gesenktem Kopf die Straße entlang. Sein Gangbild erinnerte an einen depressiven Goofy, erst auf den zweiten Blick fiel mir auf, dass er ein Handy in der Hand hielt.

Jonas wartete, bis der Typ vorbeigeschlackert war, dann löste er sich aus dem Schatten der Hauswand und huschte hinterher.

Jonas verfolgte Dennis Plau?!

Wieso?

Ich ließ den beiden ein wenig mehr Vorsprung, damit sie mich nicht entdeckten. Die Fachwerkgebäude und Einfamilienhäuser hatten Vorgärten. Hinter den niedrigen Gartenzäunen konnte ich mich schlecht verstecken und die Laternen beleuchteten die Straße.

Jonas war schneller geworden. Lautlos folgte er Dennis und holte rasch auf. Seine Bewegungen erinnerten an die eines Geparden, der zum Spurt ansetzte, während die Antilope ihn im hohen Steppengras noch gar nicht bemerkt hatte ... oder an ein Horrorfilmungeheuer, das sein ahnungsloses Opfer von hinten ansprang und in die Finsternis zerrte, um es zu fressen.

Die beiden Studenten verschwanden hinter einer Biegung der Dorfstraße.

In nächsten Moment wurden Stimmen laut.

»Was denkst du denn?«, brüllte Jonas. »Ich will endlich wissen, wo du warst! Meinst du nicht auch, ich sollte das irgendwann mal erfahren?«

Verdammt!

Ich rannte los.

»Nicht da!« Dennis wimmerte. »Ich war gar nicht da! Bin abgehauen, hatte Schiss. Ich weiß nicht, was passiert ist, das schwöre ich dir, Alter!«

Mein Herz stockte, als ich um die Ecke bog.

Jonas kniete neben der Straße, in der gepflasterten Einfahrt eines Bolzplatzes. Unter ihm lag Dennis.

»Und dann sagst du mir nichts?«

»Sorry!« Blanke Angst ließ Dennis' Stimme schrill werden. »Aber ich konnte das meiner Mutter nicht antun. Du weißt ...« Dennis verstummte ächzend, weil Jonas zuschlug.

Ich rannte auf sie zu, keiner von beiden hörte meine Schritte.

»Du sagst einfach nichts?«, brüllte Jonas.

Er hatte Dennis im Schwitzkasten, als ich hinter ihn trat.

Das Blut, das aus Dennis' Nase über sein Kinn und Jonas' kräftigen Unterarm strömte, glänzte schwarz im fahlen Laternenlicht. Die Brille hing zersplittert in Dennis' Haaren. Jonas' kräftiger Arm hebelte sich unter das Kinn seines

Kumpels, Dennis' dünnes Genick konnte jeden Moment zerknacken.

»Ey, Menschenfresser!«, schrie ich Molles Sohn an. »Warum suchst du dir nicht ein Opfer, das sich wehren kann?«

Er zuckte zusammen. Tatsächlich bemerkte er mich erst jetzt, als ich direkt vor ihm stand.

Dennis wimmerte in seinem Griff.

»Willst du ihn umbringen, oder was?« Ich klatschte Jonas meine flache Hand vor die Stirn, in der Hoffnung, damit sein Gehirn wieder in Gang zu setzen – oder zumindest seine Wut von seinem blutenden Kumpel abzulenken.

Mein Tätscheln war ein Witz für ihn. Trotzdem prallte er zurück und ließ Dennis los.

Der sackte zu Boden und blieb liegen.

»Was ist los mit dir?«, schnauzte ich ihn an. Im kalten Laternenlicht sah sein eckiges Gesicht kreidebleich aus. »Tickst du nicht richtig?«

Ich ging neben seinem Opfer in die Knie.

Jonas starrte seine Finger an, als hätten sie sich selbstständig gemacht wie das eiskalte Händchen bei Familie Munster.

Dennis war bewusstlos.

Auf dem Hintern sitzend, robbte Jonas rückwärts.

Genau! Halt bloß Abstand zu mir, du Arsch!

Immer mehr dickflüssiges Blut rann aus Dennis' Nase über seinen Mund. Konnte er daran ersticken? Mit zitternden Fingern nahm ich Dennis die kaputte Brille ab und drehte seinen großen Kopf zur Seite, sodass das Blut auf das Pflaster tropfte.

Neben ihm lag sein Smartphone. Ich griff mit der Linken danach, während ich mit der Rechten seinen Hals nach einem Puls abtastete.

Dennis übergab sich hustend vor meine Knie.

»Scheiße.« Ich versuchte, ihn in eine stabile Seitenlage zu zerren, doch auch wenn er nicht dick war, wog der riesige Typ eine ganze Menge mehr als ich.

In dem Moment sprang Jonas auf, hechtete über Dennis' ausgestreckte Beine und rannte los. Die Straße hinunter, Richtung Studentenviertel.

Eine Bewegung direkt neben mir ließ mich zusammenzucken. Danner packte Dennis an der Hüfte, endlich rollte der Bewusstlose auf die Seite.

Erstaunt sah ich meinen Partner an.

»Wieso bist du hier?«, schnappte ich verblüfft. »Mein Handy ist im Sumpf versunken, das lässt sich nicht mehr orten.«

Danner griff wortlos unter seine dunkle Trainingsjacke und zog ein Fernglas hervor.

Ach so, auf die altmodische Art.

Kurz musterte ich den hustenden Dennis.

»Schnapp dir Jonas«, sagte ich dann zu Danner. »Sonst ist der wieder weg.«

»Wir brauchen einen Notarzt«, widersprach er.

»Ich habe Dennis' Telefon, ich komm klar.«

Blitzschnell überdachte Danner meinen Vorschlag, sprang auf und rannte hinter Jonas her.

Dennis hustete, röchelte, griff sich an den Hals. Sah aus, als bekäme er schlecht Luft.

»Schon gut«, versuchte ich, ihn zu beruhigen. »Bleib einfach liegen, ich rufe einen Krankenwagen.«

Ich nahm sein Handy und wählte die 112.

»Keine Polizei«, ächzte Dennis.

»Ich hole einen Rettungswagen.«

»Brauch ich nicht. Geht schon.« Er spuckte Rotz und Blut auf den Boden.

»Sieht für mich anders aus«, entgegnete ich, ließ das Telefon aber trotzdem sinken. Denn kein Rettungswagen bedeutete auch keine Polizei, die wissen wollte, warum Jonas Schröder Amok lief.

»Hätte ich nicht zufällig den gleichen Heimweg gehabt, wärst du nicht so schnell wieder aufgewacht«, gab ich zu bedenken.

»Jo ist mein bester Kumpel«, widersprach Dennis trotzig. »Er hätte mir nichts getan.«

»Deswegen spuckst du jetzt auch Blut.« Ich half ihm aufzustehen. Ein dicker Findling markierte die Bolzplatzeinfahrt, ich setzte ihn darauf. Er drückte den Saum seines T-Shirts unter seine Nase.

»Wie hast du ihn denn so sauer gemacht?«

Mühsam stemmte Dennis sich auf die Füße: »Lange Geschichte.«

Die er mir offensichtlich nicht erzählen wollte.

Er nahm mir sein Smartphone aus der Hand und steckte es in die Hosentasche.

»Jonas wollte unbedingt wissen, wo du gewesen bist«, wiederholte ich. »Was hat er damit gemeint?«

»Keine Ahnung.« Sein Shirt unter die angeschwollene Nase gepresst, humpelte Dennis auf die Straße. Er wandte sich in die Richtung, in die auch Danner und Jonas verschwunden waren.

Ich lief neben ihm her. Abhängen konnte er mich in seinem Zustand schlecht.

»Ging es um Montagnacht? Die Aktion auf dem Kran?« Ich trat dem langen Jungen in den Weg. »Wo bist du denn gewesen? Und vor was hattest du Angst?«

Dennis blieb tatsächlich stehen. »Wieso interessiert dich das eigentlich so brennend?«

»Weil dein Kumpel dich deswegen beinahe umgebracht hätte!«

»Wenn ich ihm erzähle, wie neugierig du bist, bist du nächstes Mal nicht mit auf Tour«, drohte er mir eisig.

»Ich hab dir geholfen, Mann«, protestierte ich. »Werde nicht gleich komisch.«

Dennis hinkte wieder los.

Dieses Mal ließ ich ihn gehen.

19.

Flashback bedeutet, sinngemäß übersetzt, Wiedererleben. Hervorgerufen wird das Phänomen häufig durch einen Schlüsselreiz. Als auslösende Schlüsselreize können alle möglichen Sinneseindrücke infrage kommen, ein Geruch, eine Geste, ein Gesicht. Hervorgerufen durch den Schlüsselreiz, der an die traumatischen Ereignisse erinnert, durchlebt die betroffene Person das vergangene Erlebnis in Gedanken erneut.
Die Erinnerungen können von jeder vorstellbaren Gefühlsart sein und mit Panikattacken einhergehen.
Der Begriff Flashback wird benutzt, wenn die Erinnerung unwillkürlich auftaucht und so stark ist, dass die betroffene Person unfähig ist, sie als Erinnerung zu erkennen.

Wieder war ich kurz davor, dass verdammte orangefarbene Buch zuzuknallen und aus dem Bett zu schleudern.

Leider war das Ding wegen seiner Signalfarbe nicht zu übersehen. Egal, ob ich es in die hinterste Ecke des Regals quetschte oder unter einem Zettelberg auf dem Schreibtisch vergrub, irgendwo leuchtete immer eine orangefarbene Ecke auf und erinnerte mich daran, was Danner zu mir gesagt hatte: *Dank deiner posttraumatischen Belastungsstörung wärst du garantiert schuldunfähig davongekommen. Immerhin bist du Opfer häuslicher Gewalt.*

Er hatte es die ganze Zeit gesehen. Seit er mich kannte. Aber seit er es mir ins Gesicht gesagt hatte, konnte ich es nicht länger ignorieren. Und jedes beschissene Wort in dem beschissenen Buch gab ihm recht!

Natürlich hatte ich ›Flashbacks‹, das war mir in dem Moment, in dem ich die Zeilen gelesen hatte, vollkommen klar gewesen. Bisher hatte ich nur kein Wort dafür gekannt, dass mich die Faust meines Vaters noch heute wie aus dem

Nichts treffen konnte, obwohl ich ihn seit Monaten nicht gesehen hatte. Wie bei einer Zeitreise katapultierte mich mein Gedächtnis in die Situation zurück.

Sogar die Scheißschlüsselreize konnte ich auf Anhieb benennen: Ein zusammengepresster Kiefer, angespannte Nackenmuskeln und Fäuste, vorzugsweise bei einem männlichen Gegenüber, waren nur wenige Beispiele, die bei mir zuverlässig auslösten, was das verfluchte Buch als Panikattacke bezeichnete.

Panikattacke!

Das schrie geradezu nach geschlossener Psychiatrie.

Als Panikattacke wird ein plötzliches, in der Regel nur wenige Minuten anhaltendes Auftreten einer körperlichen und psychischen Alarmreaktion des vegetativen Nervensystems bezeichnet. Das vegetative Nervensystem reagiert instinktiv mit einer der drei elementaren Überlebensstrategien des Körpers: Kampf, Flucht oder Totstellen.

Nun ja, mein Nervensystem überlegte nicht lange, es entschied sich zuverlässig für den Kampf.

Oft ist den Betroffenen nicht klar, dass ihre Symptome Ausdruck einer Panikreaktion sind. Ursprünglich dienten die vegetativen Reaktionen des Körpers (Atembeschleunigung, gesteigerte Herzfrequenz, erhöhter Blutdruck etc.) der Energiebereitstellung und damit dem Überleben. Während der Panikattacke werden sie jedoch als (lebens-) bedrohlich erlebt, wodurch sich die Panik wiederum weiter verstärkt.

Typische Symptome der Panikattacke sind Atemnot, Herzrasen, Zittern, Schweißausbrüche, Schwindel, Erbrechen, Angstgedanken (z. B. »Jetzt sterbe ich«, »Ich werde verrückt«), Depersonalisation (»Neben sich stehen«, »Nicht mehr ich selber sein«) und Derealisation (Umgebung wird als fremd und unwirklich wahrgenommen).

So eine Scheiße!

Ich verstand ohne Probleme, was mit abstrakten Begriffen wie ›Derealisation‹ oder ›Depersonalisation‹ gemeint war.

Jetzt donnerte ich das Buch doch aus dem Bett. Es klatschte auf den Teppich. Danner wurschtelte brummend ein Bein über die dünne Sommerdecke. Draußen im Wohnzimmer hörte Staschek auf zu schnarchen.

Es war erst kurz nach fünf.

Na gut. Danner hatte richtig diagnostiziert. Warum ermittelten wir am Existenzminimum herum, wenn er als Seelenklempner einen Haufen Schotter machen könnte?

Derealisation.

Es klingelt zum Schulschluss und wie auf Kommando fliegen um mich herum die Türen auf. Lachen, Kreischen und Plappern füllt die Gänge wie eine hereinstürzende Flut. Die Schüler strömen an mir vorbei. Jeder kennt seinen Weg. Jeder weiß, mit wem er zum Bus geht und mit wem nicht.

Mich wundert mal wieder, wie unsichtbar ich selbst zwischen all den Menschen bin. Ich kann mitten hindurchgehen, geradeaus, ohne gesehen, gehört oder berührt zu werden.

Wie mein eigener Geist.

Das Gefühl war mir so vertraut wie mein linker Arm. Zeitweise hatte ich mich wochenlang durch die Schule bewegt wie ein Alien in einem Raumanzug.

Die sogenannte *Depersonalisation* kannte ich ebenfalls. Ein bescheuert sachliches Wort für ein Gefühl wie Sterben. Ich konnte aus meinem Körper heraustreten und über ihm schweben, um wie unbeteiligt zuzusehen, was mit mir passierte.

Ich kann mich selbst sehen. Von oben. Über das gedrechselte Geländer der Empore kann ich die dünne Achtjährige mit den blonden Zöpfen auf dem spiegelnden Marmorboden der Eingangshalle liegen sehen.

Wie tot.

Als hätte sich meine Seele von meinem Körper gelöst und würde gen Himmel schweben.

Das Bild war deutlich, auch wenn ich keine Erinnerung mehr an die Geschehnisse hatte, die damals dazu geführt hatten, dass ich leblos in der Eingangshalle lag.

Ich hatte eine Macke.

Eine Macke, die einen sechsmonatigen Aufenthalt in einer ruhig gelegenen Rehaklinik rechtfertigte.

Na toll.

Eine plötzliche Idee ging mir durch den Kopf. Ich warf mich auf den Bauch, angelte das Buch vom Boden und blätterte hektisch darin.

Irgendwo musste doch auch stehen, ob man so einen Schaden wieder in den Griff bekommen konnte.

Resilienz – die Fähigkeit, aus Krisen gestärkt hervorzugehen hieß die Überschrift eines Kapitels weiter hinten.

Das klang nicht schlecht.

Mal sehen.

Resilienz (von lat. resilire ›zurückspringen‹, ›abprallen‹) bezeichnet eine psychische Widerstandskraft. Gemeint ist die Fähigkeit, aus existenziellen Krisen gestärkt hervorzugehen.

Resiliente Menschen haben im Gegensatz zu anderen die Fähigkeit, aus Lebenskrisen oder traumatischen Ereignissen (z. B. schwere Krankheiten, Unfälle, Trennungen, Tod eines nahestehenden Menschen, Vergewaltigung etc.) gestärkt hervorzugehen und sich durch das Erlebte persönlich weiterzuentwickeln.

»Ich bin hingefallen, aber immer wieder aufgestanden«, sagen Personen, die als resilient bezeichnet werden können. Sie sind überzeugt, ihr Schicksal beeinflussen zu können. Sie warten nicht auf einen glücklichen Zufall, sondern ergreifen Chancen.

Auch Menschen, die nach einem Trauma (z. B. Gewaltverbrechen, Kriegserlebnis etc.) nicht verzweifeln, bezeichnet man als resilient.

Äußere Faktoren können die Resilienz positiv beeinflus-

sen. Dazu zählen u. a. Unterstützung durch Familie, Kultur, Gemeinschaft oder schulische Umgebung.
Zu den inneren Faktoren, die Resilienz ermöglichen, gehören Intelligenz, Optimismus und eine akzeptierende Haltung Schicksalsschlägen gegenüber. Resiliente Menschen besitzen die Fähigkeit, Emotionen und Handlungen zu kontrollieren, sie erwarten, Geschehnisse beeinflussen zu können, übernehmen Verantwortung, besitzen Toleranz für Ungewissheit und die Fähigkeit, Beziehungen zu gestalten.

Hm.

Wenn ich das Psychologenlatein richtig interpretierte, gab es also Menschen, die von Natur aus widerstandsfähiger waren als andere. Die aus traumatischen Erlebnissen gestärkt hervorgingen. Die sich selbst »Kopf hoch« sagten und einfach immer wieder aufstanden, wenn sie hinfielen.

Oder niedergeschlagen wurden.

Von wem auch immer.

Die Frage lautete also, gehörte ich zu dieser beneidenswerten Gruppe oder nicht?

Wieder aufstehen war nicht das Problem, das konnte ich.

Seit ich zu Hause abgehauen war und meinem Vater klargemacht hatte, dass er mich nicht zurückholen konnte, selbst wenn er wie eine Kofferbombe neben mir explodierte, hatte ich mich allmählich stärker gefühlt.

Eine Weile waren sogar die Albträume weniger geworden. Bis mir klar geworden war, dass ich es nicht auf sich beruhen lassen konnte. Ich wollte nicht einfach nur froh sein, dass mein Vater mich endlich nicht mehr terrorisierte, ich wollte ihn anzeigen, weil er mich mein Leben lang …

… misshandelt hatte. Das war es schon wieder, das Wort, das ich nicht denken wollte.

Wie dem auch sei, er sollte sein Leben als der angesehene Herr Oberstaatsanwalt nicht einfach weiterführen, als wäre nichts gewesen. Mir wurde heiß vor Wut, wenn ich mir vorstellte, wie er noch immer seine Mitarbeiter zusammenfaltete und mit dem Bürgermeister mittagessen ging.

Ich wollte sein Leben in die Luft sprengen.

Rache. Nach innerer Stärke klang das nicht unbedingt.

Genauso wenig, wie die Tatsache, dass ich mich in Oberschenkel und Arme geritzt hatte, um den Druck irgendwie loszuwerden. Dass ich die Medikamentensammlung meiner Mutter durchwühlt und die Packungsbeilagen der Schmerzmittel und Antidepressiva studiert hatte, um herauszufinden, welcher Cocktail mich mit Sicherheit ins Jenseits befördern konnte, wenn ich dann doch endlich alles satthatte.

Trotzdem.

Ich war heute nicht mehr die kopflose Ausreißerin, die vor fast einem Jahr planlos in Bochum gestrandet war und sich versteckt hatte. Ich hatte Freunde und sogar eine Beziehung. Ich hatte mich verändert.

Konnte man diese mysteriöse innere Stärke erlernen?

Die Weckfunktion von Danners Handy brummte, er trampelte seine Bettdecke endgültig zur Seite und ich klappte das Buch schnell zu.

20.

In aller Frühe parkte Danner an diesem Morgen im Bochumer Stadtteil Laer vor einem Mehrfamilienhaus.

Das eckige, ehemals weiße Gebäude hatte drei Stockwerke, schmuddelig blaue Balkonreihen und machte einen renovierungsbedürftigen Eindruck.

»Wohnt hier Margo?«, erkundigte ich mich verwundert.

Heute Nacht hatte Danner Jonas tatsächlich bis zu der Haustür verfolgen können, hinter der er schließlich verschwunden war. Ich war davon ausgegangen, dass er in das sichere, wenn auch überbehütete Nest unter die Fittiche seiner Mutter zurückgekrochen war. Wahrscheinlich hatte Margo uns ihre Adresse genannt, aber ich erinnerte mich nicht daran – während Danner solche Informationen gewöhnlich genauso verlässlich abspeicherte wie das Adressverzeichnis meines nicht mehr vorhandenen Smartphones. Der heruntergekommene Sechzigerjahrebau passte allerdings nicht zum gepflegt-attraktiven Erscheinungsbild von Jonas' Mutter. Andererseits konnte die Bude von innen ja durchaus schick sein.

»Nein«, antwortete Danner. »Margo wohnt hier nicht.«

Nicht?

»Dass sein Vater woanders lebt, wissen wir zufällig auch«, wunderte ich mich. »Bei wem hat er sich denn dann hier verkrochen?«

»Willst du nicht wissen«, meinte mein Freund.

Ich hob den Kopf: »Das heißt, du weißt es schon?«

»Ich habe Jonas heute Nacht nicht gefragt, wo er hinwill.« Mit den Händen in den Hosentaschen sah Danner am Haus hoch. »Aber wenn ich raten soll, würde ich auf die Fenster oben rechts tippen. Er pennt bei Buddha.«

Mein Blick folgte seinem nach oben.

Eine steinerne Buddha-Statue grinste über die mit Bambus verkleidete Balkonbrüstung.

»Wie kommst du da drauf?« Ich verschränkte die Arme. Bislang hatte Jonas Schröder sein Karma garantiert nicht mithilfe von meditativer Bewusstseinserweiterung verbessert.

»Recherche.«

»Spuck es aus.«

»Guck auf die Klingel.«

Okay …

Ich schlenderte über die Straße und den gepflasterten Gartenweg zum Hauseingang und überflog die Namen auf den Klingelschildern. *Kowalski, B. Messerschmidt, Kurt Eisener, A. Bodschwinna …*

Danner war mir gefolgt und wartete auf meine Reaktion.

Bodschwinna?

Da läutete irgendwas. Ich tippte auf das Schild. »Hilf mir mal. Wo habe ich den Namen schon gehört?«

»Bei Thomas Meier. Und gelesen haben wir ihn auch schon. Auf dem Klingelschild von Dennis Plaus Studenten-WG.«

Genau.

Dennis Plau, Frederik von Schlärke und – Siri.

Siri hieß Bodschwinna mit Nachnamen. War A. Bodschwinna mit meiner Kletterkollegin mit der Plüschhasenmaske verwandt? War Siri hier? Mit Jonas? Weil es in der WG Zoff mit Freddi gegeben hatte, nach dem Tod ihres Freundes …

»Jonas übernachtet bei Korbinian Meiers Freundin?«, verlinkte mein Gehirn endlich die verfügbaren Informationen.

»Der Idiot lässt keine Gelegenheit aus, sich verdächtig zu machen«, bemerkte Danner genervt. »Wenn sich wirklich herausstellen sollte, dass Korbinian vom Kran gestoßen wurde, hat Jonas schon mal ein Motiv.«

21.

»Vielleicht sind die beiden nach Korbinians Tod einfach geschockt und geben sich gegenseitig – wie sagt man? – Halt?« Ich kaute nachdenklich auf dem Nagel meines linken kleinen Fingers, als wir kurz darauf wieder im Auto saßen und aus der Entfernung die Haustür beobachteten.

Wie auf Kommando erschien Jonas im Hauseingang und schulterte seinen Rucksack.

»Das da ist Siri.« Ich tippte Danner an, als sich die junge Frau an die Haustür schmiegte. Sie trug die langen, schwarzen Haare offen und gehörte unbestreitbar zu den Frauen, die schon nach dem Aufstehen aussahen, als würden sie in einem Hochglanzmagazin Werbung für Out-of-Bed-Frisuren machen.

Ehe wir uns versahen, knutschten Jonas und Siri bereits, seine Hände verschwanden prompt unter ihrem XL-Shirt, das dekorativ von ihrer Schulter rutschte.

»Oder dieses Hirn hat schon mit ihr geschlafen, als er vor

Korbinians Ableben mit Videobeleg auf ihn losgegangen ist.« Danner krallte sich die Finger in die Glatze.

Jonas riss sich von Siri los und trollte sich zu Fuß. Er war sportlich gekleidet.

»Wo er sich versteckt, wissen wir jetzt.« Danner trommelte mit den Fingern auf dem Lederlenkrad unseres Oldtimers. »Wenn du jetzt noch rauskriegst, was auf dem Kran passiert ist, nenne ich dich Meisterin.«

»Vor Staschek?«, vergewisserte ich mich.

»Von mir aus auch vor der Polizeipräsidentin«, brummte Danner belustigt.

»Betrachte den Auftrag als erledigt«, grinste ich. »Und üb schon mal, das böse Wort auszusprechen.«

»Das Becken – *pelvis* – besteht aus dem Darmbein – *os ilium* – dem Sitzbein – *os ischii* – und dem Schambein – *os pubis*. Die *crista iliaca*, der Beckenkamm, endet im hinteren Bereich an der *spina iliaca posterior superior* …«

Im Hörsaal sanken um mich herum die Köpfe der Studenten nach vorn, als hätte Ironman gesagt: »Deine Augenlider werden gaaaanz schweeeer …«

Ich befand mich eine ganze Ecke von dem Mann mit der monotonen Stimme entfernt, etwa auf mittlerer Höhe der froschgrünen Sitzreihen. Jonas saß zwei Reihen vor und sechs Sitzplätze rechts von mir und hörte aufmerksam zu.

Nachdenklich beobachtete ich den Jungen mit dem kurzen, blonden Irokesenhaarschnitt, den durchlöcherten Ohren und dem hässlichen Tattoo. Er hatte sich lässig zurückgelehnt, den linken Arm über die grüne Lehne des leeren Nebensitzes gelegt, den rechten Fuß auf das andere Knie. Er machte sich breit, nahm Raum ein. Mit einer unterschwellig aggressiven Aura, die bewirkte, dass der Stuhl neben ihm frei blieb.

Andererseits blieb sein Kopf aufmerksam oben, sein Blick stur nach vorn gerichtet und auf dem übergeschlagenen Knie lag das Anatomieskript, in dem er lobenswert notierte.

Im Gegensatz zu vielen anderen war Jonas bei der Sache.

Vor einem Jahr hatte er noch im Gefängnis gesessen, überlegte ich. Eigentlich unglaublich, dass er auf die schiefe Bahn geraten war, bei einem Einbruch jemanden getötet hatte und im Gefängnis gelandet war, wenn man ihn jetzt im Hörsaal sah …

Eineinhalb Stunden später beendete Ironman seinen Vortrag mit den Worten: »… innerviert werden die Adduktoren vom *nervus obturatorius*. Guten Tag.«

Immer noch in Gedanken versunken, kriegte ich nicht sofort mit, dass die Vorlesung überstanden war. Den meisten anderen Studenten ging es genauso.

Jonas allerdings hatte seinen Rucksack bereits geschnappt und trabte zielstrebig die Treppe hinunter Richtung Ausgang.

Eilig stopfte ich meine Sachen in meinen eigenen Rucksack und sprang auf. Einige andere Studenten waren inzwischen ebenfalls erwacht. Ich schlängelte mich hindurch, die Treppe hinunter, hinter Jonas her.

Dummerweise spuckten gerade weitere Hörsäle Hunderte junger Menschen auf die Treppen und Gänge des *HZO*. Im Gewusel verlor ich Jonas aus den Augen.

Verdammt!

Orientierungslos blieb ich stehen, suchte mit den Augen die Halle, die Treppen und Ausgänge ab. Die Studenten strömten um mich herum wie Flusswasser um einen im Weg liegenden Findling. Scheinbar automatisch fanden sich die Grüppchen, die gemeinsam weitergingen. Da war es wieder, das Gefühl, das jeder hier seinen Weg zu kennen schien.

Außer mir.

Derealisation, diagnostizierte die Stimme in meinem Gehirn, der die Anatomievorlesung anscheinend zu Kopf gestiegen war.

Zisch ab, Trauma! Ich habe zu arbeiten.

Ich drehte mich um mich selbst und hielt nach dem untersetzten Jungen mit dem sportlich-aggressiven Gangbild Ausschau, an dem ich Jonas eigentlich unter den anderen erkennen müsste.

Statt Jonas stach mir jedoch Frederiks weißer Schopf ins Auge. Zwischen all den voranstrebenden Leuten fiel er mir auf, weil er rückwärtsstolperte und beinahe zu Boden ging.

Einen Augenblick später sah ich auch Jonas wieder, weil er seinen Kumpel am Kragen packte, mit der anderen Hand eine Tür öffnete und Frederik in den dahinterliegenden Raum schob.

Das Schild an der Tür zeigte ein symbolisch dargestelltes Männchen. Allerdings bezweifelte ich, dass die beiden dringend pinkeln mussten.

In diesem Moment stürzten zwei erschrockene Studenten aus der Herrentoilette, der hintere zog im Gehen noch den Reißverschluss seiner Jeans zu. Rasch schlüpfte ich hinter ihnen durch die zufallende Klotür und drückte mich an die weißen Fliesen neben den Waschstellen.

Eine Wand bildete einen Sichtschutz zu dem Bereich mit den Pinkelbecken. Als ich um die Ecke spähte, sah ich, wie Jonas Frederik gegen die Fliesen stieß und den Unterarm gegen die Kehle seines Kletterkameraden drückte.

Schon wieder?

»Was soll der Scheiß?«, krächzte auch Frederik.

»Das weißt du genau.« In Jonas' Stimme grollte der unkontrollierte Zorn, der Dennis Plau gestern Nacht um ein Haar ins Krankenhaus gebracht hätte.

»Ich?« Freddis Stimme klang gar nicht lässig. »*Du* kriechst doch hinter mir her, als wären wir immer noch in der Schule! Nach allem, was war, gebe ich dir sogar noch mal eine Chance – aber du machst nur Stress!«

»Nach allem, was war?«, zischte Jonas mit einem gefährlichen Zittern in der Stimme. »Was genau war denn?«

Einen Moment lang blieb es still.

Dann hatte sich irgendetwas verändert, denn auf einmal hatte Frederik sich wieder im Griff: »Du weißt es wirklich nicht.«

Ich meinte, Freddis verächtliches Grinsen in seiner Stimme hören zu können.

»Dumm gelaufen. An deiner Stelle würde ich mir genau überlegen, ob du mir den Hals brechen willst.«

Es war so lange still, dass ich vorsichtshalber um die Ecke linste. Die beiden Jungs starrten sich an. Überraschenderweise schien der bullige Jonas auf einmal vor dem zierlicheren Frederik zurückzuweichen.

»Korbi hat dir nichts erzählt, als du ihn am ausgestreckten Arm vom Kran hast baumeln lassen?«, spottete der Blonde.

Jonas' Oberlippe kräuselte sich, als wollte er die Zähne fletschen: »Gar nichts habe ich ihm getan.«

»Natürlich hat er nichts gesagt«, beantwortete sich Freddi seine Frage selbst. »Sonst würdest du ja nicht ausflippen, nicht wahr? Soll ich dir was verraten? Ich weiß es auch nicht, ich habe nichts mitgekriegt. Ich glaube, Korbinian hat dein kleines Geheimnis mit ins Grab genommen.«

Jonas gab ein fast unmenschliches Grollen von sich, das Geräusch hallte von den Fliesen wieder und stellte mir die Haare auf den Armen auf.

»Bring mich doch einfach um«, schlug Frederik vor. »Dann bist du auf der sicheren Seite. Nur bist du dann garantiert nicht nach vier Jahren wieder draußen.«

Eine Sekunde herrschte Totenstille.

Ich hielt den Atem an.

Es gab ein kurzes Handgemenge, bevor ich schnelle Schritte hörte – ich presste mich in die Ecke zwischen Heißlufthandtrockner und Waschbecken.

Frederik rannte, ohne mich zu bemerken, an mir vorbei. Die Flurtür krachte hinter ihm zu.

Ich atmete auf.

Die Bewegung ahnte ich im Augenwinkel, weil Jonas' dunkler Jogginganzug einen so scharfen Kontrast zu den weißen Fliesen bildete, als ob sich ein böser Geist aus einer schwarzen Wolke neben mir materialisierte.

»Du schon wieder?«

Als ich herumfuhr, stand er schon direkt neben mir. Seine blauen Augen hatten sich zu Schlitzen verengt.

»Verfolgst du mich, oder was?«

Mist.

»Ich spiele deinen Schutzengel, das trifft es wohl eher«, ging ich in die Offensive. »Was ist zwischen dir und Korbinian passiert?«

Er kam drohend auf mich zu.

Zurückweichen konnte ich nicht, weil ich längst in der Ecke stand.

»Frag dich lieber, was zwischen mir und dir passiert.« Blitzschnell griff er nach mir. Ich sah die Bewegung kommen, hatte aber eingekeilt zwischen Waschbecken und Handtrockener keine Chance, mich an ihm vorbeizuducken.

»Finger weg!«

Er riss mich herum, mein Hinterkopf krachte gegen die Fliesen, eine Sekunde lang tanzten Sterne vor meinen Augen. Ich spürte eine Hand an meinem Hals, packte seine Finger, versuchte mit beiden Händen, seinen Griff aufzubiegen, schaffte es nicht.

Ich hätte schreien können vor Zorn.

»Du bist Privatdetektivin! Meinst du, ich bin zu blöd zum Googeln? Schnüffelst du für Korbis Alten, oder was?«

Scheiße. Ich hörte auf zu strampeln.

Seine Hand hatte sich so fest um meine Kehle geschlossen, dass mir schwindelig wurde. Ich konnte fühlen, wie mein rasender Puls unter seinen Fingern klopfte.

»Nein.«

Ich dachte darüber nach, mich an seinem Arm festzuhalten, um ihm beide Füße in den Magen zu rammen. Doch sein Griff lockerte sich, als ich aufhörte, mich dagegen zu wehren.

»Frederik weiß, worum es auf dem Kran ging, nicht wahr?«, krächzte ich. »Was hat Korbinian dir nicht verraten?«

»Ich hab Korbinian nichts getan!«, explodierte Jonas. »Das lasse ich mir nicht anhängen, das kannst du dem alten Meier ausrichten.« Seine Mundwinkel verzerrten sich nach unten. Sein Gesicht färbte sich dunkel vor Wut, bis zum blonden Ansatz seines strubbeligen Haarstreifens.

»Es gibt ein Video, auf dem du ziemlich sauer aussiehst«, wagte ich einzuwerfen.

»Wir hatten Streit und ich hab die Biege gemacht.«

»Streit wegen Siri?«

Jonas' harte Fingerkuppen bohrten sich warnend in meinen Nacken: »Als ich abgehauen bin, waren alle anderen noch oben. Lebend, kapiert?«

»Klingt wenig glaubwürdig, wenn du mich erwürgst, während du das sagst«, zischte ich.

Abrupt ließ er mich los.

Verblüfft duckte ich mich weg, griff mir an den Hals.

Er drehte sich um und rannte aus der Toilette.

Ich brauchte einen Augenblick, um durchzuatmen, bevor ich aufsprang und die Klotür aufriss – und mit einem beleibten Fünfzigjährigen zusammenprallte, der wohl eher Professor als Student war.

»Kein Grund zur Panik, junge Dame«, grinste er. »Wir haben uns doch alle schon mal in der Tür vertan.«

Ich quetschte mich an ihm vorbei, doch Jonas war längst verschwunden.

22.

»Er kann es nicht gewesen sein, verstanden?«

So gehst du nicht in die Schule, verstanden?

Die Finger meines Vaters gruben sich schmerzhaft unter meinen Schlüsselbeinen in meine Schultern. Als ob das etwas an meiner blauen Punkfrisur ändern könnte.

Flashback, dozierte meine innere Stimme, die neuerdings zur Hobbypsychologin mutierte.

Danner fiel auf, dass sich mein Körper unter seinem Griff versteift hatte. Er ließ meine Schultern wieder los.

»Sorry«, sagte ich eisig, während ich meinen Nacken zurechtrückte. »Auch wenn es dir nicht gefällt: Jonas war auf dem Kran, er hätte Dennis Plau gestern garantiert noch übler zugerichtet, wenn wir nicht dazwischengegangen wären, und jetzt hat er sich Frederik von Schlärke vorgeknöpft.«

Mal ganz abgesehen davon, dass er auch auf mich losgegangen war.

»Aus irgendeinem Grund läuft der Amok. Und er hat schon einmal jemanden getötet, Ben.«

Danners Blick wurde zu Beton. »Diesmal kann er es nicht gewesen sein«, wiederholte er drohend.

Darauf würde ich meinen Hals nicht wetten.

»Du meinst, er *darf* es nicht gewesen sein, weil *du* es nicht willst?«, knurrte ich. »Funktioniert deine Welt tatsächlich so?«

Danner knirschte mit den Zähnen.

Schlüsselreiz, meldete meine innere Psychologin.

Was rein gar nichts daran änderte, dass ich explodierte: »Glaubst du, ich halte die Klappe, wenn du mir drohst?«

Das vegetative Nervensystem reagiert mit Angriffsreaktion!

Halt endlich die blöde Fresse, Psychotante!

»Natürlich kann der wieder ausgeflippt sein, der hat sich null unter Kontrolle!«, brachte ich meine Meinung auf den Punkt.

Ganz kurz wanderten Danners Augen über meine Schulter.

Häh?

Ich drehte mich um.

Hinter mir gab es nichts Besonderes zu sehen. Der Schreibtisch stand unter dem Dachfenster, auf dessen Sims eine Topfpflanze verdorrte. Eine orangefarbene Ecke meines Psychobuches ragte aus der Ablage vor dem Monitor des PCs. Neben dem mit Akten überladenen Regal quollen zerknüllte Zettel aus dem Papierkorb wie Lava aus einem Vulkan.

Ach so?

Das Regal?

Als ich die Detektei eröffnete, war Molle mein erster Kunde.

Verblüfft wandte ich mich wieder Danner zu: »Sag jetzt nicht, du hast die ganze Zeit eine zweihundertseitige Akte über Jonas' Fall im Regal stehen?«

Danner hatte längst aufgehört, mit den Zähnen zu knirschen. »Hast du deine neugierige Nase etwa doch noch nicht in jeden Ordner in diesem Büro gesteckt?«, erkundigte er sich erstaunt.

Bis zu den ältesten der, grob geschätzt, zweihundert Aktenordner im Regal, in denen Danner die Unterlagen seiner in der Vergangenheit bearbeiteten Fälle säuberlich abgeheftet aufbewahrte, hatte ich mich noch nicht durchgelesen. Und ein paar weniger spannend aussehende Unterlagen hatte ich ausgelassen.

Ich trat an das Regal.

Auf Anhieb entdeckte ich den dicken Ordner, der links oben als Allererster in der Reihe stand – was hauptsächlich daran lag, dass ich selbst Danners Akten vor einiger Zeit mehr oder weniger chronologisch geordnet hatte. Vielleicht wäre mir der zerschlissene, schlicht mit dem verblassten Namen *Schröder* beschriftete Ordner auch zu unauffällig gewesen.

Ich warf Danner einen bösen Blick zu, wuchtete das schwere Ding auf den Schreibtisch und schob mit einem schnellen Handgriff die orangefarbene Buchecke unter die Zettel in der Ablage, bevor ich den Ordner aufklappte.

In den ersten Plastikeinlegefolien steckten mehrere Fotos, die Jonas als Teenager zeigten. Er war darauf weder tätowiert noch gepierct, außerdem deutlich schmaler, nur die straßenköterblonden Haare trug er bereits an den Seiten kurz und oben zu einem kaum aufsehenerregenden Irokesenschnitt hochgestrubbelt. Sah eher aus, als wollte er kleine Mädchen beeindrucken als rebellieren. Mein eigener Irokese war in dem Alter jedenfalls zwei Hand hoch, metallic Blau und ein deutlich besserer Hingucker gewesen.

Außerdem hatte Danner Margorzata und einen hageren Mann mit an den Enden hochgezwirbeltem Schnauzbart durch das Fenster der abstrakten Villa in Riemke fotografiert, vor deren Gartenzaun wir schon gestanden hatten.

M. verheiratet in zweiter Ehe mit Burkhard Lächner, Architekt, Inh. Architekturbüro Lächner & Freimann, Herner Str.,

Privatadresse: Am Wiesenstück, Riemke, J. besucht Ottilie-Baader-Gymnasium, Klasse 5f, hatte Danner in seiner leserlichen, nach rechts geneigten Handschrift notiert.

Da schien alles in Ordnung gewesen zu sein.

Ich blätterte weiter.

11.03., 0:56 Uhr
J. und Dennis Plau beim Graffitisprayen observiert
A 40, Höhe Gerthe, Rückseite der Schilderbrücke

In einer Plastikhülle hinter dem Zettel steckte ein weiteres Foto. Es war bei Tageslicht aufgenommen worden und zeigte die normalerweise graue Rückseite eines riesigen Autobahnschildes, das an einer Stahlbetonkonstruktion über der A 40 angebracht worden war. Das bunte Bild zeigte eine hässliche Ratte neben einer dieser Achtzigerjahre-Horrorfilm-Kreaturen, die von niedlichen Kuscheltierchen zu kleinen Gruselmonstern mutierten.

Die beiden lebensmüden Möchtegernkünstler waren schon damals über der Autobahn herumgeklettert.

Es folgte ein Bericht über den Versuch der beiden Abenteurer, auf einer S-Bahn zu surfen, was um ein Haar schiefgegangen wäre.

Die nächsten Seiten überblätterte ich, bis ich auf ein ausgedrucktes Formular stieß, das ich als Polizeibericht identifizierte.

Geschrieben hatte ihn ein Schutzpolizist mit dem Namen Freitag.

Samstagabend um 23:12 Uhr wurden Polizeimeister Dirk Freitag und Polizeihauptwachmeister Hans Brittenbach zu einem Einsatz in die Kurfürstenstraße gerufen.
Von den bereits anwesenden Rettungssanitätern Wilma Schmidt und Maik Delp erfuhren die Beamten, dass es sich bei dem Schwerverletzten augenscheinlich um das Opfer einer Gewalttat handelt.

Sanitäter Delp übergab der Polizei den dringend tatverdächtigen 17-jährigen Jonas Schröder, der von den Sanitätern neben dem Verletzten aufgefunden worden war und festgehalten werden konnte. Außerdem wies der Sanitäter die Beamten auf einen neben dem Verletzten befindlichen Pokal des örtlichen Schützenvereins hin. Dessen blutverschmierter Marmorsockel ließ vermuten, dass es sich um die Tatwaffe handelte.
Bei dem 84-jährigen Opfer handelt es sich laut Aussage der Nachbarin Emilie Räker um den Besitzer des Hauses, Edwin von Schlärke …

Ich hielt verdutzt inne.

Danner, der sich hinter mir auf den Schreibtischstuhl geflegelt hatte, bemerkte mein Stutzen und rollte neben mich, um in die Akte spähen zu können.

Ich musterte ihn misstrauisch, doch dass er rasch die Zeilen des Polizeiberichtes überflog, verriet mir, dass Danner nicht schlussfolgern konnte, was mir aufgefallen war.

»Jonas ist damals bei ›von Schlärke‹ eingebrochen?«, erkundigte ich mich scharf.

Weil Danner im Drehstuhl saß, während ich immer noch stand, sah er zu mir auf.

Ich tippte auf den Namen im Text.

Danner musterte die Zeile so misstrauisch, als hätte ich Hexhex gerufen und sie mithilfe schwarzer Magie nachträglich in seine Unterlagen eingefügt.

»Scheiße.« Er kniff sich in die Nasenwurzel und überlegte angestrengt. »Die Jungs waren damals nicht befreundet«, murmelte er schließlich. Er hob den Kopf und blätterte weiter, während er versuchte, seinem Gedächtnis auf die Sprünge zu helfen. »Jonas hat damals jede Aussage verweigert, aber die Untersuchungen der Polizei ergaben das Gleiche wie meine eigenen: Dennis Plau war Jonas' einziger Kumpel. Die beiden waren ziemliche Außenseiter in der Klasse und wurden zeitweise von Frederik und Korbinian regelrecht gemobbt. Der Richter hielt es für plausibel, dass Jonas sich deshalb die Villa von Frederiks reichem Onkel für seinen Einbruch ausgesucht hat.«

Danner rollte seinen Stuhl rückwärts, um mich besser anstarren zu können.

»Und kaum ist Jonas aus der Haft entlassen, trifft er rein zufällig beim Studium wieder auf seine Erzfeinde Korbinian und Frederik und sie ziehen gemeinsam los zum nächtlichen Scheißebauen?« Dass das reiner Zufall war, bezweifelte ich doch stark.

»Mann, Lila, wir müssen Jonas' Unschuld beweisen«, stöhnte Danner.

»Jonas möchte Freddi jedenfalls nicht erst seit gestern eine reinhauen.« Ich verschränkte die Arme. »Da stimmt was nicht.«

»Okay«, nickte Danner schließlich. »Lass uns Frederik fragen, was das bedeutet.«

23.

Kurz nach Mittag lenkte Danner unseren Spitfire wieder auf den Parkplatz vor dem zehnstöckigen Wohngebäude in der Hustadt, in dem Dennis, Siri und Frederik wohnten.

Danner pfiff durch die Lippen. Obwohl er sich die Kapuze seines ärmellosen Shirts über die Irokesenbürste gezogen hatte, bemerkte auch ich Jonas auf den ersten Blick. Er stand im gelben Hauseingang.

»Bestimmt schaut er nur zum Kaffeekränzchen bei seinem Kumpel Freddi vorbei«, stichelte ich ironisch.

Danner warf mir einen düsteren Blick zu, während er den Wagen langsam an Jonas vorbeirollen ließ.

Ich deutete mit dem Kopf auf den Jungen, denn der fummelte einen Schlüssel aus der Hosentasche und öffnete die Eingangstür.

»Der hat einen Schlüssel?«

»Den von seiner Freundin Siri«, riet Danner. »Vielleicht will er nur ein paar Sachen für sie abholen.«

»Und dass der Typ, den er heute Morgen verhauen wollte, in der gleichen WG wohnt, ist auch wieder Zufall?«

Kaum verschwand Jonas im Haus, schlüpfte ich aus dem Auto und hielt die Tür davon ab, ins Schloss zu fallen.

Danner bedeutete mir zu warten und parkte auf einem Behindertenparkplatz direkt vor dem Gebäude.

Ich stellte eine Fußkante in den Türspalt und lauschte. Drinnen schrammte eine Fahrstuhltür zu. Danach blieb es still.

Als Danner neben mir ankam, traten wir vorsichtig ein. Der Hausflur war leer, der rechte Aufzug auf dem Weg nach oben.

Hoffentlich war die linke Kabine nicht auch gerade in die zehnte Etage unterwegs, sonst wäre Jonas womöglich schon wieder auf dem Weg nach unten, wenn wir endlich in der WG ankamen.

Danner wippte ungeduldig auf den Fußspitzen.

»Bevor er noch einmal verschwindet, legen wir jetzt mal die Karten auf den Tisch«, beschloss er.

Ach ja. Da war ja was. Ich räusperte mich.

»Dass ich keine Studentin bin, hat Jonas schon selbst rausgefunden«, berichtete ich zugegebenermaßen recht spät.

Die Fahrstuhltür glitt auf.

Danner verschränkte die Arme, als ich mich neben ihn in den Aufzug stellte.

»Allerdings denkt er, dass ich ihm im Auftrag von Thomas Meier einen Mord anhängen will«, informierte ich meinen Freund weiter. »Wenn du ihn vom Gegenteil überzeugen könntest, wäre das sicher hilfreich.«

Danner verdrehte die Augen: »Vollständige Berichte abzuliefern, üben wir noch mal.«

»Sagt der Typ, der vergessen hat, Molles Sohn zu erwähnen?«

Der Fahrstuhl bremste ab und beendete unsere Diskussion. Wir konnten Jonas hören, bevor die Tür zur Seite glitt.

»Ich weiß, dass du da bist, Freddi!«

Der Fahrstuhl öffnete sich, doch Jonas musste sich rechts von uns befinden, er war nicht zu sehen. Aber anscheinend hatte er uns gehört.

Es klackte, eine Tür fiel zu.

Wir traten aus dem Fahrstuhl.

Danner betrachtete den Spion in der WG-Tür. Ich legte ein Ohr an das Holz, doch drinnen schien alles still.

»Mach mal den Lockvogel«, sagte Danner. »Vielleicht lässt er dich ja rein.«

»Um den Hals fällt der mir nicht«, weissagte ich, stellte mich aber trotzdem gut sichtbar vor den Türspion und klopfte fordernd.

Einen Moment lang passierte nichts.

Ich beobachtete gespannt das Guckloch in der Tür. Zu sehen war nichts. Trotzdem konnte ich spüren, dass der gruselige Nager in diesem Moment kaum eine Armlänge entfernt vor mir stand und mich anstarrte.

Deshalb war ich nicht überrascht, als die Tür aufflog: »Ich hab dich gewarnt!«

»Hi, Jonas«, sagte Danner, bevor er auf mich losgehen konnte.

Der Tätowierte prallte irritiert zurück. »Du? Du warst gestern Nacht auf der Straße!«, schaltete er schnell. »Was willst du hier?«

»Das wollte ich dich gerade fragen«, entgegnete Danner.

Jonas' blaue Augen wurden schmal.

»Sieh ihn als meinen Aushilfsschutzengel«, schlug ich vor. »Du würdest uns unseren Job echt erleichtern, wenn du aufhören könntest, Leute zusammenzuschlagen.«

»Hört auf, mich zu verfolgen!« Jonas versuchte, die Tür zuzudrücken, doch Danner hatte bereits einen Fuß im Spalt.

»Mit Korbinians Tod habe ich nichts zu tun.« Molles Sohn stieß mit dem Rücken gegen das an der Wand lehnende Mountainbike und hinderte es hastig am Umfallen.

»Dann erzähl doch mal, was wirklich auf dem Kran passiert ist«, schlug Danner vor.

»Lieber beiß ich mir die Zunge ab.« Jonas wich in die Küche zurück.

»Wir arbeiten nicht für Meier, sondern für dich, du Hirn«, informierte Danner ihn genervt.

»Müsste ich davon nicht irgendwas wissen?«

Danner rückte einen Stuhl vom Tisch, nahm darauf Platz und stützte die Ellenbogen auf die Oberschenkel: »Setz dich hin und ich erklär es dir.«

Jonas verschränkte die Arme vor der Brust und blieb stehen.

»Check mal, ob wir wirklich keine Gesellschaft haben«, sagte Danner zu mir.

Ich ließ die Küchentür offen, als ich hinausschlüpfte, damit ich das Gespräch mithören konnte.

»Lila und ich versuchen zu verhindern, dass du wieder im Knast landest. Nicht weil du so ein nettes Kerlchen geworden bist, sondern weil ich nicht will, dass dein Vater sich aufregt.«

»Mein *was?*«, zischte Jonas tonlos.

Nacheinander stieß ich die Türen zu den Zimmern von Frederik, Siri und Dennis auf. Die Räume waren leer, die Jalousien heruntergelassen, um die Mittagshitze abzuhalten. Einen Moment länger als nötig betrachtete ich Korbinians Gesicht auf dem posterartig vergrößerten Foto in Siris Zimmer. Seine breite Stirn fiel mir auf, die Ähnlichkeit mit seinem Vater und seiner Schwester war nicht zu übersehen.

»Dein Daddy ist zufällig mein bester Kumpel.«

»Mein Vater, der sich noch nie für mich interessiert hat, schickt mir Privatdetektive als Schutzengel? Verarschen kann ich mich selber«, knurrte Jonas. »Warum ist ihm das nicht fünf Jahre eher eingefallen? Dann wäre ich vielleicht nicht ins Gefängnis gewandert.«

Die letzte Tür hinten links in dem langen Flur, führte in ein dunkelgrau gekacheltes Bad mit Wanne und Dusche. Hinten rechts gab es noch den Wohnraum mit Couchecke, Großbildfernseher, Hantelstation, Balkon und einer Bar samt Zapfanlage. Verwöhnte Bengel.

»Du wolltest ihn nicht sehen«, erinnerte Danner.

»Ich wollte *niemanden* sehen!«, schrie Jonas. »Ich saß nämlich im Knast!«

Ich zuckte zusammen. Beim letzten Mal, als Jonas' Stimme so unkontrolliert kippte, hatte er Dennis Plau geschlagen. Ich rannte in die Küche zurück.

»Wenn du dich mit dem Pokal in der Hand erwischen lässt, mit dem du einem Vierundachtzigjährigen den Schädel eingeschlagen hast, kann ich dir auch nicht helfen«, erklärte Danner eisig.

Jonas' Miene versteinerte.

»Und kaum bist du wieder draußen, liegt Korbinian Meier tot unterm Kran.« Ich rückte einen Stuhl neben Danner und setzte mich. »Wenn wir jetzt mithilfe unserer Flügelchen über deine Güllegrube flattern und dich aus der Scheiße ziehen sollen, fängst du besser an, mit uns zu sprechen.«

Jonas' Brauen hingen wie ein dicker haariger Balken über Molles blauen Augen.

Danner trommelte mit den Fingern auf dem Tisch.

Ich lehnte mich zurück und verschränkte die Arme.

»Ihr glaubt mir sowieso kein Wort«, murrte Jonas, »aber egal: Dennis und ich sind schon zusammen in die Grundschule gegangen. Freddi und Korbi kenne ich seit der fünften Klasse. Wir konnten uns nicht ausstehen. Freddi und Korbi waren die Coolen, die mit Papas Sportwagen zur Schule kutschiert wurden. Der Prinz und der Millionär.« Jonas schob den Unterkiefer vor. »Dennis und ich waren Loser. Aber Dennis wollte unbedingt dazugehören. Und Frederik war schon immer ein sadistischer Wichser. Der hat sich einen drauf runtergeholt, dass er Dennis bescheuerte Mutproben machen lassen konnte – auf Autobahnschilder klettern und all so einen Scheiß. Freddi hat behauptet, dass müsse jeder machen, der in seine Clique aufgenommen werden wollte. Was natürlich völliger Schwachsinn war, denn die Clique bestand ja nur aus Korbi und ihm.«

Und aus dieser frühpubertären Phase waren die Jungs bis heute nicht raus, oder was?

»Weil Dennis damals nicht der Sportlichste war, hab ich dann meistens die Aufgaben erledigt«, seufzte Jonas.

Danner neigte den Kopf ein klein wenig zur Seite.

»Und weil es Freddi so viel Spaß machte, Dennis und mich zu quälen, sind wir tatsächlich immer öfter mit den beiden losgezogen. Korbinian war das recht, vorher hat Freddi nämlich ihn fertiggemacht. Die Meiers hatten mit Fitnessbuden Millionen gemacht, aber für Freddi, den Adligen, war er nur ein neureicher Proll. Ich glaube Freddis Eltern haben ihn gezwungen, mit Korbi zu ›spielen‹, weil sie ihre Luxustrimmräder an seinen Vater verkaufen wollten. Irgendwann kam Freddi dann auf die geniale Idee, seinem Onkel ein paar Gewehre zu klauen und damit ein bisschen herumzuballern. Just for fun.«

Jetzt wurde es interessant.

Jonas kaute auf seiner Unterlippe.

Danner runzelte skeptisch die Stirn: »Willst du mir ernsthaft erzählen, dass Freddi dich zu dem Einbruch gezwungen hat?«

»Sag ich doch. Hat keinen Sinn, mit euch zu reden!«, ging Jonas in die Luft.

»Mit Fresse halten bist du bisher auch irre weit gekommen!«, brüllte Danner zurück.

»Wir waren *alle* im Haus, okay?« Jonas' Gesicht verzerrte sich zu einer Fratze. »Freddi hat behauptet, der Alte wäre verreist.«

Danner verstummte verdutzt.

»Das hast du aber nie ausgesagt?!«, meinte er dann.

»Der Waffenschrank stand nicht im Wohnzimmer, wie Freddi geglaubt hatte«, sprach Jonas etwas beherrschter weiter, ohne auf Danners Einwand einzugehen. »Wir haben uns aufgeteilt, ich bin in den Keller runter. Als ich wieder hochkam, lag der Opa vor der Treppe in der Eingangshalle. Die anderen waren weg.«

Danner und ich starrten Jonas an.

»Ich konnte ihn schlecht verbluten lassen, also habe ich

einen Krankenwagen gerufen«, schloss Molles Sohn seinen Bericht achselzuckend.

Ich blinzelte ungläubig: »Und der Polizei hast du gesagt, dass du allein im Haus warst?«

»Ich habe *nicht* gesagt, dass ich nicht allein war«, korrigierte Jonas scharf.

»Du hast sie nicht verpfiffen«, begriff Danner.

Jonas holte tief Luft: »Ich wusste nicht, ob Dennis die Scheiße gebaut hat, okay? Der war mein einziger Kumpel.«

Ich war sprachlos.

»Und jetzt verrate ich euch den Witz an der Sache: Nachdem ich vier Jahre im Bau saß, erzählt mir Dennis, dass er damals gar nicht mehr im Haus gewesen ist. Er hatte Schiss und ist bei der erstbesten Gelegenheit abgehauen. Weil er aber die ganze Geschichte seiner langzeitsterbenden Alten nicht zumuten wollte, hat der Feigling die Fresse gehalten und mich ins Gefängnis gehen lassen.«

Danner schwieg, anscheinend musste er das sacken lassen.

In meinem Gehirn rasteten ein paar Puzzleteile ein und ergaben ein lückenhaftes Bild.

»Deshalb studierst Sport«, begriff ich. »Natürlich ist es kein Zufall, dass du wieder mit den Spinnern abhängst: Du willst endlich wissen, was damals passiert ist.«

»Und an dem Abend auf dem Kran?«, klinkte Danner sich ein. »Hast du Korbinian da genauso einfühlsam verhört wie Dennis Plau gestern auf dem Nachhauseweg?«

»Nein!«, brauste Jonas gleich wieder auf. »Ich hab niemanden verhört, ich war ja erst das dritte Mal dabei. Korbinian hat mich bescheuerte Turnübungen machen lassen, um zu entscheiden, ob er mich ›wieder aufnehmen‹ wollte. Dabei hätte ich dem Idioten mit einer Hand das Genick brechen können! Damit das nicht passiert, bin ich runter. Da waren alle noch am Leben. Korbi hat Siri hinter mir hergeschickt. Sie sollte mich wohl beruhigen.«

»Was offensichtlich funktioniert hat«, kommentierte Danner ironisch.

»Sie hat mich vollgelabert, dass Korbi und Freddi das alles gar nicht so meinen würden … Hatte die eine Ahnung! Erst haben wir gestritten, dann haben wir gevögelt. Sie hatte sturmfreie Bude, weil ihre Alte bei so einem Yogaseminar war. Dass Korbi was passiert war, haben wir erst mitgekriegt, als die Polizei vor der Tür stand und Siri ausquetschen wollte.«

»Dann ist Frederik jetzt der Einzige, der noch wissen könnte, was damals bei dem Einbruch wirklich passiert ist – vorausgesetzt, Dennis sagt die Wahrheit«, schlussfolgerte ich. »Deshalb bist du hinter ihm her.«

Mein Gehirn rotierte. Ausgerechnet jetzt, als Jonas aus dem Gefängnis entlassen worden war, starb Korbinian Meier? Gab es einen Zusammenhang zwischen seinem Tod und dem Einbruch, den die vier Jugendlichen vor fast fünf Jahren laut Jonas gemeinsam begangen hatten?

Jonas knirschte mit den Zähnen: »Vorhin hat er mich überrumpelt, aber das passiert nicht noch mal.«

»Halt dich bei deiner nächsten Befragung an Detektivregel Nummer neun«, riet ich ihm. »Nur ein lebendiger Zeuge ist ein guter Zeuge.«

Auf Danners Wange erschien das Grübchen.

»Besser noch, du überlässt die Befragungen in Zukunft uns«, korrigierte er. »Dummerweise ist Frederik nicht da. Hast du eine Ahnung, wo er steckt?«

»Hast du auf dem Dach nachgesehen?«, wandte sich Jonas an mich.

»Auf dem Dach?«

»Die rauchen immer oben.« Jonas erhob sich.

Zielstrebig marschierte er in das stickige Wohnzimmer, an der Theke mit den Barhockern vorbei auf die Balkontür zu. Während in der gesamten Wohnung die Jalousien heruntergelassen waren, um die Hitze abzuhalten, flutete die Sommersonne durch die Glastür.

Mist.

Ich fluchte innerlich. Das hätte mir auffallen können.

Die Tür war nur angelehnt, Jonas zog am Griff, ohne ihn umzulegen.

»Nach euch, ihr Engel«, giftete er.

Danner und ich traten auf einen schmalen, aber langen Balkon, der an der Rückseite des Hauses entlanglief. Drei Hartholzstühle mit dunkelgrünen Sitzauflagen standen im Schatten eines Sonnenschirms, auf einem Beistelltisch entdeckte ich eine halbe Flasche Scotch.

Die Aussicht über die bunt verschachtelten Wohnanlagen der Hustadt war großartig. Hinter dem Haus gab es eine Rasenfläche mit Wäscheleine und Sandkiste, Parkplätze und Mülltonnen.

Jonas deutete auf das Regenfass neben der Balkontür, von dort aus konnte man leicht das Flachdach erreichen.

Danner legte den Kopf in den Nacken.

Ich trat ans Geländer, senkte meinen Blick in die Tiefe und – schluckte schwer.

»Ben?« Meine Stimme quietschte. Danner sprang von dem Regenfass, auf das er bereits hinaufgeturnt war, und trat neben mich an das Geländer.

Frederik von Schlärkes leuchtend weißes Haar war selbst aus der Höhe zu identifizieren. Der Junge lag ziemlich dicht an der Hauswand, zwischen den aufgereihten Mülltonnen und den nur ein paar Meter entfernt parkenden Autos.

»Scheiße«, sagte Danner.

24.

Atemlos bogen wir um die Hausecke auf den Hinterhof.

Irgendwo klapperte Geschirr, Kinder plapperten und jemand übte auf einer Gitarre.

Zu sehen war allerdings kein Mensch. In der sengenden Mittagssonne hielt es niemand auf den Balkonen aus.

Hier unten war Frederiks leuchtender Blondschopf nicht gleich zu entdecken. Doch Danner eilte zielstrebig auf ein

Metallgeländer zwischen Mülltonnen und Parkplätzen zu. Eine Kellertreppe.

Ich folgte ihm hastig, Jonas blieb hinter uns zurück.

Danner hielt inne, als er in den Schacht hinuntersehen konnte, und sank langsam in die Hocke. Mein Herz pochte. Ich zwang mich, neben ihn zu treten.

Frederiks drahtiger Körper lag zerschmettert auf der Treppe. Dunkelrotes Blut lief die ausgelatschten Steinstufen hinunter, bildete ein dünnes Rinnsal und floss über den schrägen Beton auf einen verrosteten Abfluss zu. Frederik war barfuß, fiel mir auf. Sein rechter Fuß zeigte unnatürlich weit nach innen, die Hüfte musste ausgekugelt oder schlicht zertrümmert sein. Genau wie der Brustkorb auf den Treppenkanten zerknackt war, die Spitze einer zersplitterten Rippe hatte sich durch Frederiks Sportshirt gebohrt. Sein Genick war gebrochen, der Kopf hing an der seltsam abgeknickten Halswirbelsäule.

Danner beugte sich vor, um an Freddis Stirn mit dem Handrücken die Körpertemperatur zu prüfen. »Lange liegt er noch nicht hier.«

Jetzt wurde mir doch übel, ich wandte mich schnell ab.

Jonas war so weit entfernt stehen geblieben, dass er nicht in den Treppenschacht sehen konnte.

»Ist er …?«

Ich bemerkte, dass er von einem Bein auf das andere trat, als müsste er dringend aufs Klo. So hart, wie er immer tat, war er wohl doch nicht.

Danner blickte hoch: »Ja, stell dir vor, er ist tot. Und er ist nicht beim Rauchen vom Dach abgeschmiert, dann wäre er nämlich auf dem Balkon gelandet. So wie seine Finger aussehen, schätze ich, er hat sogar versucht, sich festzuhalten. Sonst wäre er auch weiter von der Hauswand entfernt gelandet.«

»Du meinst, es hat ihn jemand …?« Jonas' Stimme versagte.

»Die Meinungsbildung überlasse ich der Polizei«, sagte Danner. »Ich sehe nur, dass Frederik tot ist und du schon wieder neben einer Leiche stehst!«

Jonas' blaue Augen wurden groß. Er drehte auf dem Absatz um und entfernte sich eilig Richtung Sandkasten.

Danner und ich rannten hinter ihm her. »Dich in dein Loch zu verkriechen, kannst du vergessen!«

Jonas funkelte Danner wütend an: »Was soll ich denn sonst machen? Freddi und Korbi sind tot und ich Idiot hab euch gesteckt, dass die mich in den Knast haben gehen lassen. Die Bullen werden denken, ich habe mich an denen gerächt.«

»Das immerhin hast du geschnallt.«

»Ich hätte die ja wirklich gern umgebracht!«

»Na, ganz große Klasse! Das sag noch mal richtig laut!« Danner verlor die Geduld.

»Ich mach die Biege.« Jonas rempelte sich zwischen uns hindurch.

»Kommt nicht infrage!« Danner packte ihn am Oberarm und riss ihn herum.

»Fass mich nicht an!« Mit der geballten Faust schlug Jonas Danners Arm weg. Im nächsten Moment standen sich die beiden viel zu nah gegenüber. Jonas war größer als Danner, hatte mehr Muskeln und null Kontrolle über sich. Sein Gesicht zuckte vor Wut.

Ich sah mich nach einer Waffe um, entdeckte aber nur eine Kinderschaufel aus rotem Plastik, die im Sandkasten steckte. Schnell bückte ich mich danach.

»Und wenn ich dich doch anfasse?«, erkundigte sich Danner eisig. »Schlägst du mich zusammen wie Dennis Plau?«

»Verlass dich drauf!«, zischte Jonas.

Danner streckte die Hand aus und tippte den Jungen auf die Brust.

Oje.

Ich umfasste die winzige Plastikschaufel fester.

Jonas sah aus, als wollte er Danner anspringen, zu Boden reißen und auffressen.

»An deiner Stelle würde ich mir überlegen, wem du die Fresse polierst«, wurde Danner sachlich. »Du hast nicht mehr viele Freunde übrig.«

Er schubste den Jungen von sich weg und Jonas wich tatsächlich einen Schritt zurück.

»Geht doch«, brummte Danner. »Jetzt noch mal zum Mitschreiben: Unser himmlischer Auftrag ist *nicht*, dir einen Mord anzuhängen. Wir wollen verhindern, dass du wieder hinter Gittern landest. Geht das in deinen Schädel rein?«

Jonas' Blick wanderte von Danner zu mir.

Ich nickte, auch wenn ich keine Idee hatte, wie wir das schaffen sollten.

»Und wie wollt ihr das anstellen?«, wollte auch Jonas wissen.

»Ich rufe jetzt die Polizei«, erklärte Danner. »Die werden uns eine Menge Fragen stellen. Dich werden sie vermutlich die ganze Nacht auf dem Revier sitzen lassen. Und du wirst artig aussagen, was du uns erzählt hast – ohne idiotische Sprüche zu reißen, dass du die beiden Toten gern eigenhändig erledigt hättest, wenn's geht.«

Jonas schluckte.

Danner und ich schwiegen.

»Die glauben mir nie.« Der Junge krallte beide Hände in seine Irokesenstoppeln. »Ich war schon mal am Boden, Mann. Nicht mal meine Mutter hat geglaubt, dass ich unschuldig sein könnte. Aber ich bin wieder aufgestanden.«

Ich horchte verdutzt auf.

»Ich mach mein Studium und hab eine Freundin. Ich geh nicht wieder in den Knast.«

»Schön, dass wir uns in diesem Punkt endlich einig sind.«

Ein orangefarbener Gedanke tauchte in meinem Kopf auf.

»Wenn du die Bullen rufst, sperren die mich weg.« Jonas' blaue Augen flackerten.

»Tun sie nicht.« Danner hielt seinem Blick stand. »Versprochen.«

25.

»Könnt ihr mir mal erklären, wieso *ihr* mich an einen Leichenfundort ruft?« Staschecks Stimme hatte einen unüberhörbar gereizten Unterton.

Danner hatte nicht den Notruf, sondern Staschecks Handynummer gewählt. Allerdings bezweifelte ich stark, dass unsere zurzeit recht angespannten Beziehungen zur örtlichen Kriminalpolizei ausreichten, um Jonas vor der Untersuchungshaft zu bewahren. Mittlerweile parkten zwei Streifenwagen mit blinkendem Blaulicht hinter dem Hochhaus. Die Beamten machten den Bereich um die Kellertreppe herum mit rot-weißem Flatterband unzugänglich.

»Lange Geschichte«, gestand Danner.

Staschek warf einen Blick auf seine Armbanduhr. »Bis zum Feierabend ist noch reichlich Zeit.«

»Der Tote heißt Frederik von Schlärke«, berichtete Danner tatsächlich artig. »Er ist der Sohn dieses großen Fitnessgerätefabrikanten und er war Sonntagnacht ebenfalls auf dem Baukran, von dem Korbinian Meier abgestürzt ist.«

Staschecks Interesse war geweckt.

»Auf dem Internetvideo trägt Frederik die Sensenmannmaske. Jonas ...«, Danner deutete mit dem Kopf auf Molles Sohn, »... Jonas Schröder war ebenfalls dabei. Im Rattenkostüm.«

Staschek musterte den jungen Mann, es dauerte eine halbe Sekunde, bis er schnallte, dass er derjenige war, der wütend auf Korbinian losgegangen war.

Dann machte er einen schnellen Schritt auf ihn zu: »Sie hatten Streit mit Korbinian Meier, Herr Schröder. Und jetzt finden ausgerechnet Sie die Leiche eines Ihrer anderen Kletterkollegen? Sie werden uns einiges erklären müssen, junger Mann.«

Ich konnte dem Chef der Mordkommission ansehen, wie

er in Gedanken schon die Pressemeldung über die Festnahme formulierte. Für Danner würde es schwierig werden, sein Versprechen, dass Jonas nicht in der Haft landete, zu halten.

»Jonas Schröder ist übrigens der Sohn von Jochen Schröder«, ließ Danner die Katze aus dem Sack.

Staschek hob den Kopf. Danners Tonfall verriet ihm sehr wohl, dass ihm diese Information irgendetwas mitteilen sollte. Seine kastanienfarbenen Hundeaugen flitzten zu Jonas. Der setzte eine finstere Menschenfressermiene auf.

Es dauerte ein paar Sekunden, bis der Groschen fiel.

Au scheiße, sagte Staschek Gesicht, als er begriff.

»Mann, Ben!«, stöhnte er.

»Heute Vormittag ist Lila an der Ruhr-Uni Zeugin einer Auseinandersetzung zwischen Jonas und Frederik von Schlärke geworden«, informierte Danner Staschek zu meinem Erstaunen weiter.

»Das wird ja immer besser.« Der Kommissar rieb sich die Stirn.

»Es haben aber beide überlebt und seitdem haben wir Jonas nicht aus den Augen gelassen, bis wir hier eben gemeinsam auf die Leiche von Frederik gestoßen sind.«

Jonas stutzte.

Staschek starrte Danner misstrauisch an. Dann flitzte sein prüfender Blick zu mir.

»Das ist wahr«, log ich prompt. »Du musst dir einen anderen Verdächtigen suchen, Lenny.«

Respekt, Herr Danner.

Ein falsches Alibi rettete Jonas natürlich den Hintern.

Vorerst.

»Was ist mit der Frau, die auf dem Video zu sehen ist?«, mischte sich Kriminalkommissarin Katrin ›Schnabelnase‹ Wegner ein, die aufgehört hatte, den Toten zu inspizieren, und den Rest unseres Gesprächs offenbar verfolgt hatte. Stascheks eifrigste Ermittlerin war hochgewachsen und gertenschlank, ihre kurzen brünetten Haare hatte sie modisch in das schmale Gesicht mit der markanten Nase und den starren Augen geföhnt. »Korbinians Eltern glauben, dass es sich um die Freundin ihres Sohnes handeln könnte, obwohl die uns bei der ersten Befragung etwas anderes erzählt hat. Sie waren auf dem Kran, Herr Schröder, Sie können uns in dieser Frage sicher weiterhelfen …«

Jonas wurde blass. »Nein.« Er schüttelte den Kopf.

»Sie können die Aussage nur verweigern, wenn Sie sich damit selbst belasten würden.«

»Nein, Siri war nicht auf dem Kran«, verdeutlichte Jonas. »Das hat sie Ihnen doch selbst gesagt.«

Die Blitzbirne log die Polizei an!

Danner tippte wütend den Finger gegen seine Stirn.

Schnabelnases Kopf fuhr herum und sie musterte ihn scharf: »Herr Danner? Können Sie etwas zu der Sache beitragen? Sind Sie vielleicht anderer Meinung als Herr Schröder?«

Danners Nacken spannte sich.

»Wenn auch Sie Ihre Aussage hier nicht machen wollen, können Sie uns gerne aufs Revier begleiten.«

»Siri Bodschwinna war auf dem Kran. Sie finden sie vermutlich in der Wohnung ihrer Mutter, in der Gorch-Fock-Straße 18, wo Sie sie auch bei Ihrer ersten Befragung angetroffen haben«, kooperierte Danner zähneknirschend.

»Ey, halt die Fresse, du Arsch!«, schrie Jonas ihn an.

»Herr Danner und Frau Ziegler können ihre Aussagen hier zu Protokoll geben«, entschied Schnabelnase. »Herr Schröder, Sie begleiten uns aufs Revier.«

Sie griff den untersetzten Jungen am Ellenbogen.

»Pack mich nicht an!« Jonas riss seinen Arm weg.

Der Raubvogelblick der Wegner wurde scharf. Sie winkte zwei Uniformierte heran: »Soll ich Sie in Handschellen abführen lassen?«

Zumindest eine Nacht in der Untersuchungshaft würde Jonas sich bestimmt einbrocken.

Danner verdrehte genervt die Augen.

Die Polizisten führten den widerwilligen Irokesen ab, in

Richtung der Polizeiwagen, die mit blinkendem Blaulicht hinter der Absperrung parkten.

Staschek musterte Danner und mich von der Seite.

»Seht zu, dass ihr mir einen anderen Täter ranschafft«, riet er uns dann.

26.

Ich war schon mal am Boden, Mann. Aber ich bin wieder aufgestanden.

Gedankenversunken kramte ich ein paar Flaschen Sprudel und drei Schokoriegel hinter Molles Theke hervor und verstaute sie in seinem geblümten Einkaufskorb. Danner fütterte unterdessen den Hund und suchte ein paar saubere Klamotten in Molles Wohnung im ersten Stock zusammen. Mittlerweile war es fast fünf. Zeit, dass wir ins Krankenhaus kamen.

Mir spukten Jonas' Worte im Kopf herum.

Jonas besaß sie.

Resilienz. Diese mysteriöse innere Widerstandskraft, über die ich im orangefarbenen Psychoschmöker gelesen hatte.

Seine Freunde hatten ihn feige im Stich gelassen, anscheinend war er unschuldig im Gefängnis gewesen. Nicht einmal seine Mutter hatte an seiner Schuld gezweifelt. Wie man nach so einer Sache wieder auf die Füße kam, war mir ein Rätsel.

Ich hockte mich vor dem Kühlschrank neben der Zapfanlage auf die Fliesen und betrachtete Molles Vorräte.

Angeblich konnte man innere Stärke ernsthaft erlernen. Im Internet war ich auf unzählige Workshops zum Thema gestoßen. Unter Stichworten wie *Lebenskrisen meistern – Steh wieder auf! – Leistungsfähig in der Krise* oder *An Schicksalsschlägen wachsen* gab es vom Schnupperseminar der Volkshochschule bis zum Wochenkurs auf Fuerteventura alle möglichen Angebote. Es gab Resilienz-Coachings, Resilienz-Professoren und sogar eine ganze Gesellschaft für Resilienz.

Hm.

Ich war einigermaßen skeptisch, dass sich meine mittlerweile zwanzig Jahre andauernde Krise mithilfe eines Volkshochschulkurses bewältigen ließ.

Überhaupt … was, wenn nicht? War ich dann eine Versagerin? War ich selbst schuld, wenn es mir trotz Kurs nicht gelingen würde, mein Leben zu meistern? Hatte ich dann nicht gut genug aufgepasst, mich nicht genug bemüht?

Zu Ende gedacht: Waren meine Flashbacks und Panikattacken nicht das Resultat jahrelanger Misshandlungen, sondern ein Zeichen von Willensschwäche?

Was für ein Unsinn.

Ich griff nach einem Glas Gurken, das neben einigen übrig gebliebenen Frikadellen im Kühlschrank stand. Wahrscheinlich war so was als Fernsehsnack nach einem Herzinfarkt empfehlenswerter als ein Schokoriegel, überlegte ich und stellte das Glas in den Einkaufskorb. Die Frikadellen ließ ich liegen, die waren mittlerweile mindestens drei Tage alt, das war dem Hackfleisch vermutlich nicht besonders gut bekommen.

Plötzlich richteten sich die Härchen zwischen meinen Schulterblättern auf, mein Nacken zog sich zusammen. Ich erstarrte.

Die Glasscheibe der Kneipentür fiel mir ein, die seit Danners Wutausbruch ein Loch hatte. Und dass ich nicht hinter mir abgeschlossen hatte.

Mein Herzschlag beschleunigte sich. Ich war unaufmerksam gewesen. Scheiße.

Ich konnte seine Anwesenheit spüren. Hinter mir. Die alte Angst packte mich unvorbereitet und lähmte mich.

Meine Finger schlossen sich um das Gurkenglas, bevor ich langsam aufsah.

Mein Vater war lautlos um die Theke herumgetreten. Er stand direkt neben mir, hinter der offenen Kühlschranktür.

Ich hatte ganz vergessen, wie groß er war.

Meine Erinnerungen an ihn waren auf verkrampfte Kiefermuskeln zusammengeschrumpft und auf einen Nacken, der zu wachsen schien, sodass sein Hals kürzer wurde. Und auf Fäuste, aus denen die Knöchel weiß hervortraten.

Sein Gesicht kam mir fremd vor.

Ich hatte vergessen, dass seine Augen viereckig wurden, wenn Zorn darin loderte. Dass er seine Lippen zu einem blassen Strich zusammenpresste. Dass er nicht einmal außergewöhnlich durchtrainiert war.

Außerdem waren seine Geheimratsecken größer geworden und die senkrechten Falten auf Wangen und Stirn tief.

»Du versuchst, mein Leben zu zerstören.« Er beherrschte seine Stimme, sie war gefährlich leise, doch ich hörte seine Wut darin vibrieren, so wie das Grollen eines Vulkans kurz vor dem Ausbruch den Boden zittern ließ.

Wieder duckte ich mich, wieder schien er über mir in die Höhe zu wachsen. Meine Albträume wiederholten sich. Bei strahlendem Sonnenschein, hier in Molles Kneipe, in der ich doch eigentlich sicher sein sollte.

»Was du nicht sagst«, murmelte ich, obwohl mir klar war, dass die Bemerkung den Vulkanausbruch provozierte.

»Reicht es nicht, dass du einfach verschwunden bist? Hast du deiner Mutter und mir nicht schon genug angetan?«

Meine Alarmglocken kreischten schmerzhaft schrill in meinem Kopf, übertönten seine Worte. Wie in Zeitlupe sah ich, wie sich seine Hand auf meinen Kopf zubewegte, meine Haare packte.

Meine eigene Wut spritzte hoch wie kochendheißes Wasser aus einer zerplatzen Leitung.

Fass mich an und ich bringe dich um! Komm schon! Trau dich!

Plötzlich stand ich wieder neben mir selbst, sah ungerührt zu, wie er meinen Körper an den Haaren hinter der Kühlschranktür hervorriss und mich gegen die Wand schleuderte.

Ich fühlte nur das Gurkenglas in meiner Hand.

Ich sah zu, wie er mich am Kragen packte und auf die Füße zerrte, wie mein dünnes Shirt hochrutschte und mein jeansblauer BH zu sehen war, wie sich sein verzerrtes Gesicht ganz dicht an meines heranbewegte.

Fehler.

»Du ziehst die verdammte Anzeige heute noch zurück«, zischte er mich an. »Ich komme mit und erkläre den Kollegen, dass wir Streit hatten und du überreagiert hast.«

Mit aller Kraft schlug ich zu!

Das Glas krachte gegen die Schläfe meines Vaters, zerknackte unter meinen Fingern, Gurkenwasser spritzte mir ins Gesicht.

Er taumelte zur Seite.

Mit einem Satz sprang ich hinter der Theke hervor, Biergläser klirrten auf die Fliesen, ich rannte aus der Kneipe, die Treppe hoch, krachte gegen Molles Wohnungstür, fiel in den Flur, sprang wieder auf, knallte die Tür hinter mir zu und presste meinen Rücken dagegen!

Mein Körper bebte, mein Kopf dröhnte.

Doch im gleichen Moment kam das Triumphgefühl!

»Hoffentlich bist du tot, Arschloch!«, schrie ich.

Im nächsten Moment zuckte ich zusammen, weil Danner mit beiden Händen mein Gesicht griff: »Was ist passiert?«

Ich tastete meine Stirn ab. Meine Hand war blutüberströmt und roch nach eingelegten Gurken. Verwundert betrachtete ich die Schnitte, die die Scherben in meiner Handfläche hinterlassen hatten. Komisch eigentlich, dass das nicht wehtat.

Mit der Linken griff ich mir in die Haare und zog büschelweise blonde Strähnen heraus.

»Dein Vater oder dein Bruder?«

»Vater.«

Behutsam schob Danner mich zur Seite, um im nächsten Moment die Tür aufzureißen und die Treppe hinunterzuspringen.

Ich wollte ihm folgen, aber mein Rücken schien an der Wand festgeklebt, meine Knie wackelten so stark, dass sie jeden Moment wegknicken konnten.

»Verdammt!«, hörte ich Danner unten fluchen.

Im gleichen Moment öffnete er Molles Wohnungstür schon wieder ... oder vielleicht waren doch ein paar Sekunden vergangen, er konnte ja nicht fliegen.

»Weg«, knurrte Danner ärgerlich.

Doch nicht tot. Schade eigentlich.

Danner schob mich in Molles chaotisches Badezimmer. Der nicht gerade kleine Raum war vollgestellt mit Regalen, in die Molle verwaschene Handtücher gestopft hatte, einem Wäscheständer, der unter seiner Last in die Knie gegangen war und Schieflage hatte wie ein sinkendes Segelschiff, und einem Berg Schmutzwäsche auf einer vollgekrümelten Badematte. In der Dusche zählte ich vier verschiedene Hundepflegeprodukte, während ein Shampoo für Menschen fehlte.

Danner ließ Wasser über meine Hand laufen. Mein Blut färbte die Kalkflecken im Waschbecken rot.

War das Wasser warm oder kalt? Keine Ahnung. Ich war wie betäubt. Früher hatte ich mich dauernd in diesem Zustand befunden, erinnerte ich mich. Nicht einmal den gebrochenen Kiefer hatte ich bemerkt.

Danner zog einen Strickpulli, der wohl schon seit dem Winter vor sich hin trocknete, aus den tieferen Lagen des sinkenden Wäscheständers. Er wickelte mich in den kratzigen Stoff und rubbelte mir den Rücken, während er mich festhielt.

Das Zittern ließ nach. Ich spürte Danners Hand warm durch die harte Wolle und erinnerte mich, wie sehr mich das Prickeln, das seine Berührungen auf meiner Haut hinterließen, anfangs verwirrt hatte.

»Der mittlere Schnitt sieht ziemlich tief aus.« Danner deutete auf eine Verletzung im Kleinfingerballen, aus der immer noch hellrotes Blut ins Waschbecken lief. »Das sollen die im Krankenhaus gleich nähen.«

Ich bewegte die Finger und spürte auf einmal das Pochen in meiner Handfläche. Der Schmerz kam.

Hah!

Ich fühlte. Ich lebte noch. Ich war nicht vor Schreck erstarrt wie ein Kaninchen nach einer Wolfattacke.

Vielleicht kriegte ich das mit der Widerstandskraft doch gebacken …

27.

»Tut mir leid, Herr Schröder ist nicht mehr hier.«

Es war halb sieben, als wir endlich auf der Intensivstation eintrafen.

Die junge Assistenzärztin in der Notaufnahme hatte den Schnitt an meiner Hand mit zwei Stichen genäht und einen dicken, weißen Verband angelegt.

Jetzt zuckte die Krankenschwester entschuldigend die Schultern. Es war die Frau mit den roten Rastazöpfen und der dunklen Brille, die uns etwas ganz Ähnliches schon vor zwei Tagen gesagt hatte.

Danner neigte ungläubig den Kopf zur Seite.

»Haben Sie den Patienten etwa schon wieder verloren?«, erkundigte ich mich spitz.

Die Pflegerin zog eine verärgerte Schnute: »Natürlich nicht. Herr Schröder wurde heute Mittag auf die normale Station verlegt. Sie finden ihn im dritten Stock, Zimmer 311.«

Staschek saß auf dem Stuhl neben Molles Bett und futterte ihm das aufgeweichte Butterbrot weg, das man Molle unter einer Plastikabdeckung auf den ausklappbaren Nachttisch gestellt hatte. Offenbar hatte der Kripochef Feierabend gemacht und überließ die Befragung von Jonas der Wegner.

Molles neues Zimmer hatte eine eigene Toilette und Platz für mindestens zwei weitere Betten. Zurzeit stand Molles Bett allerdings allein und etwas verloren in der hinteren Zimmerecke am Fenster.

Molle saß gekämmt und rasiert in einem Trainingsanzug auf der Matratzenkante. Ich musste mich noch an den Anblick gewöhnen. In seiner Hand steckte unter einem Pflaster die Kanüle, an die die Infusionen angeschlossen werden konnten. Ansonsten waren die Schläuche verschwunden.

Gott sei Dank.

»Was ist denn mit deiner Hand passiert?« Molle deutete mit gerunzelter Stirn auf den dicken, blütenweißen Mullverband, den mir die Ärztin in der Notaufnahme verpasst hatte.

Ich winkte ab: »Sieht schlimmer aus, als es ist. Was ist mit deinem Herz?«

Molle winkte ebenfalls ab.

Ich knuffte den Dicken tadelnd in die Seite.

Danner hielt ihm die Pappschachtel mit den chinesischen Nudeln unter die Nase, die wir beim Imbiss besorgt hatten, weil aus dem Glas Gurken ja nichts geworden war.

Molle stellte den Karton auf seinen Nachttisch: »Habt ihr was Neues?«

Danners Blick wanderte zu Staschek: »Was hat Lenny dir denn so erzählt?«

Staschek sah immer noch aus wie ein Straßenköter nach einem harten Winter. Er rückte mit seinem Plastikstuhl von Danner weg. »Die Kollegen werden morgen hier auftauchen. Ich dachte, ich bringe Molle lieber schonend bei, was die von ihm wollen«, gab er zu.

»Ihr könnt Jonas nicht in Untersuchungshaft nehmen«, erklärte Danner sachlich.

»Nicht als Verdächtigen für den Tod von Frederik von Schlärke.«

»Und im Fall Korbinian Meier ist doch gar nicht klar, ob es sich überhaupt um ein Verbrechen handelt. Oder gibt's da neue Erkenntnisse?«

»Netter Versuch«, knurrte Staschek, beantwortete die Frage dann aber doch. »Nee. Ich hab Molle ja auch gesagt, dass es ganz gut für Jonas aussieht, wenn der Junge kooperiert.«

Danner zwinkerte Molle zu.

Es klopfte.

Staschek griff eilig nach dem letzten schlabberigen Butterbrot und stopfte es sich in den Mund. Offenbar fürchtete er, die Krankenschwester könnte es ihm aus der Hand schlagen, wenn sie ihn damit erwischte.

Allerdings öffnete sich die Tür nur zögernd. Die unter Zeitdruck stehenden Angestellten marschierten gewöhnlich im Stechschritt herein.

Die Frau mit den schulterlangen, schwarzen Haaren hingegen lugte vorsichtig um die Ecke. Ihr dreieckiges Gesicht bestand hauptsächlich aus den dunkel geschminkten Augen und dem aufsehenerregenden Mund.

Schau an.

Jetzt wurde es interessant.

Molles Arm sank von meinen Schultern.

Ich rutschte vom Bett, um ihr Platz zu machen. Weil Danner und Staschek die Stühle besetzten, hockte ich mich auf Danners Schoß.

»Hallo, Jochen.« Margo drückte die Tür hinter sich zu und blieb unentschlossen im Zimmereingang stehen.

»Schön, dass du da bist«, sagte Molle, als hätte er mit ihrem Besuch gerechnet. »Komm rein.«

Er strich sein sauberes T-Shirt glatt.

Ach so? Reichlich spät schaltete ich. Molle hatte tatsächlich auf ihren Besuch gehofft. Deshalb duschte er neuerdings.

Ach, Molle.

Danner deutete mit dem Kopf zur Tür, um mir mitzuteilen, dass wir uns verpissen und Molle und Margo allein lassen sollten.

Jetzt, wo es spannend wurde?

Ich tippte mir an die Stirn.

Danner verdrehte die Augen und rutschte mit mir und dem Stuhl zur Seite, um Margo durchzulassen. Sie zupfte nervös an ihrem kurzen, dunklen Rock, als sie ans Bett trat. Ich registrierte, dass der Saum knapp die Mitte ihres Oberschenkels erreichte.

»Vor deiner Kneipe sitzt ein Obdachloser, der hat mir gesagt, dass du im Krankenhaus bist«, erklärte Margo verlegen.

»Ich gebe ihm bei Gelegenheit ein Bier aus«, meinte Molle.

Im nächsten Moment kullerten schon Tränen über Margos Wangen: »Jonas …«

»Ist nicht deine Schuld.« Molle nahm ihre Hand.

Danner packte Staschek und mich am Kragen, zog uns auf die Füße und schob uns energisch zur Tür.

28.

Ich wachte auf, weil irgendwo Geschirr klapperte. Ein ungewohntes Geräusch in unserer WG, denn normalerweise machten wir uns, selbst um eine Tasse Tee aufzubrühen, auf den Weg in Molles Kneipe.

Ich wollte mich aufsetzen, doch der Schmerz hinter meiner Stirn hinderte mich daran, meinen Kopf vom Kissen zu heben. Eine Sekunde später spürte ich das Pochen der kurzen Naht unter dem dicken Verband an meiner Hand.

Stöhnend rollte ich mich auf die Seite, krabbelte aus dem Bett und hielt mir die Stirn, während ich in unsere Küche hinüberschlurfte. Eigentlich wurden hier häufiger Hanteln bewegt als Bratpfannen. Doch heute Morgen roch es nach Kaffee und Hundefutter. Staschek saß in Boxershorts und Unterhemd an unserem wackligen Esstisch und hatte die langen, knochigen Beine auf den dicken Hantelscheiben darunter abgelegt. Er balancierte einen dampfenden Plastikfilter auf einem Becher. Auf dem Stuhl neben ihm saß Molles haarige, kleine Promenadenmischung und leckte sich die Schnauze.

Ich blieb in der Tür stehen. Nebenan rauschte die Dusche. Bis Danner auftauchte, würde es noch dauern. Mir tat alles weh, ich fühlte mich nicht bereit für die nächste Auseinandersetzung mit Staschek.

Andererseits stand hier mein Name im Mietvertrag, Staschek durfte nur auf dem Sofa schlafen. Ich würde mich nicht von ihm aus meiner eigenen Küche vertreiben lassen.

Ich versuchte, die Schultern zu straffen, schlurfte an dem Kommissar vorbei zur Spüle und kramte ein Kartoffelschälmesser aus der Besteckschublade, weil ich keine Schere fand. Damit säbelte ich mir den Mullberg vom Arm. Meine mit orangefarbenem Jod verschmierte Hand kam zum Vorschein. Ich spülte das Desinfektionsmittel über der Spüle ab und bewegte vorsichtig den kleinen Finger. Die kurze Naht, aus der die dunklen Enden des selbstauflösenden Fadens ragten, sah ganz gut aus. Ich fummelte ein Pflaster aus dem Verbandskasten neben den Töpfen, den wir öfter benutzten als den Herd.

Nachdem ich meine Hand verarztet hatte, holte ich mir einen Becher aus dem Schrank, stellte ihn neben Staschcks Tasse auf den Tisch und ließ mich auf den freien Stuhl rechts von ihm sinken.

Staschek musterte mich mit dem gleichen, angepissten Gesichtsausdruck wie der größenwahnsinnige Schoßhund neben ihm: als hätte ich mich unerlaubt in sein Revier getraut.

Wäre meine Hand nicht frisch genäht gewesen, hätte ich ernsthaft in Erwägung gezogen, beiden eins mit einem Puschen überzubraten. Sekundenlang schwiegen wir uns an. Es war nur eine Frage der Zeit, bis die Spannung zwischen uns einen Lichtbogen schlagen und Staschek die ungekämmten Haare verkohlen würde.

»Ich kapier es nicht«, platzte Staschek schließlich heraus. »Mir ruinierst du mein Leben, aber für Molles asozialen Nachwuchs reißt du dir den Arsch auf?«

Musste ich das wirklich erklären?

Staschek trommelte mit den Fingern auf den Tisch.

»Ich lüge jederzeit gern für dich, Lenny«, antwortete ich so liebenswürdig wie möglich. »Solange du Lena nicht wehtust.«

Treffer.

Staschek senkte den Blick auf seinen Kaffeebecher. Der Pott war längst übergelaufen, eine braune Pfütze bildete sich drum herum auf dem Tisch.

Danner schlurfte in Boxershorts in die Küche und küsste mich auf den Nacken.

Staschek bugsierte den tropfenden Filter auf meine Tasse hinüber, schaufelte einen Löffel Pulver aus der Kaffeedose nach und kippte heißes Wasser darüber.

29.

Jonas, Dennis, Frederik, Korbinian und Siri waren zusammen auf dem Kran gewesen. Korbinian und Frederik waren tot. Jonas schlossen wir als Täter aus.

Die Auswahl der Verdächtigen war also begrenzt.

Siri und Dennis blieben noch übrig.

Wir brauchten ein Motiv, das mindestens genauso stark war wie die Rache für vier verlorene Lebensjahre.

Deshalb parkte Danner den Spitfire an diesem Vormittag erneut vor dem schmuddeligen Mehrfamilienhaus mit den blauen Balkonen in Bochum-Laer.

»Siri war Korbinians Freundin, hat aber mit Frederik zusammengewohnt und mit Jonas geschlafen. Klingt einigermaßen vielversprechend«, fand er. Immerhin war Frederik vor seinem Tod so schlecht auf Siri zu sprechen gewesen, dass diese lieber bei ihrer Mutter als in der gemeinsamen WG übernachtet hatte.

Eine hochgewachsene Frau wartete vor einer Wohnungstür, an der ein sonnengelbes Werbeplakat hing:

Bring deine Energie mit dir in Einklang!
Andrea Bodschwinna
Yoga- und Reikilehrerin

Ein rauchiger Geruch breitete sich im Treppenhaus aus.

Ihr schmales Gesicht und ihre Größe ließen auf eine gertenschlanke Figur schließen. Ganz sicher konnte ich das allerdings nicht beurteilen, weil eine ausgebeulte bunte Yogahose und eine wallende Tunika ihren Körper verhüllten. Die grauen Strähnchen in der brünetten Kurzhaarfrisur hatte sie vermutlich nicht hineingefärbt, um sie aufzupeppen. Ihr Gesicht wirkte möglicherweise etwas älter als die Frau war, denn es besaß kaum Fett, das ihre Fältchen hätte aufpolstern können.

»Danner und Ziegler.« Mittlerweile hatte ich mich beinahe daran gewöhnt, unsere Namen im selben Atemzug zu nennen. Klang fast wie ein Doppelname. »Wir würden gern mit Ihrer Tochter sprechen.«

»Siri ist nicht da.«

»Wo finden wir sie?«

»Geht es wieder um Korbinians Unfall? Meine Tochter wurde schon befragt.«

»Wir untersuchen die Todesumstände von Frederik von Schlärke«, erläuterte Danner.

Siris Mutter riss die Augen auf: »Frederik ist auch tot?«

»Er wurde gestern gefunden.«

»Entschuldigen Sie.« Sie wandte sich ab. »Ich muss mich setzen.«

Die Hand an der Stirn taumelte sie in den Flur zurück.

Danner zuckte die Schultern und folgte ihr. Der Gang war eng und kurz und vollgestellt mit einer Garderobe, Schuhregalen und -schränkchen und aufgereihten Frauenschuhen aller Sorten. Und er führte mit Sicherheit nicht in ein Yogastudio, das hier war eindeutig eine Privatwohnung.

Wir kamen in ein ebenso vollgestelltes Wohnzimmer. Sah aus, als hätte Siris Mutter beim Möbelkauf die stark begrenzte Quadratmeterzahl konsequent ignoriert. Kleiderschrank, Couchtisch, Schreibtisch, Drehstuhl, Esstisch, vier weitere Stühle, Bücherregal und Kommode standen knirscheng an die Zimmerwände gequetscht. Die Raummitte, die dazwischen frei blieb, maß kaum zwei Quadratmeter. Der Fernseher stand auf dem Schreibtisch, eine Glasvase mit Räucherstäbchen und gleich vier unterschiedlich große Buddha-Statuen entdeckte ich auf dem Couchtisch. Als Sofa diente ein Bett mit Kissen.

Irgendwie hatte ich mir das Zuhause der schönen Siri anders vorgestellt. In ihrer Studentenbude mit Dennis und Frederik lebte sie deutlich luxuriöser als bei ihrer Mutter.

»Sie kannten Frederik von Schlärke?«, erkundigte ich mich.

Sie ließ die Schultern hängen. »So ein gebildeter, hübscher Junge. Wirklich ein Traumschwiegersohn.«

Frederik?

»Ich dachte, Ihre Tochter war mit Korbinian Meier liiert?«, wunderte ich mich.

»Korbinian hat Siri kennengelernt, weil er der beste Freund von Frederik war«, erklärte sie. »Ich habe keine Ahnung, warum sie einen feinsinnigen Jungen wie Freddi wegen dieses … entschuldigen Sie, wegen dieses Meister Propers verlassen hat.«

»Wir müssen wirklich dringend mit Ihrer Tochter sprechen«, fand Danner.

»Sie arbeitet.« Siris Mutter schüttelte den Kopf. »Da können Sie schlecht stören.«

»Das überlassen Sie ruhig uns«, entgegnete Danner. »Wo arbeitet sie?«

Siris Mutter stützte das Gesicht in die Hände.

»Frau Bodschwinna?«

»Siri und ich haben gemeinsam ein kleines Yogastudio betrieben, sie ist Physiotherapeutin und Yogalehrerin. Ich bin wirklich stolz, dass sie in meine Fußstapfen tritt. Frederik hat uns ein Laufband geliefert, seitdem waren die beiden ein Paar. Sie sind sogar zusammengezogen.«

»Und dann hat sie Korbinian kennengelernt?«, hakte ich nach.

»Er … er hat sie abgeworben, kann man sagen«, nuschelte Siris Mutter undeutlich. »Klar, unsere Selbstständigkeit bedeutete viel Arbeit und wenig Geld. Kein Vergleich zu Korbinians Jobangebot: Jetzt ist sie die ›Teamleitung Yoga‹ bei *Kraft-Meier*, mit Dienstwagen, Weihnachtsgeld und Bonuszahlungen. Und irgendwann ist sie eben auch mit Korbinian zusammengekommen.«

Autsch.

»Ich fand es nicht gut, dass Siri sich so von ihrem neuen Freund abhängig gemacht hat«, fuhr sie fort.

Und dass ihre Tochter jetzt für die Konkurrenz arbeitete, war wohl auch kein Grund für einen Jubelschrei.

»Sie muss ihren eigenen Weg finden, sagt Siri«, seufzte Andrea Bodschwinna. »Aber ehrlich gesagt, habe ich das Gefühl, dass ihr Leben zurzeit schrecklich schiefläuft.«

30.

Auch vormittags herrschte im kraftmeierschen Sportlerparadies reger Betrieb. Auf der weitläufigen Trainingsfläche schwitzten hauptsächlich diejenigen, die morgens um halb zehn Zeit dazu hatten: Rentner, Frauen und drei Halbwüchsige, die möglicherweise die Schule schwänzten. Vergnügtes Indianergeheul lenkte meine Aufmerksamkeit auf einen mit Plexiglas abgetrennten Bereich hinten links in der Ecke, den ich dank Krabbeltunneln, Minikletterwand und Bällebecken als Spielecke identifizierte.

Siri Bodschwinna zu finden, war kein Problem. Sogar im weißen *Kraft-Meier*-Dress mit dem peinlichen Logo sah sie aus wie ein Model aus einem Sportkatalog. Ihre Mutter war deutsch, ihr exotisches Aussehen musste sie ihrem leiblichen Vater verdanken.

Vielleicht ein Grieche. Oder besaß Siri indische Wurzeln? Ihre Mutter könnte sie ja von einem Yogaseminar mitgebracht haben, überlegte ich.

Ich tippte Danner an und deutete auf den Gruppenraum, der durch eine Glaswand von der Trainingsfläche abgetrennt war.

Während sich eine Frauengruppe auf den Gymnastikmatten verrenkte, unterhielt sich Siri mit einer etwas kleineren jungen Frau mit strubbeligem Kurzhaarschnitt, die ebenfalls den obligatorischen *Kraft-Meier*-Anzug trug. Ich erkannte

Kornelia Meier, Korbinians Schwester. Wir hatten sie schon bei unserem ersten Besuch im Fitnessparadies getroffen.

Die beiden jungen Frauen mussten sich ganz gut kennen, wurde mir klar. Kornelia Meier war nicht nur Siri Bodschwinnas Arbeitgeberin, sondern auch ihre Beinaheschwägerin.

Die beiden umarmten sich, bevor Kornelia den Raum durch die Glastür verließ und auf uns zukam. Zu ihrem weißen *Kraft-Meier*-Shirt trug sie eine knielange, figurbetonte Sporthose. Ich bemerkte die pinkfarbenen Klebestreifen auf ihrem rechten Kniegelenk, die auch Sportler im Fernsehen neuerdings trugen.

Offenbar erkannte sie uns ebenfalls, denn sie stutzte und blieb stehen: »Guten Morgen. Sie sind die Detektive, oder? Kann ich Ihnen helfen?«

Danner nickte. »Vielleicht haben Sie schon davon gehört, dass Korbinians bester Freund Frederik von Schlärke ebenfalls tot aufgefunden worden ist.«

Kobinians Schwester schluckte: »Freddi?«

Sie tastete nach dem Krafttrainingsgerät, neben dem wir standen, ein stylisher Metallkoloss, an dem ein Stapel Gewichtscheiben angebracht war. »Nein ... nein, davon habe ich noch nicht gehört. Entschuldigen Sie.«

Sie sank auf die Kante eines dunklen Polsters, auf dem man normalerweise wohl auf dem Rücken lag.

»Ich hole Ihnen ein Glas Wasser.« Danner verschwand in Richtung Tresen.

Mein Blick fiel auf das silbrig schimmernde, ovale Schildchen am Turm des Gerätes, in dem sich die Gewichte bewegen ließen. *Toptrain* stand da. Und darunter: *von Schlärke.*

Jonas hatte erzählt, dass die Freundschaft zwischen Freddi und Korbinian irgendwann mal wegen der geschäftlichen Beziehungen von Frederiks Eltern zu den Meiers begonnen habe. Offenbar hielten diese Beziehungen bis heute an. Wenn in allen *Kraft-Meier*-Filialen *Von-Schlärke*-Geräte standen, hatten Frederiks Eltern durch Korbinian Meiers Familie viel Geld verdient.

»Sie kannten Frederik schon lange, oder?«

Kornelia nickte: »Er war Korbis ältester Freund.«

Danner hielt ihr ein Glas Wasser hin und sie nahm einen Schluck.

»Wann haben Sie Frederik denn zum letzten Mal gesehen?«

»In letzter Zeit nicht mehr oft.« Die junge Frau fuhr sich durch die kurzen Haare. »Ich hab viel gearbeitet und die …«, sie zögerte kurz, dann zuckte sie die Achseln, »… die haben immer noch Scheiße gebaut, das wissen Sie ja schon.«

»Glauben Sie, es ist reiner Zufall, dass die beiden so kurz hintereinander zu Tode gestürzt sind?«, erkundigte ich mich.

»Glauben Sie das nicht?« Ganz kurz wanderten die nussbraunen Augen durch die Glaswand in die Gymnastikhalle.

Zu Siri Bodschwinna.

Als Kornelia Meier merkte, dass mein Blick ihrem folgte, sah sie wieder mich an: »Überrascht bin ich jedenfalls nicht.«

»Sowohl Ihr Bruder Korbinian als auch Frederik von Schlärke waren mal mit Siri Bodschwinna liiert.« Danner war ihr Blick ebenfalls nicht entgangen. Er deutete mit einer Kopfbewegung durch die Scheibe, wo Siri auf der Matte ihren gertenschlanken Körper nach hinten bog, um über ihren Kopf hinweg die Fußspitze ihres Beines zu greifen.

»Gab es da keine Spannungen zwischen den dreien?«

Kornelia schwieg.

»Frau Meier?«, hakte Danner nach.

»Freddi hat schon in der Grundschule gern seine Freundinnen an Korbinian weitergereicht, wenn sie ihm lästig wurden«, antwortete die junge Frau seufzend. »Aber wenn Sie wissen wollen, was mit Siri gelaufen ist, müssen Sie sie schon selbst fragen.«

Kuhgesicht hieß die Übung, mit der Siri Bodschwinna ihren Yogaunterricht eine Viertelstunde später beendete. Die Frauen wischten sich den Schweiß von der Stirn. Siri strich sich eine lange schwarze Haarsträhne, die sich aus ihrem Pferdeschwanz gelöst hatte, hinter das Ohr, während sie sich über einen auf einer Turnbank deponierten Aktenordner beugte.

Wir traten neben sie.

»Ziegler und Danner. Wir ermitteln die Todesumstände von Korbinian Meier und Frederik von Schlärke und würden uns gern mit Ihnen unterhalten«, klärte Danner sie direkt auf.

Siri richtete sich auf, ihre leicht schräg stehenden Augen wurden groß, als sie mich erkannte.

»Hi, Siri«, grüßte ich.

»Wieso ermitteln? Ich denke, du studierst Sport?«, entgegnete sie irritiert. »Und was ist mit Freddi passiert?«

Danner setzte sie knapp über die neuesten Geschehnisse in Kenntnis.

Siris dunkler Teint verfärbte sich gräulich. »Das kann doch alles nicht wahr sein!«

»Wo waren Sie gestern zwischen zehn und vierzehn Uhr?«, erkundigte sich Danner.

»Hab gearbeitet«, stammelte sie. Ihr Blick blieb an mir hängen: »Ihr seid von der Polizei?«

»Wir ermitteln privat«, erklärte ich. »Für deinen Freund.«

»Das ist nicht witzig.« Siri kräuselte verärgert die Nase. »Korbi ist tot.«

»Ich spreche von Jonas Schröder«, korrigierte ich.

Das Mädchen zuckte zusammen. Hastig sah sie sich um, offenbar fürchtete sie, jemand könnte meine Worte gehört haben. Doch die Kursteilnehmerinnen waren in ihre eigenen Gespräche vertieft.

»Sie haben anscheinend nicht nur mit Korbinian Meier und Jonas Schröder ein intimes Verhältnis gehabt, sondern auch mit Frederik von Schlärke«, bemerkte Danner.

Seine Worte ließen Siri erstarren. »Korbinian war mein Freund und mit Freddi habe ich mich auch nach der Trennung noch immer gut verstanden.« Sie räusperte sich, weil ihre Stimme heiser klang. »Wir haben sogar noch zusammen gewohnt.«

»Hast du mit Freddi Schluss gemacht?«, wollte ich wissen. »Oder hat er dich an seinen Kumpel Korbinian weitergereicht?«

Siri tippte sich an die Stirn: »Hast du eine Macke? Freddi hat sich von mir getrennt. Korbinian und ich sind uns erst später nähergekommen, als wir jeden Tag zusammengearbeitet haben.«

»Ihre Beziehung mit Korbinian lief immerhin so gut, dass Sie eine Affäre mit Jonas Schröder begonnen haben«, blieb Danner stur.

»Eine – was?« Siri schnappte nach Luft, während sie zur Glastür ging, die die letzten Yogatanten offen gelassen hatten. »Hat Jonas dir etwa so einen Mist erzählt?«, zischte sie mich an, während sie die Tür zudrückte.

Ich zog eine Braue hoch.

Nach der großen Liebe klang das nicht. Zumindest nicht von ihrer Seite aus. Bei Jonas mochte das anders sein, der hatte immerhin, ohne zu zögern, falsch ausgesagt, um Siri aus der Sache herauszuhalten.

Siri strich wieder die längst hinter ihrem Ohr klemmende Haarsträhne zurück, während ihr Blick durch die Glaswand über den Krafttrainingspark des Fitnessstudios wanderte. Kornelia Meier erklärte gerade einem Kunden eine Hantelübung.

»Du hast Schiss um deinen Job?«, schaltete ich.

Korbinians Schwester war Siris Vorgesetzte. Sein Vater ihr Arbeitgeber. Selbst wenn Kornelia das Verhalten ihres Bruders Frauen gegenüber nicht gutgeheißen hatte, wäre die Familie bestimmt nicht begeistert zu erfahren, dass Siri Korbinian kurz vor seinem Tod betrogen hatte.

»Mein Stiefvater ist besoffen, seit Opel dichtgemacht hat.« Siri funkelte mich wütend an. »Meine Mutter lässt sich scheiden, zieht in eine gammelige Zweizimmerbutze und kann von ihren Yogakursen nicht mal die Miete bezahlen. Auch wenn es ihr nicht passt, dass ich hier arbeite, ist sie froh, dass ich ihr die Wohnung bezahle und den Kühlschrank fülle. Also ja, ich habe Angst um meinen Job, so eine Chance wie hier kriege ich nämlich nicht noch mal.«

»Wussten Sie, als Sie Jonas nach dem Streit auf dem Kran nachgelaufen sind, dass Korbinian tot war?«

»Ich bin Jonas nicht nachgelaufen. Hören Sie auf, Lügen zu verbreiten!«, keifte Siri genervt.

»Wir haben Sie mit Jonas vor dem Haus Ihrer Mutter gesehen, Frau Bodschwinna«, warnte Danner sie.

Siri verstummte.

»Okay«, seufzte sie dann. »Korbinian hat mich hinter Jonas hergeschickt. Ich sollte ihn beruhigen und dazu bringen, Korbis Videos weiter mit Akrobatik aufzumotzen. Ich sollte Jonas das Köpfchen streicheln, dann würde er sich schon beruhigen, er hätte schließlich seit Jahren keine Frau mehr aus der Nähe gesehen, hat Korbi gemeint.«

»Korbinian *wollte*, dass du mit Jonas ins Bett gehst?«

»Natürlich nicht! Das ist … irgendwie passiert.« Siri kaute auf ihrer Unterlippe. »Korbinian glaubte ja, dass ich mich nicht von ihm trennen konnte, wegen dem Job und so. Deshalb meinte er, mich herumkommandieren zu können. Und Jonas war einfach nett zu mir an dem Abend …«

»Das heißt, wenn Korbinian nicht tot wäre, wärt ihr jetzt getrennt«, versuchte ich angestrengt, ihren Ausführungen zu folgen.

»Natürlich nicht!« Siri stemmte empört die Hände in die schmalen Seiten. »Vielleicht hätte er ja dadurch mal angefangen nachzudenken.«

Du träumst doch, du Tussi!

Irgendwie fiel es mir schwer, Siris Gedankengänge nachzuvollziehen. Aber eines meinte ich ziemlich deutlich herauszuhören: Siri hätte Jonas eiskalt wieder abserviert für den millionenschweren Korbinian und die Teamleiterinnen-Karriere. Dabei war sie mir bei unserer nächtlichen Besichtigung des Opel-Werks beinahe sympathisch geworden.

»Jonas bringe ich schon bei, dass ich meinen Job nicht wegen einer Affäre aufs Spiel setzen werde«, bemerkte Siri.

»Ich habe keinen Bock auf den nächsten Spinner, der mit meinem Arsch seine Internetfilmchen verschönern will.«

Siri plante also keine Zukunft mit Jonas. Eine böse Idee tauchte in meinen Gedanken auf.

Ich sprach sie aus, bevor sie wieder verschwamm: »Du hast Frederik, Korbinian und Jonas gevögelt. Was ist mit Dennis Plau?«

Danner horchte interessiert auf.

»Wie bitte?« Siri schüttelte entrüstet den Kopf. »Tickst du nicht richtig? Guck dir den doch mal an.«

31.

»Siris Alibi ist ziemlich dicht.«

Ich schleuderte die Teilnehmerlisten von Siri Bodschwinnas Yogagruppen, die Kornelia Meier uns ausgedruckt hatte, aufs Armaturenbrett. Als Danner unseren Oldtimer schräg auf dem Gehweg vor Molles Kneipe parkte, hatten mir bereits mehrere Yogaschülerinnen bestätigt, dass Siri gestern von zehn bis zwölf Uhr die kranke Kuh vorgeturnt hatte. Ab halb eins war sie dann mit Kornelia Meier persönlich unterwegs gewesen. Zu Bewerbungsgesprächen in Dortmund, wo das örtliche *Kraft-Meier*-Studio nach einer Yogakursleiterin suchte.

»In der halben Stunde Mittagspause in die Hustadt zu fahren, Frederik eben schnell vom Dach zu schubsen und um halb eins mit Kornelia im Wagen nach Dortmund zu sitzen, das wird ziemlich eng.« Ich stieg aus und schlug die Wagentür hinter mir zu. »Dabei hätten die Sexgeschichten innerhalb der Kletterclique ein wunderbares Mordmotiv abgegeben.«

Wenn auch nicht ganz so überzeugend wie die Rache für den ungerechtfertigten Gefängnisaufenthalt, fügte ich in Gedanken hinzu.

»Wenn wir Siri als Täterin ausschließen können, bleibt nur noch Dennis übrig.« Danner hielt mir die Haustür auf.

»Und der ist ausgerastet, weil Siri alle rangelassen hat außer ihm?«, zweifelte ich.

»Sind solche frustrierten Typen nicht die typischen Amokläufer?«, klammerte sich Danner an unseren letzten Verdächtigen.

Ich hielt inne. Es war Mittagszeit, automatisch hatten wir den Weg nach Hause eingeschlagen, doch in der verlassenen Kneipe würde es keine Kartoffelpuffer geben. Trotzdem roch es im Treppenhaus merkwürdig.

Mein Blick fiel auf die kaputte Scheibe von Molles Kneipentür, die Naht an meinem Handballen begann zu puckern.

Es roch verbrannt. Und ich bildete mir ein, gedämpfte Stimmen aus der Gaststätte zu hören.

Prompt projizierte meine Fantasie einen Stummfilm auf die kahle Flurwand, in dem mein Vater einen Benzinkanister über Molles liebevoll blank polierter Theke entleerte.

Schwachsinn! So was machte mein Vater doch nicht selbst!

Mein Puls beschleunigte trotzdem.

Auch Danner schnüffelte. Dann bückte er sich, um durch das faustgroße Loch in der milchigen Scheibe in die Gaststätte zu spähen.

Panik schnürte mir die Kehle zu. Ich war nicht darauf vorbereitet, meinem Vater schon wieder gegenüberzustehen. Immer noch nicht. Verdammt! Spätestens nach dem Gurkenglas-Zwischenfall hätte ich darüber nachdenken sollen, wie ich beim nächsten Mal reagieren wollte.

Danners Grinsen gab Entwarnung.

Ich zwang mich zu atmen. Er legte einen Finger an die Lippen, bevor er zur Seite wich, um mich durch das Loch gucken zu lassen.

Eine hochgewachsene Frau saß mit dem Rücken zur Tür. Doch der beneidenswert dicke, lackschwarze Zopf, der ihren Rücken hinunter bis zu ihrer Sanduhrtaille baumelte, reichte, um sie zu identifizieren.

»Das wurde auch Zeit«, flüsterte ich.

Staschek stellte eine Auflaufform auf den Tisch. Aus der Keramik stieg dunkler Qualm auf.

Die Frau neigte skeptisch den Kopf zur Seite.

»Kann der Idiot sie nicht einfach irgendwohin einladen?« Danner drängelte mich weg, um selbst weiter zu spionieren. »Der weiß doch nicht mal, wie ›vegetarisch‹ buchstabiert wird.«

Wenn mich nicht alles täuschte, hatte Staschecks Frau Verena stark abgenommen. Doch im Gegensatz zum Kriminalkommissar war sie trotz Ehekrise weiterhin in der Lage, sich gesellschaftlich akzeptabel anzuziehen.

Staschek hingegen war unrasiert, schlecht gekämmt und merkwürdig gekleidet. Und mit verkohlten Nudeln sammelte er bestimmt keine Extrapunkte, um seine Ehe zu retten.

»Du hast echt Nerven, Lennart!«, schimpfte Verena nun.

Danner und ich rangelten lautlos um unser Guckloch, um nicht zu verpassen, wie sie Staschek die kokelnden Nudeln über den Kopf kippte.

»Deine Vorgesetzte geht dir an die Wäsche und du willst mir weismachen, dass du ihr *mir zuliebe* nicht auf die Finger gehauen hast?« Verenas normalerweise sanfte Stimme bekam einen schrillen Unterton.

Danner raufte sich die nicht vorhandenen Haare.

»Steh wenigstens dazu, dass es dir gefallen hat!« Verena sprang auf.

»Ich wäre meinen Job losgewesen, verdammt!«, wurde jetzt Staschek laut. »Arbeitslos mit Mitte vierzig, wir hätten das Haus verkaufen müssen. Warum kapiert das keiner von euch?«

Verena schleuderte angriffslustig ihren Zopf auf den Rücken: »Das Haus? Das Haus geht mir am Arsch vorbei, mein Lieber. Das ist *jetzt* sowieso weg! Aber vögele dich meinetwegen bis zum Vizepräsidenten hoch. Viel Glück!«

Danner und ich sprangen gleichzeitig von der Tür weg und hasteten die Treppe hoch. Gerade noch rechtzeitig schafften wir es, uns im ersten Stock gegen die Wand neben

Molles Wohnungseingang zu drücken, bevor Verena die Kneipentür hinter sich zudonnerte.

Klirrend zerplatzte der Rest der Scheibe, die Scherben prasselten auf den alten Steinboden im Hausflur.

32.

Heute spielte niemand Klavier. Mittags herrschte eine beinahe gespenstische Ruhe in dem Gebäude. Das Windlicht am Treppenaufgang flackerte wie bei unserem letzten Besuch. Im ersten Stock stand die Tür von Gabriele Plaus Hospizzimmer wieder offen.

Drinnen legte Gerhard Plau unendlich langsam einen Stapel Unterwäsche auf das Bett. Das Tempo seiner Bewegungen wirkte falsch, als würde er sich in einer anderen Zeitschiene bewegen. Wieder fiel mir sein unnatürlich gekrümmter Rücken auf. Erst danach registrierte ich die glatt gestrichene Decke auf dem leeren Bett.

Ich schluckte.

Ohne uns anzusehen, räumte Dennis' Vater weiter die Kommode aus. Als hätte er uns nicht bemerkt.

Danner klopfte gegen den Türrahmen.

Immer noch sehr langsam wandte der große, gebrechlich wirkende Mann mit den abstehenden grauen Haaren den Kopf. Er sah uralt aus.

»Ihre Frau ist …?« Danner verzichtete darauf, den Satz zu Ende zu bringen.

»Gestern Abend«, bestätigte Plau matt.

»Mein Beileid. Dann … ist Ihr Sohn auch hier?«, tastete sich Danner bemerkenswert vorsichtig vor.

Doch offenbar war er Dennis' Vater mit der Frage bereits zu nahe getreten, denn die knochigen Schultern des Mannes begannen zu zucken. Im nächsten Moment knickten seine dünnen Beine ein und er sackte zusammen.

Danner packte geistesgegenwärtig seinen Arm, konnte

aber nicht verhindern, dass Plau auf Knien auf dem Laminat landete. Hastig griff ich Dennis' Vater unter den anderen Arm und gemeinsam hoben wir ihn in den altmodischen Ohrensessel neben dem leeren Bett. Einen Moment lang befürchtete ich, er würde kopfüber wieder vom Stuhl kippen, dann verbarg er sein Gesicht in den Händen.

»Dennis hatte keine Zeit, sich von seiner Mutter zu verabschieden«, erklärte er so leise, dass ich mich unwillkürlich zu ihm herunterbückte, um ihn verstehen zu können. »Er war gestern Abend verabredet. Zum Sport.«

Verabredet?

»Hat Dennis erwähnt, mit wem er sich treffen wollte?«, erkundigte sich Danner.

Dennis Plaus Vater hob jetzt doch das Gesicht und musterte Danner verständnislos: »Meinen Sie wirklich, das mich das interessiert?«

Danner kratzte sich das raue Kinn.

»Ich verstehe Ihre Trauer, Herr Plau«, versuchte er es noch einmal diplomatisch. »Aber wir müssen Ihren Sohn dringend sprechen. Wissen Sie, wie wir ihn erreichen können?«

»Er hat sein Telefon ausgestellt.«

Ich ging vor Plaus Füßen auf dem Laminat in die Knie, damit er mir ins Gesicht sehen musste: »Dennis läuft schon länger vor dem Sterben seiner Mutter davon, oder?«

Plau starrte mich an, als würde mein Kopf unter meinem Arm klemmen, während ich mit ihm sprach.

Er bewegte den großen Schädel langsam auf und ab, was wohl ein Nicken sein sollte.

»Wo steckt Dennis?«, fragte Danner im Tonfall eines Bierzelt-Hypnotiseurs.

Bevor ich es verhindern konnte, legte Plau mir seine Hände auf die Schultern, seine knochigen kalten Finger umfassten meine Schlüsselbeine. »Dennis hat immer funktioniert.«

Er fing an, mich zu schütteln, aber er hatte kaum Kraft.

»Er ist so vernünftig und erwachsen, verstehen Sie? Ich habe mir nie Sorgen um ihn machen müssen.«

Klang nach einer Fehleinschätzung.

»Vielleicht hat Dennis nur so getan, als wäre er vernünftig und erwachsen?«, gab ich zu bedenken. »Um seine kranke Mutter nicht zu beunruhigen.«

So höflich wie möglich befreite ich mich aus Plaus gruseligem Griff.

»Sie haben recht«, murmelte der große Mann irritiert. »Seit Jahren drehte sich unser Leben um Gabis Krankheit. Da war ich froh, dass Dennis keine Probleme machte und ... ich habe nie nachgefragt.« Als wäre ihm das gerade erst klar geworden, hob er ruckartig den Kopf. »Ich muss mit meinem Sohn reden.«

»Wo könnte er stecken?«, nutzte Danner die Gelegenheit, seine Frage zu wiederholen.

»In seiner Wohnung?«, grübelte Plau.

Die WG beherbergte im Augenblick höchstens die Spurensicherung. Korbinian und Frederik waren tot. Bei wem verkroch sich Dennis Plau, wenn er sich verstecken wollte?

»Bei Ihnen zu Hause ist er sicher nicht?«, bohrte ich nach.

»Da hat er sich seit Wochen nicht blicken lassen ...«

»Vorsichtshalber sollten wir mal nachsehen«, beschloss Danner. »Wir begleiten Sie nach Hause.«

Gandalf der Graue richtete zornig seinen knorrigen Zauberstab auf mich. Zwei blaue Außerirdische mit spitzen Ohren und Affenschwänzen duckten sich misstrauisch und auf dem frisch bezogenen Bett unter ihnen hockte ein plüschiger Yoda. Vor dem Monitor des PCs saß zwischen verschiedenen Joysticks ein Keramikdrache auf einem faustgroßen Felsen.

Dennis stand mächtig auf Fantasygeschichten, schlussfolgerte ich angesichts der Poster an den Wänden seines noch immer komplett eingerichteten Kinderzimmers.

In seine schicke Studenten-WG hatten allerdings weder der Plüsch-Jedi noch der Keramikdrache miteinziehen dürfen. Weil er raus war aus dem Alter?

Dagegen sprach seine Yoda-Gummimaske …

Dennis hatte seinen besten Freunden keine Angriffspunkte bieten wollen, begriff ich nach kurzem Überlegen. Dieser Gedanke ließ eine Welle von Mitleid in mir hochsteigen.

Im Rest der Wohnung standen Bücherregale, ein wuchtiger Schreibtisch, ein Weinregal, ein Kamin und eine Wand voller gerahmter Fotos aus Dennis' Nerd-Zeiten. Und ein elektrisch verstellbares Pflegebett, mitten im Wohnzimmer.

»Denken Sie noch mal nach, Herr Plau. Mit wem war Dennis gestern verabredet? Könnte er bei einer Freundin sein?«

»Er hat gesagt, dass er zum Klettern wollte«, kramte Plau doch noch eine Info aus seinem Gedächtnis.

»Zum Klettern?«, wiederholten Danner und ich gleichzeitig.

»In der alten Zechenhalle vermutlich.« Plau zuckte die Schultern. »Da hat er ja auch gejobbt.«

33.

»Er wird kaum in der Kletterhalle übernachtet haben, um heute gleich weiter zu trainieren«, zweifelte ich an den Erfolgsaussichten unserer Suche.

»Hast du eine bessere Idee?«

Nein.

»Vielleicht hat jemand gesehen, mit wem er sich getroffen hat«, zuckte Danner die Schultern, als ich schwieg. »Oder irgendwas anderes.«

Der Parkplatz vor der alten Maschinenhalle war leer. Wir konnten unseren Wagen direkt vor dem Eingang neben einem einzelnen Fahrrad stehen lassen.

»Sieht aus, als wäre geschlossen.« Danner warf einen Blick auf seine Uhr. Mittlerweile war es Viertel vor zwei.

»Wann machen die denn auf?« Ich trat an die Eingangstür, an der die Öffnungszeiten des Kletterzentrums zu lesen waren.

»Da müsste aber allmählich irgendwer auftauchen.« Prüfend rüttelte ich an der Tür. Und siehe da: Sie war nicht abgeschlossen.

»Hallo?« Ich folgte Danner in den schmalen, mit hellem Holz verkleideten Flur, der in die Halle führte.

»Moment! Wir haben noch nicht geöffnet!« Eine pummelige Frau mit runder Brille steckte ihren Kopf aus einer Umkleidekabine. »Entschuldigung, die Tür hätte abgesperrt sein sollen.«

Sie trug kurze, graue Haare, Leggins und violette Plastikschlappen an den Füßen. Mit einem tropfnassen Wischmopp in der Hand trat sie uns in den Weg – als wollte sie uns wie ein Ninja mithilfe des Schrubberstiels daran hindern, in die Kletterhalle vorzudringen.

»Allein dürfen Sie nicht in die Halle. Die Trainer müssen jeden Moment auftauchen.« Sie zuckte die Schultern. »Die Studenten schlafen ab und zu mal länger.«

»Kein Problem, wir wollen gar nicht klettern«, beruhigte Danner die angriffslustige Putze. »Wir sind auf der Suche nach Dennis Plau. Er war angeblich gestern Abend hier. Und er jobbt hier, hat also vielleicht einen Schlüssel.«

Die Reinigungsdame schüttelte energisch den runden Kopf: »In der Halle bin ich grade fertig, da pennt keiner in der Ecke.«

»Wir warten auf die Trainer«, beschloss Danner. »Vielleicht hat Dennis jemandem erzählt, wo er hinwollte.«

Die Putzfrau nickte zustimmend und wandte sich wieder der Umkleide zu.

Statt draußen vor der Tür zu bleiben, schummelten wir uns vorbei, kaum, dass uns die Wächterin aus den Augen gelassen hatte.

Die bunten Seile baumelten in der Halle von der Decke herab. Ein Traum für Möchtegernalpinisten, die nicht unbedingt ungesichert am Kölner Dom hochkraxeln wollten.

Ich schlenderte an der künstlichen roten Steilwand entlang, die die Halle in zwei Hälften teilte.

Danner rüttelte an einem blauen Klettergriff, als wollte er prüfen, ob dieser auch ordentlich festgeschraubt war. Sein Blick wanderte an der senkrechten Wand in die Höhe. Es juckte ihn in den Fingern.

Ich legte ebenfalls den Kopf in den Nacken, um zum Dach hinaufzusehen. Weil ich mich im hinteren Hallenbereich befand, hatte ich auch die schwierigere Seite des Raumteilers vor Augen, die als langer Überhang schräg zur Decke lief.

»Scheiße«, flüsterte ich.

Ich rieb mir über das Gesicht, doch der Spuk verschwand nicht.

»Hören Sie schwer? Sie können hier nicht ohne Aufsicht rein, habe ich gesagt!« Die empörte Putzfrau schoss mit erhobenem Schrubber aus den Katakomben.

Danner tauchte neben mir auf und verfolgte meinen Blick.

»Scheiße!«, wiederholte er laut.

Ganz oben an der Wand, zwischen den schwarz gestrichenen Stahlträgern, die das gewölbte Dach hielten, hing ein lebloser menschlicher Körper. An einem daumendicken rotschwarzen Seil, dessen loses Ende vor mir an der Wand herabbaumelte.

Danner packte das Tau und rüttelte daran. »Klemmt.«

Die erzürnte Putzfrau erreichte mich keuchend, sah dann aber doch nach oben, weil man automatisch nach oben sieht, wenn genug andere es auch tun.

»Ach, du lieber Gott!«

»Hallo?«, brüllte Danner an der Wand hinauf. »Können Sie mich hören?«

Die Person über uns machte nicht den Eindruck, als sei sie in der Lage zu antworten.

Danner drückte mir das Ende des Seils in die Hand: »Gut festhalten, sonst kommt der ziemlich schnell runter, wenn ich ihn freikriege.«

Er warf seinen Autoschlüssel und sein Handy auf den Boden und griff einen hellgrünen Vorsprung in Augenhöhe.

»Nee!« Ich wollte ihn anschnauzen, bekam aber nur ein Piepsen zustande.

»Ojemine!«, jaulte stattdessen die Putze.

»Und Sie rufen Hilfe«, beauftragte Danner die Frau.

Ehe ich mich versah, war er schon gut drei Meter an der Wandschräge hinaufgeturnt.

Nee!

Ich erinnerte mich an den Schmerz in meinen Fingern und Unterarmen, die der Überhang schon nach wenigen Metern unweigerlich verursachte. An meine über dem Abgrund baumelnden Füße. Das Kunststoffseil in meinen Fingern wurde schlagartig glitschig, als hätte Danner mir einen alten Aal in die Hand gedrückt.

Als ich mich traute, wieder nach oben zu sehen, hing mein Freund in einer Höhe in der Wand, aus der ein Absturz einen Genickbruch bedeutete.

Dunkelrotes Blut läuft die ausgelatschten Stufen hinunter. Danner rutscht ab. Fällt. Schlägt mit einem dumpfen Klatschen vor mir auf. Eine zersplitterte Rippe bohrt sich durch sein Shirt. Sein Kopf hängt an den Resten der Halswirbelsäule.

Error. Mein Gehirn tillte.

Unkontrolliert blitzten vor mir Bilder auf, vermischten Erinnerungen und blanke Panik zum Horrorfilm. Irre, dass ich schlagartig Höhenangst bekommen konnte. Am Hallenboden stehend.

Danner war oben angekommen.

Und mir wurde schwindelig, während ich hinaufsah.

Frederiks weißes Haar leuchtete tief unten zwischen den aufgereihten Mülltonnen und den ein paar Meter entfernt parkenden Autos.

Ich wandte den Blick ab und erinnerte mich daran, dass ich das Seil festhalten sollte. Doch meine Hände bebten, meine schweißnassen Finger gehorchten mir nicht. Ich umwickelte meine Handflächen so fest mit dem Seil, dass es wehtat. Die frische Narbe an meinem Kleinfingerballen brannte. Mein Herz klopfte, ich spürte jeden Schlag in der Kehle.

»Ich setze mich nie wieder auf eine Dachkante, wenn du da heil wieder runterkommst«, schwor ich mir selbst.

»Wie bitte?« Danner runzelte verwirrt die Stirn.

Ich sah wieder hoch. Zu der Stelle, an der noch immer jemand hing. Eine Sekunde überlegte ich, ob mir womöglich nur ein lebhafter Albtraum vorgegaukelt hatte, dass Danner ungesichert da oben gewesen war.

»Das ist Dennis.« Danner wischte seine schwitzigen Hände an seiner Jeans ab. »Er ist tot.«

»O nein, o nein«, jammerte die Putzfrau.

»Er hängt aber nicht an der Seilbremse, sondern an einem der Stahlträger. An einem Profiknoten, solange Gewicht im Seil ist, kriege ich ihn nicht los.« Er wandte sich der aufgelösten Putzfrau zu: »Haben Sie die Polizei gerufen?«

Eine Sekunde lang war ich sprachlos.

Dann stieß ich Danner die Hände so fest vor die Brust, dass er rückwärts gegen die Wand prallte: »Machst du so eine Scheiße noch mal, hänge ich dich an einem Profiknoten daneben auf! Hast du das verstanden?«

Danner hob abwehrend die Arme vors Gesicht, doch seine Augen glitzerten.

»Sagt die Frau, die nachts auf dem Opel-Werk spazieren geht?«, konterte er sarkastisch.

Ich biss mir auf die Unterlippe.

Danner sammelte sein Handy auf und wählte selbst den Notruf.

»Du bist ganz blass«, bemerkte er, während er das Telefon ans Ohr hob. »Ist dir nicht gut?«

Arschloch.

34.

»Allmählich werden Sie zu unseren Hauptverdächtigen, ist Ihnen das klar?«

Das Blaulicht der vor den Fensterfronten geparkten Streifenwagen zuckte über die bunten Wände.

Kriminalkommissarin Katrin Wegner beobachtete mit Danner und mir gemeinsam, wie zwei angeseilte Feuerwehrleute Dennis Plaus lange, steife Leiche an einem zweiten Seil festmachten, bevor sie das alte Tau kappten.

»Da können Sie sich eine noch so abenteuerliche Erklärung ausdenken, wie Ihre Fingerabdrücke auf den Knoten gelangen konnten, an dem der Tote hängt, Danner.«

Ich wusste es durchaus zu würdigen, dass KK Wegner uns nicht komplett ignorierte. Normalerweise hätte sie sich lieber die Zunge abgebissen, als ein Wort mit uns zu wechseln. Nun hatten wir ihr allerdings einige schnelle Informationen über Dennis Plaus Familienverhältnisse und seine Beteiligung an den lebensgefährlichen Klettertouren geliefert.

»Wurde Dennis aufgehängt oder hätte er das selbst hinkriegen können?«, erkundigte ich mich versuchshalber nach Schnabelnases ersten Erkenntnissen.

Die Wegner presste die Lippen zusammen.

»Oben auf der Wand wurden zwei leere Behälter hochprozentiger Alkoholika sichergestellt«, rückte sie dann überraschenderweise aber doch mit der Sprache heraus. »Bedenkt man den seelischen Ausnahmezustand, in dem sich Plau durch den Tod seiner engsten Freunde und das Sterben seiner Mutter befunden hat, ist es durchaus denkbar, dass der Junge sich suizidiert hat.«

Ich warf ihr einen misstrauischen Seitenblick zu. Bisher hatte Staschecks ehrgeizigste Kommissarin nicht durch Kooperationsbereitschaft geglänzt. Im Gegenteil hatte sie in ihrer Freizeit gern noch der mit uns verfeindeten Polizeipräsidentin die Pumps poliert.

»Andererseits sind mittlerweile drei der jungen Leute, die Montag auf den Kran geklettert sind, tot«, ließ Schnabelnase uns weiter an ihren Gedanken teilhaben. »Das klingt für mich nicht nach einem Zufall.«

Nein. Tatsächlich nicht.

»Jonas Schröder und das Mädchen leben noch«, schlussfolgerte die Wegner weiter. »Jonas haben wir befragt. Das Mädchen, Silke …«

»Siri«, verbesserte Danner.

Schnabelnase musterte ihn warnend. »Siri hat ihre erste Aussage inzwischen geändert. Sie gibt jetzt zu, auf dem Kran gewesen zu sein, behauptet aber, den Unglücksort verlassen zu haben, als zwischen ihren Begleitern Streit ausbrach. Was wissen Sie über sie?«

»Siri Bodschwinna, dreiundzwanzig Jahre alt, Physiotherapeutin und Yogalehrerin, Mitbewohnerin in der WG von Dennis Plau und Frederik von Schlärke, hält sich aber, wie gesagt, zurzeit in der Wohnung ihrer Mutter Andrea Bodschwinna in der Gorch-Fock-Straße auf«, spulte Danner artig ein paar Daten herunter. »Übrigens war Siri erst mit Frederik von Schlärke und danach mit Korbinian Meier intim«, ergänzte er noch hilfsbereit. Nur dass Siri für die Todeszeit von Frederik ein wasserdichtes Alibi hatte, vergaß er zu erwähnen. Damit Schnabelnase hinter Siri herstürzte, statt hinter Jonas, dessen Alibi definitiv falsch war.

Wir konnten es drehen, wie wir wollten: Alle, die mit Jonas Schröder zusammen in die Villa von Frederiks Großonkel eingebrochen waren und ihn dafür ins Gefängnis hatten gehen lassen, waren jetzt tot.

Das passte einfach perfekt zusammen. Und es war nur eine Frage der Zeit, bis auch die Polizei das merkte.

»Aber handfeste Beweise für einen Zusammenhang zwischen den drei Todesfällen haben Sie bisher auch nicht, oder Katrin?«, erkundigte sich Danner samtweich.

»Treiben Sie es nicht zu weit, Danner«, knurrte sie. »Und informieren Sie mich gefälligst, wenn Sie was Neues rausfinden.«

35.

»Wir *müssen* irgendwas übersehen haben.« Danner hatte vor der Kneipe geparkt, blieb aber hinter dem Lederlenkrad unseres Oldtimers sitzen.

»Siri hat Frederik jedenfalls nicht vom Balkon geschubst, sie hat zwanzig gestressten Hausfrauen den sterbenden Schwan beigebracht«, erinnerte ich ihn gereizt. »Die drei Jungs, die Jonas für ihre gemeinsame Dummheit den Kopf haben hinhalten lassen, sind tot. Jonas hat nicht nur die körperlichen Voraussetzungen, ihnen etwas anzutun, er hat es bereits vor Zeugen versucht – und er hat für keinen einzigen der Todesfälle ein verfluchtes Alibi!«

Danner krallte seine kräftigen Finger in seinen kahlen Schädel, als könnte er eine Lösung herauspressen wie Saft aus einer Zitrone. Er bemühte sich gar nicht, mir seine Verzweiflung zu verheimlichen: »Du glaubst wirklich, er hat sich an seinen Kumpeln gerächt?«

Alles sprach dafür. Aber …

Jonas war hingefallen und wieder aufgestanden. Nach allem, was gewesen war, hatte er sein Leben in den Griff gekriegt. Ich wollte einfach glauben, dass das möglich war.

»Ich fasse lediglich die Fakten zusammen«, seufzte ich.

Danner hob überrascht den Kopf.

»Vielleicht haben wir wirklich irgendwas übersehen«, grübelte ich laut weiter. »Irgendeine Kleinigkeit, die an dem Abend auf dem Kran passiert ist? Ein anderes Mädel, das die Typen weitergereicht haben wie eine aufblasbare Gummipuppe? Oder jemanden, der einfach neidisch auf unsere Internetstars gewesen ist?«

Ich konnte Danner ansehen, dass sein Gehirn den Streik

beendete. »Dann müssen wir eben noch einmal ganz von vorn anfangen …«, entschied er.

»Morgen, okay?« Ich öffnete die Autotür. »Jetzt würde ich gern duschen, mich umziehen und Molle besuchen.«

Danner erwischte mich am Zipfel meines Shirts und zupfte mich zurück auf den Sitz. Ganz sacht griff er meinen Nacken und zog mich zu sich herüber. Seine Finger hinterließen ein Prickeln auf meiner Haut, als sie meine Halswirbelsäule hinauf in meine verschwitzten Haare glitten. Er küsste mich so unerwartet zärtlich, dass ich ihn erschrocken ansah.

Seine Augen glitzerten, als sich unsere Blicke trafen: »Können wir vorher noch schnell auf der Motorhaube vögeln?«, wollte er wissen.

Ich hatte die Arme um Danners Nacken geschlungen, als wir ins Haus stolperten. Er tastete nach der Haustür, ohne seine Zunge aus meinem Mund zu nehmen, erwischte die Klinke nicht und kam aus dem Gleichgewicht. Knutschend stolperten wir gegen die kahle Treppenhauswand und Danner trat die Tür mit dem Fuß zu.

Die Pappkartonschichten, die neben mir gelehnt hatten, rauschten zu Boden. Wir stutzten. Im nächsten Moment ließ Danner mich los.

Mit den Kartons hatte Staschek wohl versucht, die dicke Milchglasscheibe der Kneipentür, die Verena heute Mittag endgültig zerdeppert hatte, zu ersetzen. Jemand hatte die Pappe weggenommen. Durch das Loch konnte man bequem hindurchsteigen.

Ein Schauer kroch mir über die nackten Arme.

Danner öffnete die Tür mit seinem Schlüssel. Ich folgte ihm in Molles Gaststätte.

Jonas stand verloren mitten im Raum, zwischen den altertümlichen Tischen mit den rot karierten Decken. Einigermaßen entsetzt betrachtete er die angestaubten Deckenlampen, die teilweise gerissenen Bodenfliesen, den Kicker, den Flipper und den blank polierten Tresen.

Auf unserem Tisch vor der Theke, an dem Molle vor drei Tagen umgekippt war, standen noch die offenen Marmeladengläser, die bisher keiner von uns weggeräumt hatte. Die Scherben der beim Zusammenstoß mit meinem Vater zu Bruch gegangenen Bierkrüge hatte jemand auf einen Haufen gefegt. Auf einem Tisch weiter vorn entdeckte ich Staschecks verkrusteten Auflauf.

»Bist du schon länger hier?«, erkundigte sich Danner.

»'ne Weile«, antwortete der Junge.

»Wahrscheinlich allein, hm?«, riet Danner, ohne wirklich eine Antwort zu erwarten. »Wo hast du gepennt?«

Jonas runzelte irritiert die Stirn. »Bei meiner Alten.«

Er trat um die Theke herum und betrachtete das *Fiege*-Fass unter der Zapfanlage, die sauberen Gläser, die Spüle, die Molle wienerte, wenn spät in der Nacht der letzte Gast gegangen war.

Molle.

Sein Vater.

»Er ist im Krankenhaus?«, fragte Jonas, ohne Danner anzusehen.

»Geht schon wieder«, antwortete der.

Jonas sah ihn doch kurz an, bevor sein Blick wieder durch die Kneipe wanderte und er an der Ausstattung abzulesen versuchte, wer der Mann war, dem der Laden gehörte.

Zwecklos, Kleiner.

»Bevor du wieder spurlos verschwindest und dich allein herumtreibst, während du eigentlich ein Alibi bräuchtest, kannst du mitkommen und deinen Alten endlich besuchen«, schlug Danner vor.

Jonas' Miene verdüsterte sich schlagartig: »Vergiss es.«

Danner verschränkte die Arme: »Dabei siehst du gar nicht wie ein Feigling aus.«

»Ich hab einfach keinen Bock auf den Sack.«

»Lieber stehst du hier rum und grübelst, was für ein Arsch er wohl ist?«, spottete Danner. »Bis er wirklich ins Gras beißt und du dich erfolgreich gedrückt hast?«

Jonas schwieg düster.

»Du sagst artig ›Guten Tag‹, verstanden?«, warnte ihn Danner.

Molle saß schon wieder frisch gewaschen, rasiert und gekämmt im blütenweißen Bett. Weil er aber seine halbmondförmige Lesebrille auf der Nase hatte und in der Bildzeitung blätterte, kam er mir nicht mehr ganz so fremd vor.

Ich drückte meine Wange gegen seine glatte, weiche Backe und inhalierte den Duft seines alaskafrischen Duschgels.

»Hab dir was mitgebracht.« Danner schubste Jonas herein, bevor der es sich anders überlegen konnte. »Das Babysitting kostet dich mindestens zwei Monatsmieten. Da pass ich ja lieber auf einen brüllenden Säugling auf.«

Molles Bildzeitung sank auf die Bettdecke. Ich setzte mich neben ihn auf die Matratze.

Jonas verschränkte die Arme vor der breiten Brust.

Danner tickte ihm unsanft seinen Ellenbogen in die Seite.

»Tach«, knurrte Jonas tatsächlich.

Molle wurschtelte hastig die Beine aus dem Bett und steckte die Füße in seine ausgelatschten Puschen.

Jonas kam widerwillig ein paar Schritte näher.

»Der sieht mir aber nicht ähnlich«, murrte er mich an. »Seid ihr sicher, dass ihr da nichts verwechselt habt?«

Molle verschränkte ebenfalls die Arme. Obwohl er, vorsichtig geschätzt, doppelt so viel wie Jonas wog, war unübersehbar, dass hier keine Verwechslung vorlag.

Der Dicke betrachtete Jonas' Irokesenhaarschnitt und das Piercing in seinem Ohr über seine halbmondförmige Brille hinweg. »Frag doch deine Mutter«, schlug er vor.

»Vorsicht, Alter!« Zwischen Jonas' gepiercten Augenbrauen bildete sich eine steile Falte. »Zwanzig Jahre interessierst du dich einen Dreck für mich und jetzt gehen mir deine Scheißschutzengel auf den Sack! Dir ist schon klar, dass ich dir die Fresse polieren würde, wenn du nicht gerade am Krepieren wärst?«

Reflexartig tätschelte ich Molles Rücken.

Es klopfte. Danner wich der aufschwingenden Tür aus. Jonas drehte sich ebenfalls um.

Margo blieb überrascht stehen. Sie hatte eine mit Salat gefüllte Glasschüssel unter dem einen Arm, in der anderen Hand einen mit Tellern, Gläsern, Mineralwasser und Vollkornbaguette gefüllten Korb.

Jonas' blaue Augen wurden schmal, sein Blick flitzte von seiner Mutter zu Molle und wieder zurück.

»Wollt ihr mich verarschen?«

»Jonas, Schatz, es ist nicht so, wie du ...!«

Danner schnappte Margo die Salatschüssel weg, weil diese ihr aus der Hand zu rutschen drohte.

»Halt bloß die Fresse!«, fuhr Jonas seine Mutter so zornig an, dass sie erschrocken vor ihm zurückwich. »Ihr könnt mich alle!«

Er rempelte sich an Margo vorbei aus dem Zimmer.

Ich drückte Molle einen Kuss auf die glatt rasierte Wange, bevor ich seinem Sohn hinterherrannte.

Danner stellte die Salatschlüssel auf Molles Nachttisch.

»Drei Monatsmieten«, hörte ich ihn noch korrigieren.

»Bleib locker, ist doch ganz gut gelaufen.« Ich holte Jonas am Fahrstuhl ein.

»Hast du was an den Augen?« Jonas sah aus, als wollte er mal wieder auf mich losgehen. »Zwanzig Jahre heult die mir vor, mein Alter hätte sich auf ein Kreuzfahrtschiff abgesetzt und interessiert sich null für uns, und jetzt sitzt sie an seinem Krankenbett und hält Händchen?«

Ich zuckte die Schultern.

»Leck mich, ich komm auch allein klar! Kannst dich verpissen, ich brauche keine Engel mehr.«

»Du träumst wohl.« Danner stellte sich auf Jonas' anderer Seite vor den Aufzug. »Von den vier Idioten, die damals bei deinem Einbruch dabei waren, bist du jetzt der Einzige, der noch lebt.«

»Was?«

»Wir könnten eigentlich himmlische Verstärkung gebrauchen. Ist nur eine Frage der Zeit, bis die Polizei wieder bei dir auf der Matte steht.«

Die Fahrstuhltür glitt zur Seite.

Jonas rührte sich nicht. »Dennis?«

Danner schob ihn in den Lift.

»Dennis kann doch nicht tot sein?« Er stammelte.

»Er wurde heute Mittag gefunden«, berichtete Danner kühl. »In der Kletterhalle. Am Seil erhängt.«

Die blecherne Fahrstuhlwand ächzte, als Jonas mit dem Rücken dagegenkippte: »Dennis war mein ältester Kumpel, Mann.«

»Dann guck mich an und sag mir, dass du ihn nicht in die verdammte Halle gehängt hast«, verlangte Danner.

Jonas erstarrte.

Wahrscheinlich hatte Danners Blick ihn in Eis verwandelt. Ich kannte das Gefühl.

In der ersten Etage pingte die Fahrstuhltür auf. Eine Oma schickte sich an, ihren Infusionsständer hereinzurollen. Ich scheuchte sie kurzerhand wieder hinaus.

»Du glaubst wirklich, dass ich …?« Ich meinte, Jonas' Stimme brechen zu hören.

»Ich hab Dennis nichts getan«, gehorchte Jonas, als Danner schwieg. »Ehrlich, Alter, ich schwör.«

Danner starrte noch einen Moment lang schweigend vor sich hin.

»Na schön. Morgen früh fangen wir mit den Ermittlungen noch mal von vorn an«, entschied er dann. »Du wirst uns sehr viele Fragen beantworten müssen, deshalb pennst du bei uns auf dem Sofa. Ich habe keine Lust, dich wieder stundenlang zu suchen.«

»Das Sofa ist besetzt«, erinnerte ich.

»Ach ja, dann pennst du eben auf dem Fußboden. Aber quatsch nicht mit dem Bullen, du Hirn.«

»Dem Bullen?«

»Klar, der bewacht dich«, konnte ich mir nicht verkneifen zu sagen.

Danner grinste: »Und beim nächsten Krankenbesuch bist du netter zu Papi. Statt ihm Gewalt anzudrohen, ist Wiedersehensfreude angesagt, kapiert? Ein bisschen Herumheulen kann auch nicht schaden.«

»Leck mich, Engel.«

36.

Jonas, Staschek und Molles Hund frühstückten überraschend einträchtig zusammen in unserer Küche, als ich am nächsten Morgen in Jeans und einem von Danners schlabberigen, schwarzen T-Shirts hineingeschlurft kam.

Staschek saß lässig zurückgelehnt, das rechte Fußgelenk aufs andere Knie gelegt, eine Tasse Kaffee in der rechten und den Sportteil der Tageszeitung in der linken Hand. Mücke schleckte hinter ihm gierig einen Teller ab und Jonas biss in ein Brötchen. Einer von ihnen war beim Bäcker gewesen und hatte sogar an Nutella gedacht.

Dabei hatte es gestern Abend nicht gerade nach Liebe auf den ersten Blick ausgesehen.

»Ist nicht euer Ernst jetzt, oder?«, hatte Staschek geflucht, als Danner und ich die Matratze aus Molles Bett neben das Sofa in unserem Wohnzimmer gewuchtet hatten und Jonas seinen Rucksack darauf deponierte.

»Vertragt euch«, hatte Danner nur gegrinst.

Heute Morgen sah Staschek unverändert skurril aus. Die Ärmel seines dünnen Pullis reichten ihm nur bis knapp über den Ellenbogen, so sehr war das Ding inzwischen eingelaufen. Und seine helle Hose musste in meine Buntwäsche geraten sein, sie schimmerte lila.

Trotzdem ... Ich musterte den Kriminalkommissar einen Moment länger. Irgendwie sah er verändert aus.

»Kaffee?« Er sah fragend zu mir hoch.

Häh? Keine Revierkämpfe und Lichtblitze?

Verdutzt ließ ich mich auf den noch freien Stuhl sinken.

Es dauerte ein paar Sekunden, bis ich endlich schnallte, was mich irritierte: Staschek saß gerade.

Der Kriminalkommissar goss Wasser aus dem Kocher in den Plastikfilter auf einem bereitstehenden Becher und legte mir den Sportteil daneben.

»Ich muss los.« Er erhob sich, zupfte seinen Pullover zurecht, merkte, dass es nichts nutzte, und grinste jugendhaft. »Da kommt es auch nicht mehr drauf an, oder?« Er zwinkerte mir zu und wandte sich zur Tür.

Ich konnte nicht verhindern, dass mein Mund aufklappte. Ich hatte ganz vergessen, wie scheißattraktiv der Typ normalerweise war.

Misstrauisch wanderte mein Blick zu Jonas.

»Der ist gar nicht übel – für 'nen Oberbullen, meine ich«, erklärte der achselzuckend und schob sich den Rest seines Nutellabrötchens in den Mund.

Kaum war Staschek verschwunden, kam Danner rein.

»Wieso hat der gute Laune?« Auch ihm war die Veränderung seines besten Freundes nicht entgangen. Seine Aufmerksamkeit richtete sich sofort auf Jonas: »Was hast du ihm erzählt?«

»Nichts, Mann!«

»Von der Sache mit dem Einbruch damals? Pfeift der fröhliche Lieder, weil er weiß, dass du ein gigantisches Motiv hast, alle drei Toten umzubringen?«

»Hörst du schwer?«

»Dass ich für dich gelogen habe, kann der nämlich riechen.«

Jonas ballte die Fäuste: »Meinst du echt, ich quatsch mit 'nem Bullen, als wären wir zusammen im Zeltlager?«

Danner musterte Jonas durchdringend.

»Ich war im Knast, ich rede mit niemandem.«

Das ließ Danner anscheinend gelten. Er schwieg nachdenklich.

Ich schob ihm meinen Becher mit dem frisch aufgebrühten Kaffee hin. Danner trank einen Schluck, gab mir die Tasse zurück und sah auf die Uhr. Acht.

»Okay, an die Arbeit, bevor Lennys Jagdhunde vor der Tür stehen«, wandte er sich Jonas zu. »Du erzählst uns jetzt alles noch einmal.«

»Was alles?«, stöhnte der.

»Fang mit den Graffiti an, mit denen du mit fünfzehn Autobahnschilder verschönert hast, und hör an der Stelle auf, an der du mit uns am Frühstückstisch sitzt. Und erzähl verdammt noch mal auch, wann du zum Pinkeln auf dem Klo warst. Ob das wichtig ist oder nicht, sage ich dir hinterher.«

Danner zog sein Smartphone aus der Tasche und legte es neben das Nutellaglas, um das Gespräch aufzuzeichnen.

Jonas runzelte die Stirn.

Dann fing er aber doch an zu berichten.

Wie er Dennis in der Grundschule kennengelernt hatte. Dass der immer versucht hatte, sich bei Frederik und Korbinian einzuschleimen, um seiner Mutter vorzugaukeln, dass er Kumpel aus gutem Haus habe.

»Dennis' Mutter wollte ums Verrecken mit Freddis Eltern Kaffeekränzchen veranstalten. Meine Ma…« Jonas verschluckte sich an dem Wort und hustete. »Meine Alte durfte erst mitmachen, als die den Burkhard geheiratet hat und ›Architektenfrau‹ war«, fuhr er dann fort.

Er erzählte wieder, wie er schließlich im Gefängnis gelandet war, aber wirklich Neues konnte ich nicht entdecken.

Im Gefängnis hatte er beschlossen, sich nicht fertigmachen zu lassen. Und er hatte sich geschworen, rauszufinden, wer den alten Mann wirklich auf dem Gewissen hatte.

Deshalb war er wieder mit Dennis, Frederik und Korbinian losgezogen, sobald sich die Gelegenheit ergab.

»In der Nacht, in der Korbinian abgestürzt ist, haben wir uns im *Blauen Engel* getroffen«, berichtete er schließlich von der Unglücksnacht auf der Baustelle. »Gegen halb zehn.«

»Jetzt mal langsam«, bremste Danner. »Genau nachdenken. Und immer der Reihe nach.«

Jonas konzentrierte sich: »Korbinian und Siri waren schon da. Ich hab mir eine Apfelschorle bestellt. Wir wollten auf Tour gehen, da ist Alkohol tabu.«

»Auch für Korbinian?«

Jonas überlegte kurz. »Ich war ja erst das dritte Mal dabei, aber ich kann mich nicht erinnern, dass er mal was getrunken hätte ... Dennis kam nach mir, auf Freddi haben wir bis kurz vor zehn gewartet. Wir sind zu Fuß los, durch den Tunnel und durchs Uniparkhaus auf die Baustelle.«

»Ist dir auf dem Weg dahin irgendwas aufgefallen? Ist euch jemand aus der Kneipe gefolgt?«

Jonas schüttelte den Kopf. »Mir ist nichts aufgefallen. Korbinian hatte die Lage seit Tagen abgecheckt. Wir sind unbemerkt über den Bauzaun rüber.« Jonas zögerte unmerklich.

»Und dann warst du pinkeln?«, hakte ich nach.

»Nee.«

»Sondern?«

»Nichts Wichtiges. Mir fällt nur gerade ein, dass Korbinians Wagen da stand. Auf der anderen Seite der Uni, auf dem Parkplatz am Tunnel, ganz in der Ecke.«

»Obwohl ihr zu Fuß hingegangen seid?«

»Er muss den Wagen vorher dort abgestellt haben. Anscheinend wollte er hinterher schnell die Biege machen.« Jonas kratzte mit dem Daumen an seiner unteren Zahnreihe. »Das ist schon etwas ungewöhnlich. Sonst ist Korbinian nach der Tour noch mit Freddi und Siri losgezogen. Die haben sich zugedröhnt und geguckt, wie oft das neue Video geklickt wird. Vielleicht hatte er an dem Abend noch irgendwas anderes vor.« Er zuckte die Schultern. »Seine Karre stand jedenfalls schon da, als wir ankamen.«

Ach ja?

Danner hob einen Finger an die Lippen: »Und du bist sicher, dass das Korbinians Wagen war?«

»Klar. Er fährt doch so eine *Kraft-Meier*-Schüssel, der Arsch im Logo ist nicht zu übersehen.«

Danner schnalzte mit der Zunge.

Ich sah ihn fragend an. Brachte uns das weiter?

»Wo ist das Auto?«, fragte er mich.

»Ich bin jedenfalls nicht damit abgehauen«, antwortete Jonas gereizt.

»Korbinian definitiv auch nicht«, half Danner uns auf die Sprünge. »Und seine Freundin Siri, die theoretisch einen Schlüssel gehabt haben könnte, hat die Baustelle laut deiner Aussage mit dir gemeinsam zu Fuß verlassen«, nagelte er Jonas fest. »Dabei bleibt es immer noch, oder?«

Der nickte verdutzt.

»Wahrscheinlich hat die Polizei die Angehörigen verständigt«, überlegte ich. »Oder beschlagnahmen die die Karre?«

Danner hatte sein Handy bereits am Ohr.

»Sag mal, Lenny«, kam er ohne Umschweife auf den Punkt, »an dem Morgen, an dem Korbinian Meiers Leiche auf der Baustelle lag, habt ihr da auch sein Auto gefunden?«

Er schüttelte den Kopf, um Jonas und mich Staschek Antwort wissen zu lassen.

»Und hatte er eigentlich Alkohol im Blut?«

Jetzt übersetzte er Staschek Worte mit einem Nicken.

»Korbinian hat sich besoffen, obwohl er mit einem Auto wegfahren wollte, das jetzt verschwunden ist?«, platzte ich heraus, kaum, dass Danner das Gespräch beendet hatte. »Was soll das bedeuten?«

»Dass wir das Auto umgehend auftreiben werden«, erklärte Danner.

Das Telefon im Wohnzimmer klingelte.

Weil mein Boss offensichtlich nicht vorhatte, den Telefondienst zu erledigen, erhob ich mich schließlich.

»Du bleibst in der Wohnung, solange wir weg sind«, hörte ich Danner Jonas einschärfen. »Bestell dir von mir aus eine Pizza. Und kein Wort zum Oberbullen, falls der noch mal auftaucht, verstanden?«

Ich fand das Mobilteil unter Stascheks zerknüllter Bettdecke auf der Couch. Neben meinem orangefarbenen PTBS-Buch. Der Mistkerl schnüffelte in meinen Sachen herum!

Anonymer Anruf, verriet mir das Display des Telefons.

»Detektei Danner und Ziegler«, meldete ich mich förmlich.

»Liana? Bist du das?« Männliche Stimme.

Mein Herz stolperte.

Ein Telefon! Es ist nur ein Telefon, du kannst jederzeit auflegen!, beschwor mich meine innere Psychologin leicht panisch.

Auf keinen Fall würde ich mir meine Angst anmerken lassen, so weit war mein Plan für das nächste Familientreffen mittlerweile immerhin gediehen.

Und es war ja nicht einmal mein Vater selbst am Apparat.

»Du rufst umsonst an, Claudius«, sagte ich langsam. Meine Stimme wackelte nicht. »Ich ziehe die Anzeige nicht zurück.«

»Friedensangebot«, erklärte mein Bruder hastig. Er wollte wohl verhindern, dass ich einfach auflegte. »Wenn du wissen willst, warum alles so verkorkst ist, erkläre ich es dir.«

Claudius' Stimme klang irgendwie heiser. Als würden ihm seine Worte tatsächlich schwerfallen.

Seit wann war er unter die Schauspieler gegangen?

Ich katapultierte den leisen Zweifel mit einem Karatetritt aus meinem Kopf.

Er ruft im Auftrag unseres Vaters an!, erinnerte ich mich. Unser Vater hatte ihn manipuliert, wie er immer manipulierte. Claudius, der Vorzeigesohn, der Oberstaatsanwalt in spe, war mittlerweile zu seiner jüngeren Kopie geworden. Jetzt gerade sprach mein Vater durch Claudius' Mund wie ein Poltergeist durch ein Medium.

»Ich höre noch zu«, sagte ich eisig, weil Claudius schwieg.

»Du warst zu klein, aber ich weiß, was passiert ist. Wenn ich es dir erzählen soll, treffen wir uns morgen Mittag. An Großmutters Grab. Nur du und ich.«

Jetzt atmete ich doch scharf ein – und ärgerte mich im gleichen Moment darüber! Das war eine ganz neue Taktik! Mir vorzugaukeln, es gäbe einen geheimnisvollen Grund dafür, dass mein Vater ein gewalttätiger Tyrann war.

Claudius, der Mistkerl, versuchte doch nur, mich von der Anzeige abzubringen. Er würde den Ruf unserer Familie um jeden Preis schützen, weil es auch sein eigener war. Ich durfte ihm kein einziges Wort glauben!

»Das fällt mir nicht leicht und ich mache dir dieses Angebot nur einmal«, warnte mich mein Bruder. »Das ist deine einzige Chance. Verpatz sie nicht.«

In dem Moment tutete das Freizeichen.

Scheiße.

Erst jetzt bemerkte ich, dass Danner in der Küchentür stand und mich anstarrte.

»Wer war das?«, wollte er wissen.

Ich schluckte.

»Verwählt«, murmelte ich.

Danners Blick wurde schneidend scharf. Ich spürte körperlich, wie er sich durch meine Stirn bohrte, um sehen zu können, was dahinter vorging. Ich musste zurückweichen und mir wurde bewusst, dass ich das Telefon noch immer in meiner zitternden Hand hielt.

Hastig legte ich den Apparat auf den Couchtisch.

37.

»Natürlich kann ich Ihnen das sagen.«

Es war kurz nach Mittag und drückend schwül. Die Haut auf meinen Armen war klebrig, obwohl in Thomas Meiers Chefbüro eine Klimaanlage surrte, die die Temperaturen erträglich machte. Durch die Lamellenvorhänge der Fensterfront konnte ich sehen, wie sich dunkle Wolken über die Dächer der Häuser gegenüber schoben.

Der massige Fitness-Imperator hockte hinter seinem Schreibtisch wie der schreckliche Hulk. Seine spärlichen langen Haare klebten auch ihm im Nacken.

»Und?«, versuchte Danner, Meier zum Weitersprechen zu bewegen. »Wo ist der Wagen Ihres Sohnes?«

»In meiner Garage«, antwortete der Firmenchef.

Aha?

»Da steht er, seit der Nacht, in der Korbinian ums Leben gekommen ist.«

Meier erschien etwas gefasster und hilfsbereiter als bei unserem ersten Besuch.

»Am Montagabend sind meine Frau und ich gegen halb elf nach Hause gekommen. Gemeinsam«, ergänzte er. Anscheinend vermutete er nicht ganz falsch, dass wir sein Alibi unter die Lupe nehmen wollten. »Weil Korbinians Wagen in der Garage stand, sind wir davon ausgegangen, dass er zuhause war. Er bewohnt – bewohnte eine Einliegerwohnung in unserem Haus. Als wir am nächsten Morgen zur Arbeit aufbrachen, stand sein Auto unverändert da, wir glaubten, er würde länger schlafen. Das alles haben wir schon hundert Mal zu Protokoll gegeben.«

Um zehn Uhr abends hatten die Studenten bereits im *Blauen Engel* gesessen. Um etwa halb elf hatte Jonas den Wagen an der Uni gesehen.

Log Meier? Und seine Frau Yvonne ebenfalls?

»Wie viele Firmenwagen besitzt Ihr Unternehmen eigentlich?«, dachte Danner in dem Moment in eine andere Richtung.

»Einen kleinen Moment, bitte.« Thomas Meier drückte die Taste der Freisprechanlage seines Telefons: »Ich brauche eine Liste unserer Dienstwagen.«

Bevor seine Sekretärin – oder wer auch immer am anderen Ende der Leitung saß – antworten konnte, hatte Meier die Verbindung schon wieder unterbrochen.

»Schrecklich, diese Ereignisse«, seufzte er dann. »Eine Unfallserie kann das alles wohl nicht mehr erklären, oder?«

»Ein Zusammenhang zwischen den Todesfällen liegt nahe«, stimmte Danner zu.

Meier seufzte. »Korbi, Freddi, Dennis, das waren so großartige, begabte, lebenslustige Jungs. Ich kann mir nicht vorstellen, dass sie Feinde gehabt haben.«

Er faltete die Hände. Eine Bewegung, durch die sich seine Unterarmmuskeln direkt unterhalb der Ellenbogen zu strammen Kugeln zusammenballten.

»Korbi hinterlässt eine riesige Lücke. Persönlich wie geschäftlich. Wobei es da bei ihm keinen Unterschied gab, das war wahrscheinlich sein größtes Talent«, erinnerte sich Meier. »Unsere Kunden hielten sich alle für seine Kumpel. Seine Internetaktionen waren Bombe. Korbinian hat wie ein Magnet gewirkt. Nach seinem Studium hätte er einen komplett neuen Geschäftszweig aufbauen können. Klar hielten ihn viele für leichtsinnig und verantwortungslos – meine Frau und meine Tochter setzen eher auf das Frauen- und Familiending. Aerobic, Zumba, Yoga, Kinderbetreuung und so 'n Zeug. Selbstverteidigung in Kombination mit Sprachkursen für Zugewanderte sind das neueste Steckenpferd der beiden. Darüber gab es sogar mal einen Artikel in der WAZ.« Meier holte tief Luft. »Aber ganz ehrlich: Verglichen mit Korbinians Internetvermarktung ist das lächerlich. Sozialmedia, oder wie man das nennt, ist das Ding der Zukunft. Und da war Korbi einfach unschlagbar.«

Meiers Englisch war in der achten Klasse eingerostet, deshalb wirkte der Begriff ›Social Media‹ aus seinem Mund etwa so passend wie sein schulterlanges Haar und die Lederbändchen um seinen Hals.

»Als ich angefangen habe, war ich nur ein Bodybuilder, der eine Menge Eisen bewegt hat. Korbi hatte das Zeug dazu, unsere Läden zu modernisieren. Nach dem Studium hätte er die Geschäfte übernommen, und ich garantiere Ihnen, wir wären deutschlandweit bekannt geworden.« Seine Augen begannen zu schwimmen, er verbarg das Gesicht in den Händen.

Es klopfte an der Tür und eine attraktive Blondine trat ein. Ich erkannte Meiers jüngere Ehefrau. Yvonne. Zu ihrem *Kraft-Meier*-Poloshirt trug sie eine Stretchjeans, die die Ergebnisse exzessiver *Fatburning*-Kurse nicht versteckte. Und auch der Rest ihrer Erscheinung war Produkt ausgiebiger

Friseur-, Kosmetik- und Maniküresitzungen. Wenig an ihr war wirklich echt.

Sie grüßte freundlich, legte ihrem Mann ein paar Zettel auf den Schreibtisch und flanierte wieder hinaus.

Meier schob die Papiere zu Danner hinüber. Der blätterte erstaunt die zwei Seiten lange Liste durch. »Ihr Unternehmen besitzt eine ganze Reihe von Dienstwagen«, stellte er wenig begeistert fest.

»Jeder Filialleiter bekommt einen gestellt«, nickte Meier. »Wir haben zurzeit sechzehn Filialen im gesamten Ruhrgebiet, die siebzehnte wird demnächst in Oldenburg eröffnet. Wobei unser Bochumer Trainingscenter das größte ist. Hier fahren sechs Teamleiter Dienstwagen. Die Damen entscheiden sich meist für Kleinwagen. Die männlichen Filialleiter bevorzugen die sportlicheren Limousinen oder einen SUV wie den Mokka.«

Na prima. *Kraft-Meier* besaß einen ganzen Fuhrpark. Das machte es nicht gerade einfach, das Fahrzeug zu identifizieren, das Montagnacht vor der Uni gestanden hatte.

»Führen Ihre Mitarbeiter und Mitarbeiterinnen Buch über die Fahrten?«, erkundigte sich Danner.

Meier schüttelte den Kopf: »Die Dienstwagen gehören zum Bonus, den die Teamleiter erhalten. Sie dürfen die Wagen auch in ihrer Freizeit nutzen. Jeder besitzt außerdem eine Karte, mit der schnell und bequem auf Firmenrechnung getankt werden kann.«

Also kein Fahrtenbuch. Na ja, es hätte wohl sowieso niemand säuberlich notiert, wann er Korbinian vom Kran geschubst hatte.

Danner fuhr sich über die Glatze. Dann nahm er einen weißen Werbekugelschreiber mit neongrünem *Kraft-Meier*-Logo aus dem Stifthalter auf Meiers Schreibtisch.

Er begann, alle Geländewagen auf der Liste einzukringeln.

Vier, fünf, sechs, sieben …

»Behalten Sie den Kugelschreiber ruhig.« Meier schnippte mir ebenfalls einen Stift hin. »Hier, einer für Mädchen.«

Natürlich prangte auf meinem Stift das rosafarbene Frauenarsch-Logo.

Idiot.

Insgesamt elf geländegängige *Kraft-Meier*-Wagen fuhren im Ruhrgebiet herum. Von den sechs Teamleitern im Bochumer Firmenhauptsitz hatten sich sogar gleich fünf für den protzigen Geländewagen entschieden, Siri Bodschwinna mit ihrem Corsa bildete die Ausnahme.

Automatisch wanderte mein Blick durch die mit neonfarbener Werbung beklebten Scheiben des Fitnessstudios zu den Autos, die an der Straße parkten. Keine zehn Meter vom Eingang entfernt stand ein großer, weißer SUV.

Ich trat zwischen einem Crosstrainer und einem Laufband an die Fensterscheibe.

Das war so ein Ding. Ein Wagen wie der, nach dem wir suchten ...

Ich wandte mich um und entdeckte Korbinian Meiers Schwester Kornelia, die gerade ein Mountainbike hinter dem runden Empfangstresen hervor in Richtung Eingangstür schob.

»Entschuldigen Sie, Frau Meier«, hielt ich sie kurzerhand zurück. »Können Sie uns sagen, wem der Wagen dort gehört?« Ich deutete durch die Fensterscheibe.

Ihr Blick folgte meiner Armbewegung. »Klar.«

Erwartungsvoll sah ich sie an.

»Meiner Stiefmutter.« Sie runzelte skeptisch die Stirn. »Wieso?«

»Ein Motiv, Korbinian aus dem Weg zu schubsen, hätte Yvonne Meier, das liegt ja auf der Hand.« Danner senkte die Stimme, als wir auf dem grauen Flur zu den *Kraft-Meier*-Büros zurückkehrten. Mitten im Mucki-Imperium wollte er diese waghalsigen Verdächtigungen lieber nicht zu laut äußern. »Wenn es nach Korbinians Vater gegangen wäre, hätte sein Sohn den Laden nach dem Studium übernommen. Aber vielleicht wollte seine sportliche junge Frau ja lieber selbst Fitnesskönigin werden?«

Die sprichwörtliche böse Stiefmutter?

Konnte das sein?

»Den Tod von Freddi und Dennis würde das aber nicht erklären«, wandte ich ein.

Yvonne Meier – Sekretariat, stand auf dem Schild an der Tür zwischen Thomas Meiers Chefbüro und Kornelia Meiers Reich mit der Aufschrift *stellv. Geschäftsführung.*

»Bei unserem ersten Gespräch hat Meiers Frau behauptet, sie wäre in der Nacht, in der Korbinian starb, mit ihrem Mann zusammen gewesen«, dachte Danner laut weiter. »Mal sehen, ob wir da Unstimmigkeiten finden.«

Er trat, ohne anzuklopfen, ein.

»Entschuldigen Sie, Frau Meier«, sagte er, als er bereits im Raum stand. »Ich habe noch eine kurze Frage an Sie.«

Das Büro von Korbinians Stiefmutter war ein vergleichsweise kleiner Raum mit einer Regalwand voller Aktenordner, einer Küchenzeile mit einem modernen Kaffeevollautomaten, einer Schale mit frischem Obst, verschiedenen Müslis und den Plastikdosen, aus deren Pulverinhalt unten im Fitnessbereich die Eiweißshakes gemixt wurden.

Nach zwei Schritten bremste uns ein brusthoher Empfangstresen. Yvonne Meier saß an dem Schreibtisch dahinter. Sie hörte auf, mit ihren sorgfältig manikürten Nägeln auf der Computertastatur herumzuklicken, und erhob sich. Rechts im Raum befand sich die Verbindungstür zum gymnastikhallengroßen Büro ihres Mannes. Nach links führte ein Durchgang offenbar zu den Räumlichkeiten ihrer Stieftochter. Die Blondine spielte für die beiden anderen Meiers die Sekretärin. Das könnte nerven.

»Was kann ich für Sie tun?«

»Sie fahren einen SUV, einen Firmenwagen?«

Yvonne Meier nickte. Ihre gezupften Augenbrauen zuckten.

»Waren Sie Montagnacht mit dem Wagen unterwegs?«

»In der Nacht, als Korbinian gestorben ist?« Sie begriff,

worauf wir hinauswollten. Doch ihr Gesicht blieb unbewegt. »Die Polizei hat mein Alibi bereits überprüft.«

»Es geht uns nur um Ihren Wagen«, beharrte Danner auf einer Antwort. »Reine Formsache.«

»Ich kann Ihnen gern alles noch einmal erzählen«, entgegnete Yvonne Meier kühl. »Mein Mann und ich waren abends beim Italiener – mit dem Wagen meines Mannes, er fährt das gleiche Modell. Gegen elf waren wir zu Hause, keine drei Minuten von hier. Mein Auto stand, soweit ich weiß, die ganze Zeit in der Garage, neben dem von Korbinian. Die Garage ist abgeschlossen, ich gehe also nicht davon aus, dass er, während wir unterwegs waren, entwendet worden ist.« Sie stemmte die Hände in die wohlproportionierten Seiten. »Soll mein Mann Ihnen das alles bestätigen?«

»Nicht nötig.« Danner hatte die Dienstwagenliste und den *Kraft-Meier*-Kugelschreiber aus der hinteren Hosentasche seiner Jeans gezogen. »Wie gesagt, wir befragen jeden, der einen Dienstwagen fährt. Das ist reine Formsache.«

Meiers Ehefrau entspannte sich sichtlich, als Danner ihren Wagen von der Liste strich. *Garage am Wohnhaus der Meiers,* vermerkte er mit seiner flüssigen, nach rechts geneigten Handschrift auf dem Zettel.

Mein Blick blieb am grünen Meister-Proper-Logo des Kugelschreibers hängen.

»War das alles?« Yvonne Meier wandte sich demonstrativ beschäftigt wieder ihrem PC zu.

Ein Gedanke ging mir durch den Kopf. Ich wühlte meinen eigenen *Kraft-Meier*-Schreiber aus der Hosentasche. Darauf war das pinkfarbene Frauengesäß zu sehen.

Er fährt so eine Kraft-Meier-Schüssel, der Arsch im Logo ist nicht zu übersehen, meinte ich, mich ziemlich genau an Jonas' Worte zu erinnern.

Der Arsch war pink. Tussifarben.

Das Logo für Mädchen!

»Eine Frage noch«, mischte ich mich ein und trat an den Tresen. »Haben nur die Firmenwagen, die von Frauen gefahren werden, dieses pinkfarbene Logo?« Ich hielt meinen Kugelschreiber hoch.

Danner fiel der *Kraft-Meier*-Stift aus der Hand und klapperte auf den Teppich.

Yvonne Meier sah mich an wie eine begriffsstutzige Dreijährige. »Meinen Sie, mein Mann würde mit einer Karre mit rosa Aufschrift fahren?«

Danner hatte seinen weggerollten Kugelschreiber wieder aufgesammelt. Er blätterte die Dienstwagenliste durch, dann kringelte er einen einzigen Frauennamen dick ein. Direkt über Yvonne Meiers bereits durchgestrichenem Namen, wie mir ein schneller Blick über seine Schulter verriet.

Im ganzen kraftmeierschen Muskel-Imperium gab es wirklich nur noch einen weiteren Geländewagen, der von einer Frau gefahren wurde und damit das rosafarbene Gesäß im Logo besaß?

Laut unserer Liste fuhr diesen Wagen: *Kornelia Meier*.

Korbinians Schwester.

Wenn Yvonne Meiers Wagen wirklich in der Garage gestanden hatte ...

Danner vermied es, mich anzusehen. So unauffällig wie möglich, faltete er die Fahrzeugliste zusammen und steckte sie ein.

Yvonne Meier klickerte längst wieder auf der Tastatur herum.

»Wir werden alle Leute auf der Liste befragen müssen«, erklärte er. »Können Sie uns sagen, wo wir Ihre Stieftochter finden?«

Die Blondine sah vom Bildschirm auf. »Konni ist schon ins Wochenende gegangen. Ich kann Ihnen nächste Woche einen Termin machen.« Sie klappte einen Kalender auf.

»Wir würden Ihrer Tochter auch einen Hausbesuch abstatten«, blieb Danner hartnäckig. »Es geht ja nur um diese klitzekleine Dienstwagen-Frage, das ist in fünf Minuten erledigt.«

»Da werden Sie kein Glück haben.« Yvonne Meier verzog

die rosa geschminkten Lippen. »Konni ist mit dem Fahrrad unterwegs und zum Mittagessen verabredet. Wenn sie auf Tour geht, hat sie selten ein Handy dabei.«

Auf Tour ...

Ihre Worte klingelten in meinem Hinterkopf.

»Montagmorgen ist sie wieder im Büro«, fuhr die Sekretärin unbeirrt fort.

Skeptisch sah ich aus dem Fenster. Auch in Yvonne Meiers vergleichsweise kleinem Büro war die Glasfront gut drei Meter lang. Dunkle Wolken wälzten sich über die Dächer.

»Nicht unbedingt das richtige Wetter zum Fahrradfahren«, fand ich.

Die Meier zog eine Schnute: »Ob Konni ihre Pläne spontan ändert, kann ich Ihnen nicht sagen.«

Danner stützte die Hände auf den Tresen: »Aber Sie wissen bestimmt, wo Ihre Tochter sich zum Mittagessen verabredet hat, nicht wahr?«

Yvonne Meier kaute auf ihrer Unterlippe.

»Ich hab ihr einen Tisch im *Blauen Engel* reserviert«, erklärte sie schließlich.

38.

Der Dienstwagen ...

Und der *Blaue Engel* ...

Angeblich war Konni Meier auf Dienstfahrt in Oldenburg gewesen, als ihr Bruder ums Leben gekommen war. Aber Zeugen gab es dafür bisher keine. Und Oldenburg war nicht aus der Welt.

Jonas hatte einen Geländewagen mit Popo-Logo gesehen. Wenn davon nur zwei existierten und Yvonne Meiers Gefährt in der Garage gestanden hatte, dann musste es Konni Meiers Wagen gewesen sein, der in der Nacht, in der ihr Bruder vom Kran gestürzt war, am Unglücksort gestanden hatte.

Das Adrenalin prickelte durch meinen Körper.

Es war halb zwei, als Danner unseren Oldtimer auf der schmalen Dorfstraße vor der Gaststätte parkte. Ein paar Studenten saßen noch im Biergarten, doch der aufkommende Wind ließ die gepunkteten Plastikdecken flattern. Die Gewitterwolken türmten sich bedrohlich über den Kränen und Gebäuden der nahen Uni. Der Sommer schwächelte. Es wurde ungemütlich.

Konni Meiers Strubbelfrisur konnte ich nirgends entdecken.

Wir stiegen die drei bröckelnden Steinstufen hoch und ich drückte die Gaststättentür auf. Ein helles, offenes Fachwerk teilte den Raum mit dem Holzboden und den hellblau gestrichenen Türrahmen in zwei Hälften. In den großen Fenstern baumelten Hängepflanzen.

Eine Wandergruppe hatte vor dem nahenden Unwetter Schutz gesucht und nahm gerade an einem Tisch im vorderen Bereich Platz. Die Stühle hinten waren leer.

Uns blieb also doch nichts anderes übrig, als uns Montagmorgen einen Termin bei Konni Meier geben zu lassen.

Außer …

Ich trat ans Fenster.

Danner lehnte sich unterdessen an die Theke, hinter der ein Junge mit Nasenpiercing Kaffeetassen abtrocknete.

»Hi. Wir sind mit einer Freundin verabredet. Schlank, sportlich, Mitte zwanzig, kurze, braune Haare«, erklärte er.

Ich bückte mich, um an den Grünpflanzen vorbeigucken zu können. Der beginnende Sturm zerrte an den Büschen und Bäumen hinter dem Haus. Zwischen den flatternden Zweigen blitzten rote Fassaden und graue Werkshallen auf.

Auf Tour …

»Die ist schon weg«, lautete die knappe Antwort des Kellners.

War es Zufall, dass Yvonne Meier die gleiche Formulierung benutzt hatte, die die *Roofing*-Clique verwendete, wenn sie darüber sprach, auf ein Gebäude zu klettern?

»Hat sie gesagt, wo sie hinwollte?«, ließ Danner nicht locker.

Der Junge kaute gelangweilt auf einem Kaugummi: »Die hat nur bestellt. Ein Bärlauch-Sandwich.«

Danner machte eine Handbewegung, als wollte er ihm auf die Sprünge helfen.

»Und der Typ hatte ein Thunfischbaguette«, fügte der Kellner widerwillig hinzu.

»Welcher Typ?«, horchten Danner und ich gleichzeitig auf.

»Na der, mit dem sie sich getroffen hat«, murrte der Gepiercte. »So ein Kräftiger. Bart, Piercings, Tattoo, Irokesenfrise.«

Oje.

Danner klatschte wütend seine Hand auf die Theke. Der Junge zuckte zusammen, die Kaffeetasse rutschte ihm aus den Fingern und polterte in die Spüle.

»Wie lange sind die beiden weg?«

»Viertelstunde, zwanzig Minuten?«

Danner presste die Fäuste gegen den Kopf.

Ich tickte seinen Arm an und deutete zum Fenster. Er runzelte die Stirn, bückte sich aber, um unter den Hängepflanzen durch nachzusehen, was ich meinte.

Ein paar Sekunden lang betrachtete er nachdenklich die Werkshallen.

»Einen Versuch ist es wert«, entschied er dann.

39.

»Konni Meier kann nachts auf der Baustelle gewesen sein.« Der Wind zerrte an meinem dünnen Shirt, als wir zum Wagen rannten.

»Sie kann auch Frederik mittags in seiner Wohnung besucht haben, ein Alibi hat nur Siri. Konni hat sich erst nachmittags mit ihr zu den Bewerbungsgesprächen getroffen.« Wir sprangen ins Auto. »Und mit Dennis könnte sie sich ebenfalls in der Kletterhalle verabredet haben.«

Danner trat aufs Gas.

Korbinians Schwester hätte die Gelegenheit gehabt, ihren Bruder und seine beiden Freunde zu töten. Und die Fähigkeiten vielleicht auch. Sportlich genug, um auf einen Kran zu klettern, war sie.

»Aber warum?«, wollte ich wissen. »Wieso sollte sie ihren Bruder umbringen?«

Mit quietschenden Reifen kam unser Oldtimer an der Rückseite des alten Werksgeländes zum Stehen. Direkt an dem Bauzaun, über den ich schon einmal gestiegen war.

»Willst du eine ganz banale Erklärung?« Danner zuckte die Achseln. »Ich schätze, nachdem ihr Bruder tot ist, ist Konni in der Thronfolge im Fitnesskönigreich an die erste Stelle gerückt.«

Scheiße.

Ich sprang aus dem Wagen. Der Himmel hatte sich verfinstert. Schwarze Wolkenberge türmten sich über den halb abgerissenen Hallen auf. Die Arbeiter hatten ihre Maschinen untergestellt und waren ins Wochenende verschwunden.

»Achtzig Hektar«, stöhnte Danner, als er an den Bauzaun trat. »Wo sollen wir suchen?«

»Oben«, schlug ich vor.

Wenig später erreichten Danner und ich atemlos das Dach der Werkshallen über die verzinkte Feuertreppe, mit deren Hilfe ich das Gebäude bei meinem letzten Besuch verlassen hatte.

Inzwischen verschluckten die schwarzen Gewitterwolken das Tageslicht. Die meterhohen Wellblechaufbauten, Abluftanlagen und Fensterschrägen machten die Dachfläche unübersichtlich. Im Schatten der Gebäudewinkel und Lüftungsrohre gab es unzählige Verstecke. Hier jemanden zu finden, würde nicht einfach werden.

Danner kratzte sich ratlos die Glatze.

»Letztes Mal sind wir aus der Richtung gekommen.« Ich wandte mich nach rechts. Irgendwo weiter hinten hatten wir bei unserem unerlaubten Rundgang die breite Werksstraße überquert.

Die Teerpappe dämpfte unsere Schritte, als wir über das Dach huschten. In der Ferne grollte ein Donner.

Wir liefen an den Lüftungsanlagen entlang, bis wir uns darunter hindurchbücken konnten und querten im Schatten eines lang gestreckten Wellblechaufbaus die unter uns liegende Halle, tauchten unter drei weiteren, baumdicken, übereinander entlanglaufenden Abluftrohren hindurch und standen unvermittelt vor der breiten, brusthohen Mauer, die die Dachfläche begrenzte. Vor uns tat sich die fünf Stockwerke tiefe Gebäudeschlucht auf, an deren Boden die breite Straße das Gelände teilte.

»Hölle.« Danner beugte sich über die Brüstung, um in die Tiefe zu sehen. Der kräftiger werdende Wind pfiff zwischen den zerstörten Fassaden hindurch, Abdeckplanen wehten hoch, lose Wellblechplatten klapperten. Durch Löcher in Wänden konnten wir in die gegenüberliegenden Hallen blicken. Unten lagen Altmetall- und Schutthaufen neben den Baggern auf dem bröckelnden Asphalt.

Ich lehnte mich neben Danner an die massive Brüstung. Wir waren an einer Stelle der Werksstraße angekommen, die ich nicht kannte. Das Dach, auf dem wir standen, gehörte anscheinend zu einem auf die Montagehalle aufgesetzten Stockwerk. Etwa zwei Meter unter mir erkannte ich schmale Fenstersimse aus Edelstahl, vielleicht befanden sich ehemalige Büros oder Aufenthaltsräume unter uns. Im Bodenbereich hatte die riesige Halle garagentorgroße, schwarze Öffnungen.

Um mich zu orientieren, suchte ich nach dem blechernen Verbindungsgang, der über die Werksstraße hinüberführte.

In diesem Moment erhellte ein lautloser Blitz für Sekunden den Abgrund und – ich atmete scharf ein: »Ben!«

Als Danner hinsah, war es wieder dunkel.

Trotzdem. Ich war sicher, zwei Menschen mit baumelnden Beinen an der Dachkante sitzen gesehen zu haben. Sie waren bestimmt hundert Meter von uns entfernt, hinter ihnen auf der Dachfläche liefen übereinander drei dicke Lüftungsrohre entlang.

»Komm.«

Automatisch nahm ich Abstand zur Dachkante, schlüpfte wieder unter den Rohren hindurch, die uns Sichtschutz boten, während wir uns auf ihrer anderen Seite den Gestalten näherten.

Der Sturm fegte mir ins Gesicht.

Durch den schmalen Streifen zwischen den Rohren spähte ich zu der Stelle, die mir eben aufgefallen war – und tatsächlich: Auf der Mauer, die das Dach begrenzte, saßen zwei Menschen.

Jonas erkannte ich an seiner Schulterbreite.

Danner hielt mir einen erhobenen Daumen unter die Nase. Leise schlichen wir weiter. Keine fünf Meter hinter den beiden verschwanden die Abluftrohre in einem Dachaufbau aus Wellblech. Wir drückten uns in den Schatten der Wand und gingen in die Hocke, um unter der Abluftanlage hindurchsehen zu können. Die zweite Person wirkte sehr zierlich. Der Wind zerzauste ihre kurzen, strubbeligen Haaren.

Wir waren nah genug, um ihre Worte verstehen zu können.

»Sorry, dass ich so ein Schisshase geworden bin«, sagte Konni Meier. »Aber seit mein Knie bei dem Sturz draufgegangen ist, bin ich eine echte Memme.«

Mir kamen Zweifel, als ich die beiden nebeneinandersitzen sah. Jonas wog zwei Zentner und konnte auf seinen Händen stehen. Körperlich war er seiner schmalen Begleiterin zehn Mal überlegen. Außerdem hatte die junge Frau das rechte Bein an den Körper gezogen und rieb sich das Knie.

Dennis und Frederik gegenüber war das Kräfteverhältnis nur unwesentlich günstiger gewesen. Konnte Konni Meier wirklich drei mächtig gut trainierte Jungs umgebracht haben?

Danner legte einen Finger an die Lippen.

Etwas klirrte.

»Mir brauchst du nichts beweisen«, meinte Jonas.

Ich beobachtete, wie jeder von ihnen eine Flasche an den Mund setzte.

»Mann, Jo«, seufzte Konni Meier dann. »Du bist der Einzige in der ganzen Truppe, der ein Gehirn hat.«

Wieder klirrten die Pullen aneinander.

Die betranken sich. Auf einer Dachkante, die sich fünf Stockwerke über der Erde befand.

»Ich weiß, dass ich viel eher mit dir hätte sprechen müssen«, fuhr Konni nach kurzem Schweigen fort. »Aber er war doch mein Bruder.«

»Schon klar«, brummte Jonas. »Der Einzige, dem ich krummnehme, dass er die Fresse nicht aufgekriegt hat, ist Dennis. Dem hätte ich das Genick brechen können.«

»Der wusste doch gar nichts«, nahm Konni den toten Dennis in Schutz. »Der hat gekniffen und ist abgehauen.«

Die sprachen über den Einbruch vor fast fünf Jahren! Was wusste Konni Meier denn darüber?

»Zumindest *das* hätte er mir sagen können«, erklärte Jonas heiser. »Dann wäre alles anders gelaufen.«

»Scheiße, Mann«, sagte Konni.

Es klirrte wieder.

Mir wurde mulmig zumute. Korbinian hatte Alkohol im Blut gehabt, als er abgestürzt war. Und auch Frederik und Dennis hatten sich vor ihrem Tod betrunken.

Gemeinsam mit Konni?

»Ich will wissen, was damals passiert ist, Konni.« Jonas' Stimme bekam einen gefährlichen Unterton. »Wer hat zugeschlagen? Korbi oder Freddi? Wer von den Wichsern hat mich in den Bau gehen lassen?«

Das war die Frage, die Jonas seit Jahren beschäftigte.

Ein Schauer kroch mir über den Rücken.

Wenn du wissen willst, warum alles so verkorkst ist, erkläre ich es dir.

Jonas hatte keine Wahl gehabt. Korbinian und Frederik waren beide tot. Wenn Konni ihm die Antwort auf diese Frage versprochen hatte, war er gezwungen gewesen, herzukommen.

Hatte sie es so angestellt? War es möglich, dass Konni Meier jeden der Jungen an seinem wundesten Punkt erwischt hatte?

Plötzlich konnte ich mir vorstellen, wie Korbinians Schwester sich gemeinsam mit Dennis Plau oben auf der Kletterwand betrank, während seine Mutter starb. Vielleicht hatte es gar nicht viel körperliche Kraft gebraucht, Dennis das Seil um den Hals zu legen …

»Eigentlich kennst du die Antwort«, entgegnete Konni sanft.

»Korbi war es? Du hast ihn gedeckt, weil er dein kleiner Bruder war?«, riet Jonas.

»Denk mal nach.« Die junge Frau rieb sich erneut ihr Knie. »Als wir damals noch alle zusammen auf Tour waren, war Frederik der Große, der Boss. Alle sind nach seiner Pfeife getanzt, der hat sich die bescheuertsten Mutproben ausgedacht und ihr habt jeden Scheiß durchgezogen, den er verlangt hat.«

»Und?«

»Und dann hat plötzlich Korbi das Sagen?« Ich hörte ein klein wenig Schärfe in ihrer Stimme. »Weil Freddi das Herumkommandieren keinen Spaß mehr machte, oder was?«

Ein paar Sekunden lang war es still.

»Korbinian hatte Frederik in der Hand«, dämmerte es Jonas. »Der hat ihn erpresst! Deshalb war er plötzlich der große Anführer!« Er griff sich an die Stirn. »Und deshalb war er auch plötzlich mit Siri zusammen! Er hat von Freddi verlangt, dass er Siri verlässt? Und weil die sich tatsächlich von Korbi hat abschleppen lassen, ist er so sauer auf sie!«

»Als ich das geschnallt habe, wollte ich natürlich wissen, was abging«, bestätigte Konni. »Ich habe Korbi festgenagelt und schließlich hat er mir den Einbruch gestanden.«

»Dein Bruder hat gesehen, wie Frederik seinen eigenen Onkel niedergeschlagen hat«, erfasste Jonas die Bedeutung ihrer Worte.

Danner und ich tauschten einen verblüfften Blick.

»Die beiden sind abgehauen«, sprach Konni weiter. »Sie dachten natürlich, dass alles rauskommt. Aber dann bist du verhaftet worden und sie brauchten einfach nur die Klappe zu halten.«

»Diese Arschlöcher.«

Wieder klirrten Glas.

»Freddi hat seinen Onkel damals sogar beerbt.« Aus dem Schatten der Abluftanlagen heraus sah ich, wie Konni ihre leere Flasche in den Abgrund schleuderte. »Mit dem Geld hat er seine Internetfirma aufgezogen.«

»Wie lange weißt du das schon?« Jonas' Stimme bekam einen Unterton, der mich den Kopf so weit senken ließ, dass ich unter den Lüftungsrohren hindurch sein der Frau zugewandtes Profil mit der kurzen Boxernase sehen konnte.

Einen Augenblick herrschte angespanntes Schweigen.

Ein Regentropfen traf mich auf dem Arm. Der Donner rollte über unsere Köpfe hinweg.

»Ich komme reichlich spät damit rüber«, gestand Konni zerknirscht, »aber jetzt musste ich mit dir sprechen. Korbi und Freddi sind tot, ich weiß als Einzige, was wirklich passiert ist. Ich musste es dir einfach sagen.«

»Wie lange weißt du es?«, wiederholte Jonas seine Frage.

In meiner Kehle wuchs ein pappiger Kloß. Es fühlte sich an, als hätte ich einen von Molles Semmelknödeln verschluckt.

Konni Meier hatte ebenfalls die Klappe gehalten! Sie hatte ebenfalls hingenommen, dass Jonas für eine Tat, die er nicht begangen hatte, im Gefängnis blieb. Wie die drei anderen, die geschwiegen hatten. Die drei, die jetzt tot waren.

Scheiße!

War Jonas in diesem Moment gar nicht derjenige, der in Gefahr schwebte?

Wie in Trance richtete ich mich auf und trat aus dem Schatten. Ich spürte, dass Danner mich am Arm packte und wieder in Deckung zu zerren versuchte. Dicke Regentropfen klopften um mich herum auf die Teerpappe.

»Ist bestimmt zwei Jahre her, dass ich das rausgekriegt habe«, gab Konni zu. Sie massierte ihr Bein, als würde es schmerzen.

O Gott!

Jonas starrte sie an. Dann griff er den Flaschenhals und setzte seine fast leere Pulle an die Lippen.

»Tut mir leid«, murmelte Konni und –

Ich schrie auf!

Mit voller Wucht trat sie Jonas beide Füße in den Rücken! Er rutschte vom Dach ins Nichts.

Ich ließ mich auf die Knie fallen, doch als ich unter den Lüftungsrohren hindurchgestürzt war, war Jonas verschwunden!

Abgestürzt.

Konni Meier fuhr herum. Sie stolperte rückwärts, rannte aber nicht weg, sondern fing an, an ihrem Gürtel zu zerren! Ich sah erst jetzt, dass sie einen Klettergurt trug und sich mit einem Seil an einem Regenfallrohr am Wellblechaufbau gesichert hatte.

Sie hätte gar nicht abstürzen können.

»Wieso?«, schrie Danner sie an, als er hinter mir auftauchte.

Ich rannte zur Dachkante, zögerte dann aber doch. Ich wollte nicht hinuntersehen. Auf den zerschmetterten Körper von Molles Kind, der wie eine kaputte Spielzeugfigur neben den Baggern lag.

Mein Magen verknotete sich.

»Ich wollte das alles nicht!« Konnis Stimme überschlug sich.

»Das können Sie einem Idioten erzählen! Sie waren Montagnacht auf dem Kran! Sie haben Ihren Bruder umgebracht!« Danner packte das Seil, an dem sie hing.

»Ich wollte nur mit Korbi reden!« Konni Meier wich vor ihm zurück. »Seit Jahren führe ich die Geschäfte, aber mein Vater will seinen verhätschelten, kleinen Thronfolger zum Chef machen!« Der Regen klatschte ihre Haare an ihren Kopf. »Scheißegal, dass der den Laden, ohne mit der Wimper zu zucken, verkaufen würde, um den Rest seines Lebens auf dem Mount Everest herumzuklettern! Hauptsache, ein Mann leitet das Geschäft!«

Ein dumpfes Bollern ließ mich zusammenzucken.

Was war das gewesen?

»Korbinian hat mich ausgelacht und gemeint, ich dürfte ihm gern den Kaffee kochen. Da bin ich ausgerastet!«

Mit klopfendem Herzen lehnte ich mich nun doch über die Mauer und schaute hinunter.

Jonas hatte das Fenstersims zu fassen bekommen! Keine drei Meter unter mir hing er an der sonst glatten Wand. Er zog sich an dem schmalen Metallbrett zum Klimmzug hoch, ließ die linke Hand blitzschnell los und bollerte die Faust erneut gegen die Fensterscheibe.

Als er wieder mit beiden Händen hing, bemerkte er mich.

»Kunststofffenster«, ächzte er. »Jetzt hätte ich nichts gegen deine Hilfe einzuwenden, Engel.«

»Aber Freddi hat mein Auto gesehen!« Weil Danner das Seil festhielt, zerrte Konni Meier an den glitschig gewordenen Schnallen des Gurtes. »Und der wollte mich erpressen. Ich sollte Siri rausschmeißen! Wie hätte ich das meinem Eltern erklären sollen?«

Das Seil!

»Und jetzt bringen Sie alle um, die den Wagen erkannt haben könnten, oder was?«

»Geben Sie mir das Seil!«, schrie ich Konni an.

Danner begriff und sprang an die Dachkante.

»Halt dich fest!«, brüllte er, als er Jonas entdeckte.

»Spitzentipp«, hörte ich die Antwort.

Konni Meier hatte das Seil losgeknotet und hielt es unentschlossen in der Hand.

»Vielleicht wollte Ihr Vater Ihren Bruder als Nachfolger, weil er dessen Geschäftsideen für die besseren hielt? Haben Sie da auch nur eine Sekunde drüber nachgedacht?«, fuhr ich sie an. »Das würde bedeuten, dass Sie die Firma vielleicht doch nicht retten, sondern nur erben wollten!«

Sie ließ das Seil fallen.

Ich schnappte es und warf Danner das Ende zu. Allein würde er Jonas nicht halten können, der wog mehr als er, und eine Seilbremse gab es nicht.

Als ich über die Kante sah, baumelte das Seil an Jonas Rücken. Doch der machte keine Anstalten, danach zu greifen.

»Das Seil hängt direkt hinter dir!«, brüllte Danner.

»Ich kann nicht loslassen!«, keuchte der Junge.

Er klammerte sich nur noch mit den Fingerkuppen an das Sims. Er brauchte beide Hände, um sich festzuhalten, und auch das würde nicht mehr lange klappen.

Wir mussten irgendwas unternehmen!

Ich wirbelte herum. Wider Erwarten stand Konni Meier noch, wo ich sie hatte stehen lassen. Kaum fünf Meter hinter mir. Sie wirkte geistesabwesend.

»Geben Sie mir den Gurt!« Ich deutete auf ihre Hüften. »Bitte.«

Eine Sekunde lang sah Korbinians Schwester aus, als hätte sie mich nicht verstanden. Dann löste sie Schnallen, stieg aus dem Gurt und warf ihn mir zu.

Danner starrte mich an.

»Ich halte ihn fest«, erklärte ich, während ich mir den Gurt schon auf die Hüften zog.

Danner tippte sich an die Stirn.

»Kannst du ein Seil hochklettern?«, fragte er Jonas über die Dachkante hinweg.

»Nee.« Die Antwort fiel alarmierend knapp aus.

»Okay.« Danner knotete das Seil am Gurt fest. »Ich lass dich runter und denke dann weiter.«

Das Kletterseil war noch um das Regenfallrohr gewickelt. Danner schlang es außerdem um eines der dicken Lüftungsrohre. Das Blech knackte, als er probehalber daran riss.

»Gut, ich habe das Seil umgelenkt. Dadurch kann ich wahrscheinlich etwas mehr Gewicht halten. Versuch, Jonas irgendwie abzustützen, damit er nachgreifen kann.«

Ich stieg auf die Mauer. Ich war klitschnass, das Seil in

meinen Händen rutschig. Unter mir pfiff der Sturm durch die Werksschlucht.

»Rückwärts. Hände ans Seil, Füße an die Wand.« Danner tat, als könnte das tatsächlich klappen.

Als ich mich ins Nichts hinuntergleiten ließ, spannte sich das Tau zwischen Regenrohr und Abluftanlage.

Mein Herz klopfte, doch Danner ließ mich kontrolliert herunter, ich saß sicher in den Riemen des Klettergurtes.

Jonas' Gesicht war kreidebleich und schmerzverzerrt, als ich mit ihm auf einer Höhe war. Die Augen hatte er fest zugekniffen, er hing nur noch mit den weiß verfärbten Fingerkuppen an der schmierigen Fensterbank.

Ich bemerkte, dass er rutschte!

Ohne zu überlegen, machte ich einen Schritt über ihn, stellte einen Fuß rechts und einen links neben seinem Körper gegen die Wand und packte ihn um die Brust!

Jonas spürte die Entlastung und griff mit der linken Hand nach, erwischte die Fensterbank wieder besser.

»Bringt nichts, Engel«, ächzte er. »Meine Finger sind am Ende.«

»Quatsch!«

Doch im gleichen Augenblick verlor er den Halt. Mit einem Ruck sackte sein Körpergewicht in meine Arme.

Festhalten! Mit aller Kraft spannte ich den Rücken an, stemmte die Beine gegen die Wand. Der Gurt schnitt in meine Oberschenkel. Die Gurkenglasnaht an meinem Handballen platzte.

Das Seil gab nach!

Über uns krachte es und das Regenrohr, um das Danner das Seil gewickelt hatte, flog an uns vorbei!

Wir fielen ungebremst! Jonas' Gewicht schleuderte mich kopfüber nach unten, ich krallte meine Finger in sein T-Shirt. Der Boden stürzte auf uns zu. Asphalt, Geröll, Altmetall, aus dem scharfkantige Blechplatten und Stahlspitzen ragten!

Ohne Vorwarnung ging es plötzlich wieder in die andere Richtung. Der Beckengurt bremste den Fall ruckartig, schnitt mir in den Bauch, drohte mich zu zerreißen! Ich schrie, als mir Jonas aus den Fingern glitt!

Im nächsten Moment hing ich in der Luft. Eine Armlänge unter mir schlug Jonas auf dem Asphalt auf. Neben dem Altmetallhaufen rollte er sich auf die Seite und krümmte sich fluchend.

»Scheißlandung, Engel!«, stöhnte der Junge, als ich wesentlich sanfter neben ihm auf allen vieren landete. Keuchend rang ich nach Luft. Das Seil klatschte neben mir auf den Boden.

Ich sah hoch.

Danner hing über der Brüstung, im Regen.

Mühsam richtete ich mich auf, bewegte vorsichtig die Finger und hob dann eine Hand.

Danner rieb sich mit beiden Händen durchs Gesicht.

Ein Blitz zuckte über den schwarzen Himmel. Im gleichen Moment sah ich Konni Meiers schlanke Silhouette neben Danner an der Dachkante stehen.

Ich musste ihn warnen! Schreien!

Doch mir stockte der Atem, als sie die Arme ausbreitete und flog …

40.

»Das nennst du aufpassen?«

Molle warf Danner einen bösen Blick zu, als der Jonas' Rollstuhl ins Krankenzimmer schob.

Jonas' rechtes Bein lag auf der waagerecht nach vorn ragenden Fußstütze. Der Unterschenkel war bei dem harten Aufprall zersplittert. In einer dreistündigen Operation hatten die Ärzte das Bein zusammengeflickt und mit Metallplatten verschraubt. Jetzt guckten seine grün und blau angelaufenen Zehen aus dem Verband, in seinem Knöchel steckten Plastikschläuche, durch die Blut in einen durchsichtigen Beutel lief.

»Ist nur ein gebrochenes Bein«, beruhigte ich Molle. »Er lebt noch.«

»Was machst du denn hier?«, erkundigte sich Danner unterdessen bei Staschek, der sich schon morgens um neun im Besucherstuhl neben Molles Krankenbett lümmelte und Zeitung las. »Solltest du nicht eine Soko herumkommandieren oder ein Statement an die Presse abgeben, was du von den abgestürzten Adrenalinsüchtigen hältst?« Danner machte eine vielsagende Geste mit der bandagierten linken Hand, mit der er Jonas' und meinen Absturz abgebremst hatte.

Konni Meier hatte den Sprung vom Werkshallendach nicht überlebt – eine Tatsache, die Staschek normalerweise ein arbeitsreiches Wochenende bescherte.

»Hab frei«, brummte der nur.

»Frei?«, wiederholten Danner und ich gleichzeitig.

»Urlaub.« Staschek ließ die Zeitung sinken. »Auf unbestimmte Zeit. Die Polizeipräsidentin war not amused über meine Dienstaufsichtsbeschwerde wegen ihrer Grabscherei.«

Mein Mund klappte auf: »Du hast dich mit der Schlampe angelegt?«

Staschek fuhr zusammen, als ich seine Worte auf den Punkt brachte.

»Respekt«, staunte ich.

Staschecks schmales Gesicht färbte sich rosa. »Du hast mich praktisch dazu gezwungen«, seufzte er.

»Ich? Kann mich gar nicht erinnern, dich in letzter Zeit erpresst zu haben?!«

»Du bist gerade zwanzig und zeigst deinen Vater an, der dich beinahe totgeprügelt hat.« Staschecks samtweiche Stimme ließ mich frösteln.

Morgen Mittag. An Großmutters Grab. Nur du und ich.

Ich bemerkte die Blicke von Molle und Jonas und konnte mir gerade noch verkneifen, in Richtung Uhr zu sehen.

Wenn du wissen willst, warum alles so verkorkst ist, erkläre ich es dir.

Was, wenn Claudius wirklich etwas wusste?

»Und ich lass mich von der blöden Zicke einschüchtern«, ergänzte Staschek, als würde er sich im Nachhinein selbst darüber wundern. »Das ist ziemlich peinlich.«

Meine Gedanken waren abgeschweift. In drei Stunden wollte sich mein Bruder mit mir am Friedhof treffen. War das meine Chance herauszufinden, was ich die ganze Zeit hatte wissen wollen?

Danner schob Jonas' Rollstuhl zwischen Staschcks Sessel und Molles Krankenbett und zog die Bremsen fest.

»In Sachen Kooperation mit der Polizei müsst ihr euch in Zukunft also an eure Freundin Schnabelnase halten«, bemerkte Staschek leichthin.

Verdammt, ich musste es wissen! Außerdem war es höchste Zeit, dass ich mit meinem bescheuerten Bruder fertig wurde. Wenn ich mich heute drückte, hatte er gewonnen. Dann würde mich ab sofort die Frage quälen, was er mir hatte erzählen wollen.

»Ich gehe mal aufs Klo«, murmelte ich und wandte mich zur Tür.

Danner tätschelte Jonas liebevoll die Irokesenbürste: »Du hast jetzt jedenfalls erst mal ganz viel Zeit, dich mit Papi zu unterhalten.«

Leise schlüpfte ich aus dem Zimmer.

41.

Meine Knie zitterten.

Nein, mein ganzer Körper schlotterte.

Und das lag nicht daran, dass die Wolken nach dem Gewitter hängen geblieben waren und gleichmäßiger Regen auf den Asphalt prasselte. Ich war klitschnass, meine Haare klebten an meinem Kopf, die schweren Tropfen hatten die Schultern meiner Jacke durchweicht, aber es war immer noch sommerlich warm. Die Kälte, die mich frieren ließ, kam aus meinem Inneren. Mein Körper sträubte sich dagegen, sich durch das große, dunkelgrün gestrichene Stahltor zu bewegen.

Morgen Mittag. An Großmutters Grab. Nur du und ich.

Hinter mir brauste der Verkehr. Vor mir, auf der anderen Seite des hohen Stahlzaunes, begann die grüne Stille des Ricklinger Friedhofs.

In der Innentasche meiner Jacke tastete ich nach dem warmen, harten Griff von Danners Pistole, um mich zu vergewissern, dass sie noch da war.

Es war dann doch gar nicht so schwer gewesen, sie zu finden. Ich hatte gewusst, dass Danner die Waffe irgendwo in der Wohnung aufbewahrte, und ich hatte schon öfter danach Ausschau gehalten. Er musste sie also an einem Platz verstecken, an dem ich noch nicht nachgesehen hatte. Deshalb war die Wahrscheinlichkeit, die Pistole in der Küche zu finden, am größten gewesen, denn bis vor Kurzem hatten wir uns dort ja nur selten aufgehalten.

Hinter den Putzmitteln unter der Spüle hatte ich den schweren Metallkoffer beinahe auf Anhieb entdeckt. Der passende Schlüssel hatte in der obersten Schreibtischschublade zwischen den Büroklammern gelegen.

Weil ich befürchtet hatte, dass Danner mein plötzliches Verschwinden auffiel und er auftauchte, hatte ich nicht mehr nach der Munition gesucht. Mit der Waffe würde ich meinen Bruder aber zumindest erschrecken können, ich kannte Claudius gut genug, um ihm nicht mit leeren Händen gegenübertreten zu wollen.

Wenn er überhaupt auftauchte. Ich war spät dran, der ICE hatte für die Strecke Bochum-Hannover zwar nur eine Stunde und dreiundfünfzig Minuten gebraucht, aber die Taxifahrt zum Friedhof hatte eine Weile gedauert. Und jetzt musste ich noch Großmutters Grab finden. Das letzte Mal war ich bei ihrer Beerdigung hier gewesen.

Ich gab mir einen Ruck und betrat das Friedhofsgelände.

Die ganze Aktion war grottendämlich. Wieso kam ich her, obwohl ich genau wusste, dass das nur der nächste Versuch meines Vaters war, mich zum Zurückziehen meiner Anzeige zu zwingen?

Wenn du wissen willst, warum alles so verkorkst ist, erkläre ich es dir.

Egal, was Claudius erzählte, es würde nichts daran ändern, dass mein Vater mich mein Leben lang geschlagen hatte.

Idiotisch, dass ich hier war! Wie eine dusselige Maus, die die Falle sieht, aber zu gierig ist, den Käse liegen zu lassen. Etwas anderes war dieses Treffen doch nicht. Eine Mausefalle.

Wie Konni Meier eine für Jonas aufgestellt hatte. Nur würde mich niemand retten.

Mittlerweile musste Danner natürlich längst gemerkt haben, dass ich nicht mit Verstopfung auf dem Krankenhausklo saß. Aber er hatte keine Chance, darauf zu kommen, wo er nach mir suchen musste.

Wenn Claudius mich hier zum Schweigen bringen wollte, hätte er gute Chancen, mich unbemerkt zu verscharren. Ein frisches Grab mehr oder weniger fiel gar nicht auf.

Aber das lief nicht. Ich würde rausfinden, was er von mir wollte, ihm ein für alle Mal klarmachen, dass ich die Anzeige nicht zurückziehen würde und dass er mich auch nicht einschüchtern konnte.

Das Gelände war riesig, zwischen dicken Hecken und Rhododendrongebüschen erhoben sich alte Eichen und Ahornbäume. Doch so still, wie ich befürchtet hatte, war der Friedhof nicht. Trotz des Dauerregens holperte ein Stück entfernt ein Minibagger über den gepflasterten Friedhofsweg und ein paar Gärtner in grünen Latzhosen schnippelten an den Hecken herum.

Rechts neben mir unter einer mächtigen Kastanie stand das alte Sandsteingebäude der Friedhofsverwaltung. Wenn ich mich richtig erinnerte, musste ich gleich dahinter abbiegen.

Ein mit Moos bewachsenes Wasserbecken kam mir entfernt bekannt vor. Die Tropfen bildeten Ringe auf der grünen Oberfläche, im Thujabusch dahinter hingen bunte Plastikgießkannen.

Der schmale Weg, der am Brunnen vorbei zu den dahinterliegenden Grabstellen führte, war von den Gärtnern noch nicht bearbeitet worden. Die Rhododendren drängten sich auf den Pfad, die ersten Grabmale versanken in der Hecke, die Bäume breiteten ihre Äste über dem Pflaster aus, sodass ich durch einen dunklen, tropfenden Tunnel lief.

Arbeiter waren nicht mehr zu sehen, und dass die Straße in der Nähe war, verriet mir nur der Verkehrslärm. Ein abgelegenes Plätzchen, keine zwanzig Meter von der Hauptstraße entfernt. Im Vorbeigehen checkte ich die Namen auf den verwitterten Grabmalen und zugewachsenen Steinkreuzen zwischen den Büschen.

Dann entdeckte ich die alte Grabstätte, auf der gleich eine ganze Reihe protziger Marmorsteine standen. Die Gräber waren von Efeu überwuchert. Ich brauchte die eingemeißelten Namen nicht zu lesen. Ich war da.

Kopfschüttelnd trat ich näher. Drei Gärtner kümmerten sich zeitweise um den Garten rund um die Villa meines Vaters, der mit ein bisschen gutem Willen auch als Park durchging. Aber hier am Grab meiner Familie hatte seit Jahrzehnten niemand mehr die Schlingpflanzen entfernt. Ganz rechts stand ein verwitterter Sandstein. Der Efeu hatte mittlerweile Stämme gebildet und schlang seine Ranken von hinten über die Ruhestätte wie ein aus der Tiefsee auftauchender Riesenkrake. Ich schob die nassen, grünen Tentakel zur Seite. Der mannshohe Stein war auf einer Seite abgesackt. Die Namen meiner Urgroßeltern väterlicherseits waren eingemeißelt. Daneben befand sich der genauso von der Wildnis verschlungene, eckige Marmorstein meiner Großeltern. An meinen Großvater erinnerte ich mich nur schemenhaft und irgendwie ähnelten seine verschwommenen Umrisse verdächtig denen meines Vaters. Aber vielleicht spielte mir mein Gedächtnis auch da wieder einen Streich.

An die Beerdigung meiner Großmutter hingegen erinnerte ich mich noch; ich war zwölf oder dreizehn gewesen, als sie starb. Nicht, dass mir das besonders leidgetan hätte.

Meine Großmutter war – wie der Rest meiner Familie – nie sonderlich erfreut darüber gewesen, dass ich ihren guten Ruf mit schrillen Punkfrisuren, schlechten Schulnoten und einem ausschweifenden Sexleben ruinierte.

Oder gab es einen anderen Grund, aus dem auch sie mich nicht sonderlich gemocht hatte?

Ich wandte mich ab und – prallte zurück.

Mein Bruder hatte direkt hinter mir gestanden.

»Claudius!« Meine Hand zuckte unter meine Jacke. »Willst du, dass ich dir in die Eier trete, oder warum traust du dich so dicht an mich ran?«

»Bleib mal locker, Schwesterlein!« Claudius dachte nicht daran, Abstand zu nehmen, weswegen mein Blutdruck in die Höhe schoss, mein Puls beschleunigte, ich zu schwitzen begann.

Cool bleiben. Dem Arsch zeigen, dass er es bereuen würde, wenn er mich noch ein einziges Mal anfasste, lautete mein Plan. Claudius war genauso groß und mittlerweile kräftiger als mein Vater, während ich die zierliche Statur unserer Mutter geerbt hatte.

Ich sorgte für Sicherheitsabstand und ärgerte mich gleichzeitig schwarz darüber, dass ich vor ihm zurückwich.

Aber er machte tatsächlich keine weiteren Anstalten, mich zu bedrängen, deshalb ließ ich Danners Waffe vorerst stecken. »Wenn du mir ausrichten willst, dass ich die Anzeige zurückziehen soll, wird das ein kurzes Gespräch.«

»Stell dir vor, das ist genau der Grund, aus dem ich mit dir sprechen will«, schnauzte Claudius zurück. »Denn unser Vater schmeißt anscheinend lieber seine ganze Karriere in den Dreck, statt dir endlich zu erklären, warum er es nicht fertigbringt, dich zu lieben.«

Genauso gut hätte er mich mit der Faust in den Bauch treffen können. *Warum er es nicht fertigbringt, dich zu lieben.*

Mir wurde übel.

Du schaffst es nicht, so zu tun, als würden deine Eltern dir am Arsch vorbeigehen, erinnerte ich mich an Danners Worte.

Ich suchte im regennassen Gesicht meines Bruders nach irgendeinem Anhaltspunkt, einem Muskelzucken, einer Stirnfalte, die mir verriet, was er vorhatte. Doch ich sah nur Hass, der aus ihm hervorzubrechen drohte wie Lava aus einem Vulkan.

Ich musste hier weg.

»Du hast wirklich keinen Schimmer, hm?«, erkundigte sich Claudius eisig.

Ich konnte mich nicht bewegen. Claudius' Worte hatten meine Muskeln gelähmt wie in Nervengift getunkte Pfeile.

Warum er es nicht fertigbringt, dich zu lieben.

Das war sie, die Frage, nach deren Antwort ich schon mein Leben lang suchte. Wieso liebten meine Eltern Claudius, aber mich nicht? Obwohl ich ein scheißniedliches Kind mit blonden Zöpfen gewesen war? Obwohl ich mir so eine Mühe gegeben hatte, Klavier zu spielen und Ballett zu tanzen und Bitte und Danke zu sagen? Also bevor ich angefangen hatte, mir eine Glatze zu rasieren und ungewaschene Idioten im elterlichen Ehebett zu vögeln.

Ich schüttelte den Kopf.

Claudius wandte sich ab.

Einen Augenblick lang glaubte ich, er würde sich einfach umdrehen und gehen.

Doch er trat an die Kante unserer Familiengrabstätte, an dem riesigen Marmorklotz vorbei, den meine Eltern vorsichtshalber schon mal gekauft hatten, damit ihr eigener Grabstein irgendwann nicht zu unscheinbar ausfiel.

Claudius bückte sich daneben, an die von Schlingpflanzen überwucherte Steinkante, die das Grab vom Gebüsch abgrenzte. Er packte den Efeu mit beiden Händen, riss ihn hoch und warf die losen Ranken achtlos zur Seite. Ein flach auf dem Boden liegender Stein kam zum Vorschein.

Obwohl er grün vom Moos war, konnte ich einen eingravierten Engel erkennen.

Amalia-Feodora Simanowski-Ziegler

Fee!

Ich prallte zurück, als hätte ich eine Starkstromleitung berührt.

Ich kann mich selbst sehen. Von oben. Über das gedrechselte Geländer der Empore kann ich die dünne Achtjährige mit den blonden Zöpfen auf dem spiegelnden Marmorboden der Eingangshalle liegen sehen.

Wie tot.

»Fee.« Ich wollte flüstern, aber ich bekam nur ein Krächzen heraus.

Die Bilder stürzen auf mich ein wie Felsbrocken.

Ich sehe mich selbst, im Spiegel über der klobigen, weißen Schminkkommode im Schlafzimmer meiner Mutter. Eine winzige Vierjährige mit riesigen blauen Augen im Puppengesicht. Fee steht hinter mir. Sie ist größer, ihre wirren, blonden Haare sind länger, aber ihre Augen sind die gleichen. Mit langen Strichen bürstet sie mir das Haar.

Alles drehte sich.

Fang mich doch, Zwerg!

Ich griff mir an die Schläfen.

Ihr habt gestritten. Claudius' Stimme bohrte sich durch meine Schädeldecke in mein Gehirn, holte weitere Bilder hervor, die immer dagewesen waren, nur irgendwie verschüttet.

Gib das her, Zwerg!

Ich klammere mich an dem Plüschhasen fest und heule, so laut ich kann.

Oben auf der Empore, vor den Kinderzimmern, sagt Claudius. Du hast einen deiner Wutanfälle gekriegt und hast sie geschubst. Das Geländer war alt. Vater konnte es nicht verhindern.

Ich sehe Fees Augen groß werden vor Schreck, als das gedrechselte Geländer wegknackt. Ich sehe sie rückwärts von mir wegstürzen. Fallen …

Ich schreie.

Und schreie.

Und schreie, bis Claudius behutsam meinen Arm greift und mich vom Grab wegzieht.

Ich trete neben dem Loch ans Geländer, sehe hinunter. Sehe das Mädchen, sieben oder acht Jahre alt.

Jetzt weiß ich, dass ich das nicht bin. Eigentlich habe ich es schon die ganze Zeit gewusst. Ich sehe dunkelrotes Blut, das sich ganz langsam um ihren Kopf herum auf dem Marmor ausbreitet.

Schschsch, sagt Claudius und dreht mich mit sanfter Gewalt weg, sodass ich den Grabstein nicht länger anstarren kann.

Komm, Lili. Komm, ich bring dich nach Hause.

Dieses Mal weiß ich, dass ich nicht schwebe. Dass ich in Wirklichkeit auf der Empore der Eingangshalle stehe. Und dass es meine Schwester ist, auf die ich hinabsehe.

Meine Schwester ist tot.

Du warst ein Kind. Sie haben ihre Bilder weggeräumt und nie wieder darüber gesprochen. Sie haben gehofft, du vergisst es. Aber sie selbst haben es eben nie vergessen.

Fee.

Der Schmerz zerreißt mich und ich bin froh darüber. Meine Beine geben nach. Claudius packt mich unter Armen und Knien, hebt mich hoch und trägt mich zum am Seiteneingang des Friedhofes parkenden Wagen.

Irgendwann erkannte ich die Schminkkommode meiner Mutter. Ich sah sie so deutlich, als wäre sie wirklich da. Das weiß gestrichene Holz. Die antiken Metallknäufe an den Schubladen. Der Spiegel mit dem Goldrahmen an der Wand darüber. Die unzähligen Schminkdöschen und Tiegelchen, die Lippenstifte und Wimpernbürsten, die Haarbürsten und Handspiegel, das Glätteisen, die Lockenwickler, den Ladyshave, den Korkenzieher, die geöffnete, goldfarbene Sektflasche neben dem Fön.

Zwei Mädchen sitzen nebeneinander auf dem Hocker mit dem goldfarbenen Polster. Beide sind zierlich, beide blond. Als würden sich zwei Engel schminken.

Ich sah auch die oberste Schublade. Sie war geschlossen, aber ich wusste ja, dass sie randvoll mit Medikamenten war.

Schlafmittel, Schmerzmittel, Antidepressiva, verschreibungspflichtige Narkotika bis hin zu Morphium.

Ich wunderte mich, wie lange ich mich hatte weigern können, zu begreifen, warum meine Mutter sie brauchte.

Weil die Kommode noch immer da war, setzte ich mich auf.

Ich lag auf dem Futon, auf dem meine Mutter ihre Gesichtsmasken aufzulegen pflegte. Meine Haare waren noch nass, mein T-Shirt feucht.

Ich war wirklich im Haus meiner Eltern?

Hastig tastete ich meinen Körper ab. Meine Jacke war weg. Danners Waffe auch.

Es war totenstill.

Anscheinend war ich allein.

Ein Albtraum?

Oder war ich am Ende nie weggewesen?

Alles war, wie ich es in Erinnerung hatte. Weiß. Die Wände, die Kommode, der Kleiderschrank, der dicke Flokati auf dem hellen Parkett. Weil meine Mutter an manchen Tagen Farben nicht ertragen konnte. Genau wie Lärm und Lachen.

Ich trat an die Kommode und sah in den Spiegel.

Fee sieht mich an.

Ich erkenne ihre blauen Augen, ihr Puppengesicht mit der spitzen Nase und dem spitzen Kinn. Ihre blonden Haare, die plötzlich kurz, nass und fransig sind.

Zwischen Make-up-Fläschchen und Lidschatten lag der Ladyshave, ein weißer Nassrasierer mit beweglichem Kopf. Daneben einige Ersatzklingen in einer Plastikpackung.

Ich riss die Packung auf. Die Klingen waren neu. Messerscharf.

Ich betrachtete sie einen Augenblick, dann setzte ich sie an. An der Stelle meines Handgelenkes, an der die Blutgefäße bläulich unter der Haut schimmerten. Ich sah zu, wie die Klinge in meinen Arm eindrang. Einen Moment lang schien die Ader dem Messer auszuweichen, bevor sich der Schnitt mit dunkelrotem Blut füllte. Es quoll hervor und lief über meine Hand.

Längs schneiden, nicht quer.

Ich hatte oft genug darüber nachgedacht, um zu wissen, wie es sicher funktionieren würde.

Doch im gleichen Moment tauchte etwas anderes in meinem Kopf auf.

Die gelblich bleiche, ledrige Haut der Leiche. Das leere Gesicht, das wie aus Wachs wirkt. Ihr blondes, rot verschmiertes Haar, die farblosen Lippen. Das Blut. Grausig viel Blut, eine riesige Lache auf den weißen Badezimmerfliesen, Rinnsale in den Fugen. Der schreckliche metallische Geruch.

Würde Danner mich sehen, wenn ich tot war?

Staschek?

Molle oder Lena?

Ich wollte keine entstellte Leiche sein, deren leeres Gesicht sich ins Gedächtnis einbrannte und in Albträumen immer wiederkehrte.

Das konnte ich nicht bringen. Meine Freunde sollten mich nicht als Albtraum in Erinnerung behalten.

Ich zog die Rasierklinge wieder aus meinem Arm und ließ sie auf den Flokati fallen, trat an die Kommode und zog die oberste Schublade auf.

Wie erwartet, war sie voll mit Fläschchen, Pillendöschen und ordentlich gestapelten Medikamentenschachteln. Mein Blut tropfte auf die Papppackungen, während ich wühlte. Ich wischte die Make-up-Schachteln weg und sortierte einige der wirksamen Antidepressiva und Schlafmittel auf die Kommode.

Die Beipackzettel hatte ich schon vor langer Zeit studiert, ich wusste auswendig, welche Schächtelchen rasch zum Erfolg führten. Oft genug hatte ich mir aufgeschrieben, welchen Cocktail ich mixen musste, wenn es nötig sein würde.

Ich drückte die ersten zehn Tabletten aus dem Plastik, steckte sie alle auf einmal in den Mund und spülte sie mit einem schäumenden Schluck aus der Sektflasche herunter.

Dann riss ich die nächste Packung auf.

Benzodiazepin. Mein Blut kleckerte über die Aufschrift.

Als ich den Inhalt der Packung geschluckt hatte, wurde mir allmählich übel. Bevor ich mich übergeben musste und die Mühe umsonst gewesen war, leerte ich noch eine Packung Schlafmittel, die eine fast narkotisierende Wirkung haben sollten.

Mir wurde schwindelig. Ob durch den Blutverlust oder die rasante Wirkung des Schlafmittels, konnte ich nicht sagen.

Aber es würde funktionieren.

Das Eichenparkett stürzte auf mich zu. Ich ging zu Boden. Der Fransenteppich kippte unter mir weg, ich landete auf der Seite, das Gesicht im weißen Flaum. Dunkle Punkte tanzten vor meinen Augen, schwärzten immer größere Flecken meines Sichtfeldes. Das Schlafzimmer meiner Mutter verschwamm.

Das war's.

Beinahe war ich erleichtert, die Augen schließen zu können. Ich musste nicht wieder aufstehen.

Nicht mehr weiterkämpfen.

Ich merkte, dass ich wegdämmerte, fühlte mich plötzlich leichter.

Ob man wieder aufstand, wenn man am Boden lag, war keine Frage des Willens, wurde mir klar, während mein Bewusstsein schwand. Es hing nicht von der mysteriösen, inneren Widerstandskraft ab, die manche Menschen angeblich besaßen und andere nicht.

Ob man wieder aufstand, war schlicht eine Frage der Fallhöhe.

Herzlichen Dank

an all die lieben Menschen, die mich beim Schreiben dieser Geschichte unterstützt haben!

Im Einzelnen danke ich:

Jürgen Schauer von der *Bochum Perspektive 2022* für die ausführlichen Informationen rund um das ehemalige Opel-Werk – und besonders für den Spaziergang auf dem Dach ☺.

Christina Melcher für den Blick ins Studentenwohnheim.

Elke Schöning vom Restaurant *Blauer Engel.*

Peter und Regina, für ihre andauernde Recherchehilfe in Bochum.

Jens Wylkop für die Infos zur Ruhr-Universität.

Dem Team des *Neolit*-Kletterzentrums für die Schnupperstunde.

Dipl. Psych. Julia Neufeld-Becker für die Erklärungen zum Thema Resilienz.

Dipl. Psych. Sabine Langguth für das ›orangefarbene Buch‹.

Meinen TestleserInnen Detlef, Annette, Julia, Moni und Dagmar für ihr ehrliches Feedback, das es mir ermöglicht, etliche langweilige Textstellen umgehend ins Jenseits zu befördern.

Dem Team des *Grafit*-Verlags, das aus Lilas Geschichte eine wunderschön gestaltete Krimi-Reihe gemacht hat.

Meinem Bruder und Homepage-Administrator Carsten.

Meinem Mann und meinen Kindern für ihre Unterstützung und ihr Verständnis dafür, dass ich lieber schreibe als koche ☺.

Mehr Lila-Ziegler-Krimis

Lucie Klassen (jetzt Flebbe)

Der 13. Brief

ISBN 978-3-89425-349-3

Der 1. Fall für Lila Ziegler, auch als E-Book erhältlich

Die 20-jährige Lila pfeift auf das von ihren Eltern für sie geplante Jurastudium und erschleicht sich bei Privatdetektiv Danner erst einen Schlafplatz, dann einen Job. Unversehens landet sie wieder auf der Schulbank …

»Eines ist dieses Debüt von Lucie Klassen nämlich keinesfalls: langweilig oder gar deprimierend.« Die literarische Welt

»Intelligent, respektlos, humorvoll.« Neues Deutschland

Lucie Flebbe (vormals Klassen)

Hämatom

ISBN 978-3-89425-367-7

Der 2. Fall für Lila Ziegler, auch als E-Book erhältlich

Als Krankenhauspatientin wird Lila Ziegler Zeugin, wie eine junge Putzfrau an einem Herzinfarkt stirbt. War das tatsächlich ein natürlicher Tod?

»Zweifellos beweist Lucie Flebbe auch in ihrem Zweitling ihr großes Talent.« Deister- und Weserzeitung

»Da ist es wieder, das neue Krimiwunder: Lucie Flebbe schreibt sich mit ihrem zweiten Roman ›Hämatom‹ ganz ungeniert weiter in die Spitzengruppe des deutschen Krimis.« Focus online

Lucie Flebbe

Fliege machen

ISBN 978-3-89425-381-3

Der 3. Fall für Lila Ziegler, auch als E-Book erhältlich

Ein Hund ist schuld, dass Lila Ziegler auf der Straße landet. Sie mischt sich unter die Obdachlosen und Straßenkids, um einen Mann namens ›Fliege‹ zu finden – ein eiskalter Job!

»Wenn Lila eine kleine Typologie von Kindergartenmüttern erstellt oder die Macken frustrierter Mittvierzigerinnen analysiert, verbindet sich die bissig-blumige Metaphorik Raymond Chandlers mit dem Lästerton, wie er in den Kolumnen von Frauenzeitschriften üblich ist – eine wunderliche, aber interessante Mischung.«
Süddeutsche Zeitung

grafit

Mehr Lila-Ziegler-Krimis

Lucie Flebbe

77 Tage

ISBN 978-3-89425-411-7

Der 4. Fall für Lila Ziegler, auch als E-Book erhältlich

Ungewöhnlich hohe Todesfallzahlen bei einem Pflegedienst, ein mysteriöser Blog und unerwarteter Besuch: Für Lila Ziegler kommt es knüppeldick …

»Fesselnd, dramatisch, unsentimental und mit viel echtem Herz. Gratulation.« WDR

Lucie Flebbe

Das fünfte Foto

ISBN 978-3-89425-417-9

Der 5. Fall für Lila Ziegler, auch als E-Book erhältlich

Lila Ziegler und Ben Danner ermitteln unter Schrebergärtnern. Wo ist Sabine Kopelski? Hat ihr Mann sie unter dem Teich begraben?

»Cool, modern, lässig, frech!« buch-ticker.de

Lucie Flebbe

Tödlicher Kick

ISBN 978-3-89425-435-9

Der 6. Fall für Lila Ziegler, auch als E-Book erhältlich

Der Nachwuchsstürmer ist tot und eine ehemalige Prostituierte steht unter Verdacht: Detektivin Lila Ziegler und ihr Partner Ben Danner ermitteln in Kreisen, in denen echte Kerle noch was zählen.

»Spannend und kurios.« culturmag.de

Lucie Flebbe

Prinzenjagd

ISBN 978-3-89425-458-9

Der 7. Fall für Lila Ziegler, auch als E-Book erhältlich

Zwei prominente Tote innerhalb kürzester Zeit auf dem Gelände des Allee-Hotels – ist dies der Beginn einer Mordserie? Lila Ziegler findet heraus, was sie so hat nicht wissen wollen …

»Ein exzellenter Whodunnit vor ruppiger Ruhrgebietskulisse mit lauter markanten Figuren, die zum Ausschneiden gut sind.« Jens Dirksen, WAZ

Journalistin Maria Grappa im Zweifel

Gabriella Wollenhaupt

Grappa greift durch

ISBN 978-3-89425-468-1
Auch als E-Book erhältlich

Terror in Bierstadt:
Wie viel Wahrheit verträgt die Öffentlichkeit?

Ein gruseliges Bild: Auf einem Bierstädter Spielplatz sitzt eine Muslima und schaukelt ein totes Mädchen. Schnell stellt sich heraus, dass die zweijährige Öslem keines natürlichen Todes gestorben ist. Doch Duru Sahin, die Mutter, steht unter Schock und schweigt.

Polizeireporterin Maria Grappa erfährt, dass der Vater des Kindes ein international gesuchter IS-Terrorist ist. Aber sie darf die Nachricht nicht veröffentlichen, Grappas Chef verpasst ihr einen Maulkorb. Der Integrationsrat und die Stadtoberen üben Druck auf ihn aus, angeblich, um den religiösen Frieden nicht zu gefährden.

Als Duru Opfer eines Selbstmordattentäters wird, kommen auch Grappa Zweifel: Wie viel Wahrheit verträgt die Öffentlichkeit?

»Die Autorin versteht es, ein schwieriges Thema seriös zu behandeln. Und sie lässt die bekannten Protagonisten so arbeiten, dass Spannung und Unterhaltung nicht zu kurz kommen.« Michael Schulte, Westfälische Nachrichten

»Eines der Highlights der Grappa-Reihe – topaktuell, spannend, sensibel und mit klugem Blick erzählt.«
Eva Hüppen, www.leser-welt.de

»Dieser Krimi von Gabriella Wollenhaupt spielt vor topaktuellem politischem Hintergrund – absolut fesselnd!«
Bettina Schlee, Aachener Zeitung